一隅天下

方志鼻祖常璩

杨虎 著

四川文艺出版社

图书在版编目（CIP）数据

一隅天下：方志鼻祖常璩／杨虎著. --成都：四
川文艺出版社，2025.3. --ISBN 978-7-5411-7179-6

Ⅰ. I247.5

中国国家版本馆 CIP 数据核字第 20253HP179 号

YIYU TIANXIA：FANGZHI BIZU CHANGQU

一隅天下：方志鼻祖常璩

杨 虎 著

出 品 人　冯　静

编辑统筹　罗月婷

责任编辑　王思鈜

内文设计　史小燕

封面设计　叶　茂

责任校对　段　敏

责任印制　桑　蓉

出版发行　四川文艺出版社（成都市锦江区三色路 238 号）

网　　址　www.scwys.com

电　　话　028-86361802（发行部）　　028-86361781（编辑部）

排　　版　四川胜翔数码印务设计有限公司

印　　刷　成都紫星印务有限公司

成品尺寸　168mm×238mm　　　　　开　本　16 开

印　张　15　　　　　　　　　　字　数　250 千

版　次　2025 年 3 月第一版　　　印　次　2025 年 3 月第一次印刷

书　号　ISBN 978-7-5411-7179-6

定　价　68.00 元

目录

第一章　战成都

一

　　西晋惠帝司马衷太安二年正月十九日，夜，时辰刚交人定。当成都大城和小城的谯楼上同时传来二更鼓声的时候，夜空中本就稀疏的星星突然隐去。随即，朔风刮起，一波接一波地怒号，直要将穷苦人家屋顶上的茅草一把把扯上天去。风过后，纷纷扬扬的雪米子从黑黝黝的云层深处羽箭一般坠下。转眼间，米粒大的雪颗又变成了雪弹子，小的如蚕豆，大的像婴儿拳头，敲得成都城中高高低低的青瓦屋顶噼噼啪啪地响。住在瓦屋里的人们从沉睡中惊醒过来。一家的男主人在黑暗中下床，摸索着点亮油灯，瞧了一眼窗外，又"呼"的一下将灯吹灭，赶紧溜回床上。

　　三更的鼓声在双城谯楼上咚咚响起。守城的晋军八人一队，一手持矛，一手执盾，脸色疲惫地从灯火通红的垛口间缓缓走过。不知是谁下的命令，从前日黄昏时分开始，每个垛口上都立起了一根火把。火把是兵士们驱赶着城内居民，去城外浣花溪边的密林里砍伐一棵棵桤木做成的。这一批桤木有的粗如壮汉腰身，有的细如碗口，高高低低地立在溪边。这时节，桤木林里那曾经翠绿的叶片已枯满一地，只剩下无数铁一般的疏枝在风中呼呼作响。

在各部小尉们的指挥下，兵士们挥舞军刀，将一根根枝丫砍下来，细细裹上用邛州火井一带喷涌的地油所浸过的粗布，然后将布点燃。风一吹，火焰顿时左冲右突，嚯嚯作响。熊熊燃烧的火把沿着城墙围了一圈，远远望去，就如一道威严的火墙，将变幻莫测的夜空映得越发黑了，轻盈而下的雪片也更白了。

然而城墙上的防御情形也就一览无余地暴露在城外人面前。

这是成都小城。高大的城墙外，远望是那条从天地交结处弯弯曲曲地流过来的郫江。夜空下，郫江水面泛出一片银白的光。外面，则是一大片高高低低的黝黑的暗影——那是难民们用竹子和茅草匆匆搭建的一个个窝棚。自两年前引发了赵王司马伦之乱的皇后贾南风的姻亲、担任益州刺史多年的赵廞因谋反被部下刺杀以来，以成都为中心的蜀地大乱。原本就与赵廞交恶的数万由陇西入川的氐羌流民在首领李特的带领下，越发不服管束。经过与官军在绵州、汉州等地的几场恶战，流民们声势益发浩大，如今竟在郫江上游布下阵来，斜斜地与官军隔江对峙。此刻，站在小城的垛口上远远望去，郫江对岸那烟霭漠漠的密林村舍间，似乎正有大风吹卷旌旗，无数枪刺正隐隐寒光闪动。

眼看一场大战即将来临，从附近郫邑、新都、繁县、广都等地涌来的百姓拖儿带口，纷纷躲进益州城内。本就人满为患的成都大城小城瞬间拥挤不堪。新任益州刺史、平西将军罗尚下令他部下的梁州兵立即封闭城门，来不及进城的百姓不得已，只得在城墙外的郫江边临时落脚，这里也就整日里青烟乱飘、娃哭娘喊、鸡鸣猪跑。就在今日上午，罗尚再次登上城楼，望着下面的情景，又一次气得脸色发青。他正欲下令兵士们立刻出城扫荡这些难民，却被人悄悄扯了一下袖子，回过头来，只见一人低眉敛手，恭恭敬敬地说道："将军息怒，任某不才，有一言进之。"原来是兵曹从事任睿。

罗尚仔细一瞅，心中忽然多出几分不快。这任睿原本是赵廞部下，乃是益州那群土生土长的士族子弟中名望极高的一员。自从自己率部进入蜀地以来，这群子弟老是在背地里嚼舌头。想到这里，罗尚脸上装出一缕笑容，道："先生拘礼了，你我之间无须这样。有什么高见，但说无妨。"

任睿缓缓抬头，说道："这些流民本为蜀地子民，平日里男耕女织，奈何陇西流民啸聚成群，与官军连年大战。他们不堪其扰，前来依附朝廷。如今正是收拢人心之时，还请将军三思。"

罗尚一手捋须，盯着任睿，半晌，才缓缓说道："先生言之有理。"说完，两道眉毛紧锁，目光越过城区，眺望着西北方向虬龙般弯曲的郫江上游和天边那林木幽深蜿蜒起伏的龙门山脉，一字一顿地道："不瞒先生，吾今所忧者，不在这些刁民，实在那山背后的密林处。"

任睿向前一步，在罗尚耳边又低声说了几句。罗尚眉头方才缓缓舒展，说道："流民乌合之众，本不足虑。所忧者，乃因前朝黄巾逆贼张角等起事以来，民间多有仿效之辈，乃至草莽间常出枭雄尔。不过……"说到这里，罗尚眉毛上扬，嘴角边浮出一缕笑意："如今我大军十万布防于郫水之畔七百余里，如此铜墙铁壁，李特那厮如何能进益州？"任睿微微一皱眉，张了张嘴，正要说什么，罗尚又哈哈一笑："李特那家伙，不过是区区一介陇西草民，能奈我平西大将军何？能奈我益州何！"说完，一摆手撩起甲袍后摆，"噔噔噔噔"迈步下楼，旋即被部将们簇拥着，上马直奔大城而去。

任睿轻叹一声，赶紧翻身上马，紧跟而去。

快要四更了。小城城墙的垛口上，火把架不住朔风劲吹，火光渐渐暗淡。巡逻的兵士们也懈怠下来，一个个缩进堆房或箭楼里。躲进箭楼的那群兵士欲席地而坐，胆大者瞥了一眼冰凉的地面，走出去，从垛口上取下数根火把，胡乱堆到地上。兵士们随即将盾牌、枪矛放在身后，纷纷向火而坐。不知谁带头了打了一个呵欠，有人担心道："巡夜的牙将过来，我们该不得吃一顿鞭子吧？"

"三娃儿，你这青沟子娃娃懂个啥。"有个老兵冷冷一笑，呵斥道，"这么冷的天，哪个当官的会溜出来喝西北风？"

人群一阵哄笑，众兵议论道："这都要开春了，成都反而这么大雪，也他妈日怪。"一个士兵一边说话，一边用手狠命揪着鼻子，将一串蛛丝般的清鼻涕甩到地上。

"事出反常必有妖……"

"我看今晚有点邪门，说不定……"

"呸！"老兵再也忍不住，狠狠地往地上吐了一泡口水，一伸手，摸了摸自己花白的胡子，斜着眼，向大伙儿看了看，悠然道："这有啥奇怪的？"随即又低头叹道："李特大军就在江对岸，要换成诸葛丞相，这会儿谁敢玩忽职守啊……"说着，从怀中掏出一包煮熟的芋头来，要分给众人，却无人接话。他环顾四周，只见兵士们你靠着我我倚着你，箭楼里很快便响起了一片鼾声。

雪越发茫茫一片。

突然间，一盏灯笼从大城里刺史衙门旁边的角门里闪出。这灯皮质薄如蝉翼，一盏蜡火在其中闪烁，辉映得灯皮色泽白嫩如玉，宛如美人肌肤。雪夜茫茫，这盏看似吹弹得破的灯笼，婉约而自在地在风雪中亭亭前行。

自从向朝廷献计被采纳，率部进入蜀地，尤其暗地里使人刺杀了谋反的赵廞后，罗尚心情大好。担任益州刺史后，一个偶然的机会，他夜间出行时使用了一次这灯笼，从此便难以割舍。当时他坐在驴车中，每每透过门帘看着前面那一盏为他引路的肤色胜雪的灯笼，便禁不住浮想联翩。好奇之余，他曾亲自步入库房，用手一遍遍摩挲那温润可人的皮质，才发现这灯笼原来是用羊角做成。询问下人，方才得知灯笼还有个名字，乃是蜀汉后主刘禅亲口所定。那是蜀汉建兴二年，由临邛一带大山中的猎户献上来的。刚登基的刘禅审时度势，对外与吴国孙权重新修好，对内则休养生息。蜀地本就水秀山清，尤其成都四周，更是沃野千里。当年秋天，郫江、检江两岸稻香醉人，秋收之后，成都城里菊香四溢，混和着从乡村传来的淡淡米酒醇香，直逸入皇城。刘禅大悦，便传旨下去，在皇城前长街上搭建十里灯棚，与民同乐。

百姓感念皇恩，纷纷献上当地奇珍。临邛一带大山里，有人家擅长制作这羊角灯，其法乃是选用猎户们秋后所猎获的刚成年野生黄羊之角，将其放入当地山泉水中，用文火慢慢煨煮，待羊角从坚硬无比变得柔软无骨后，便用特制的竹架伸入其中，将羊角撑大，如此反复多次，终于撑出一个薄得透亮的灯罩。把烛火放入其中，四周顿时熠熠生辉，光亮如同十五之夜的月华。

当羊角灯从临邛大山里送到这锦官城中，立刻便惊艳了成都的夜空。刘禅大喜，欣然提笔名之曰：美人灯。

得知这灯笼竟是如此来历后，当晚，当月亮升起时，罗尚便命人在灯笼上罩了一层上好锦纱，并亲笔在锦纱上题写了"平西"二字，然后登车，在街巷间徐徐穿行。天上星辰闪烁，前方灯光摇曳，耳边传来驴子清脆的嘚嘚蹄声，周边的街巷里隐隐传来男人女人们的欢声笑语。罗尚心里生发出一种说不出的惬意来。

第二天阳光明媚。清晨，罗尚在书房窗下欣然提笔，给临邛县令去了一封信，要求该令亲自督工，再精心制作八到十二盏灯送到成都，以备刺史衙门专用。

片雪翻飞，如柳絮，似芦花。此刻，一点灯火在正月十九的夜色中缓缓前行，引导着驴车在大城里穿街过巷。罗尚端坐在车中，微闭双眼，他越想越觉得当初向朝廷上书，要求委派自己为益州刺史，率兵剿灭赵廞，是入仕以来做的最得意的一件事。此举，一下子便奠定了自己封疆大吏的地位，更何况，在这城里那道波光粼粼的水边，还遇见了娇俏柔美的她。

莫非，这美人灯之名还是冥冥之中为了成全自己和她的相遇？

七弯八拐之后，美人灯在一处小院前停了下来。小院不大，飞翘檐角下的花龙门旁立了一丛翠竹。成都气候温和，即使在冬天，城内也遍地可见随风摇曳的青翠竹子。竹在成都种类繁多，有一笼笼盘根而生的慈竹，也有一根根清风瘦骨的百家竹……挺立在这座院落前的，却是从荆楚之地移栽过来的湘妃竹。竹节如拱，黄褐色的竹竿上，散布着黑色斑点，仿佛是谁的眼泪抑制不住，深深地印在了瘦削的竹竿上。

美人灯刚移到门前，那扇朱红色的院门就吱嘎一声开了，一个年约四十的妇人迎了上来。灯笼又移到驴车旁，掌灯的中年人迅疾将灯笼换到左手，右手揭开厚厚的帘布。一张清癯的脸微带笑意，从驴车里躬身出来。妇人急忙弯腰："小意已恭候大人多时。"

罗尚也不答话，抬腿就跨进院门。院是二重院落，迎面是个照壁，中间嵌了一个五瓣梅花，转过月亮门来，一棵蜡梅的粗枝细条上缀满了白雪覆盖的蕊黄花瓣，斜伸在正房的一扇窗户外面。有人正拿捻子往灯盏上戳，那火苗打个哆嗦，忽然就如花朵一般蓬开来。窗纸上随即显现出一个窈窕身影。

这时候只听"哗——啪"一声，门前那丛湘妃竹的竹梢上，跌落下好大一团雪。

一片连着一片的雪花从夜空中轻轻坠落的时候，城墙下江边的难民们所搭建的草棚终于也被压塌了好几个，只听得竹竿折断的"噼——啪"声连续响起，闷在窝棚深处的猪们被砸得嗷嗷直叫。睡在草堆里的男主人坐起来，迷惘地望了望头顶的漫天白雪，正要推开身上胡乱盖着的破衣烂衫，忽然就看见那浩荡的水面上冒出了黑压压无数人头。男主人揉了揉眼，一张嘴巴惊得合不拢：白茫茫的雪阵里，一根根闪着寒光的枪尖被无数双手紧握着从他眼前一闪而过。再一看，只见江面一片血红，顺流而下的尸体间，一张张宽大的竹筏掀起巨浪，向岸边一波连着一波涌来，随即无数寒光穿过草棚、茅舍，直扑城墙。当城墙被闪闪的寒光完全覆盖时，男主人这才回过神来，猛地站了起来，像家里失火一般撕心裂肺地大吼起来："李特进城了！李特进城了！"

他不喊还好，这一喊，惹得雪花里伸出一杆枪来，悄没声地刺入了他的胸膛。

城墙上已经乱成一团。雪一落到墙土上，立刻就晕染得满地红色，转眼间，红色的水滴在黝黑的城墙地面上，汇成小河，哗哗地向四周流淌。蜷缩在箭楼里打盹的那队晋兵还没有回过神来，一个个就已在梦中身首异处，只有那曾在军中摸爬滚打了三十多年的老兵机警。他刚瞥见眼前寒光一闪，就立刻扯倒一具尸体，压在自己身上。随即，他听见一阵呜呜的牛角号声在天地间惊雷般炸响。号声里，有人在狂奔，有人在惨叫，还有人扯开嗓子粗鲁地骂叫，更多的人则在无声无息地消失……老兵感到自己的半个身子已泡在了血水里，不由得双腿发软，心脏怦怦怦怦地跳个不停。纷乱中，他恍惚地想起了诸葛丞相死讯传来的那一年的情形。村里的叔伯们说，那年秋天雨水不停，直到中秋时节，田里的稻子还没有收上来。一村人急得直跺脚，却无计可施。黄昏时分，无数蚂蚱从夜空深处飞出来，黑压压地歇在望不到边的谷穗上面。一轮硕大的血月悬在广袤的夜空中，显得诡异而又阴森。

就在那晚，村里的赵里长头缠白布，向大家宣告了诸葛丞相的死讯。

第二天，他那年方十五的哥哥火速告别爹娘，从离成都一百二十里以外的江原县文井江畔赶到成都，被编入了专门负责守卫益州城的虎卫营里。临行前的那晚，母亲一遍一遍抚摸着哥哥的额头，包了满眶的泪水，却什么都没有说。后来的消息隐隐约约地传来，哥哥到虎卫营后，又被编入了大将军姜维营中，前往沓中屯田，到了后来，便不知音信。

他自己十五岁那年，又一轮血月笼罩在村子上空，似乎在预兆着什么。果然，第二天，胡须花白的里长一早就来到他家那座竹篱茅屋里，令他收拾行装，前往县衙集中，准备入营。临行前，邻家那姓沈的姑娘悄悄走出村来，一直站立在村头那株大槐树下，当他走出很远后回头张望时，那女子仍痴痴地站在树下，望向他的那双眼睛里，似乎有串串珠泪盈盈欲出……

老兵叹了口气，从怀中摸出一颗还带着些许体温的熟芋头塞进嘴里，心里说道："妈的，要死也得先填饱肚皮再说。"绵软的芋头咽下去，一阵阵苦涩的感觉却翻涌上心头，从军以来所经历的一幕幕电光石火般闪现在眼前：邓艾兵临城下、刘谌杀家告庙、刘禅自缚出城、姜维挥剑自刎……忽然之间，四周一片寂静，只听见沙沙的雪落声，仿佛之前那无边的厮杀只是一阵幻觉。老兵悄悄挪了挪身子，他看见一缕熹微的晨光从箭楼外面直射进来，三娃儿歪在地上，背心上露着拇指大一个血窟窿。

雪还在落，但是一轮朝阳却又一次从天边按时升了起来。

晋惠帝太安二年正月二十日来到了。

这是雪花与朝霞共舞的一个崭新的早晨。晨光里，斜躺在地上的老兵看见一群人簇拥着一个须发戟立的汉子从眼前走过，他们沾满泥巴的脚走过三娃儿、万铁山、李泥鳅、铁鸡公等几个同袍的尸体面前，然后众人稍稍朝后退了半步，汉子铁塔般凸立在成都小城的箭楼上，眼睛微微眯着，不动声色地注视着对面那屹立的大城。

大城的箭垛后面，有人悄悄从箭袋里抽出一支箭，弯弓对准了汉子。

罗尚万万没有想到，自己沿郫江上游东岸布置的三万大军竟不堪一击。昨天午后，他一直端坐在书房里，仔细推算着李特大军目前所能采取的几种攻势，始终感觉有些不太踏实。这股流民自七年前因陇西一带连年灾害导致氐人齐万年造反，从天水、略阳等地入蜀以来，逐渐被李特六兄弟以各种手段聚拢，原本一盘散沙的十多万人拧成了一根绳，震荡得整个蜀地惶恐不安。原本"水旱从人不知饥馑"的天府之国，从刘璋父子治蜀以来，一直游离在兵火不断的中原之外，上百年来，虽历经了刘备入蜀、诸葛北伐、邓艾突袭等诸多大事，却因为刘禅的投降，百姓们的小日子照常。然而自从李特等人啸聚以来，已一步步反客为主。看目前这局面，李特等人的真实目的其实是攻下成都，然后利用蜀地天险，效仿当年的刘备割据一方。

一想到这点，罗尚背上顿时沁出了一片冷汗。这半年来，他派出的几股部队均被李特击溃，如今虽然与李特隔江对峙，但……书房里的灯光渐渐昏暗下来，罗尚索性站起来，在房内踱来踱去，不经意间，他瞥见对面的屋瓦上一片雪白，感到十分奇怪，立刻推门出去；噫，天地间竟然已一派白雪茫茫。

他揪紧的心顿时放松下来，成都本来气候温和，即使是数九隆冬，彤云间也不过飘来些许霏霏雨雪，如今竟大雪纷飞，自己一方官兵衣甲齐整、粮草充足，而郫江对面的流民们受冻受饿，哪里还有力气打仗？

罗尚顾不得观赏雪景，立刻回房拟就几道急令，一是令蜀郡太守徐俭向城内大户加派衣甲粮草，雪霁后即送至郫江前线；二是令部将张兴天明后即向李特兄弟发起进攻。命令拟罢，他又向荆州刺史宗岱、建平太守孙阜发出两封密信，邀约他们溯江而上，待春光旖旎时节，战船齐发，于益州城外共同围猎这些令人厌恶的氐羌"流寇"。

几封密函星夜发出，罗尚顿时感觉轻松不少，脑海里随即浮上来一张似嗔却笑的俏脸。他咳了两声，喊道："来人呀。"屏风后立刻响起了窸窸窣窣的脚步声，罗尚压低声音，轻轻吩咐一声："备车。"

　　锦城多佳丽，群花簇小意。
　　脸如霜月明，眼含秋波行。
　　……

当罗尚坐在驴车里，把思绪从李特身上转到车窗外的漫天雪花时，这几句诗不自觉地从口中喃喃而出，然后得意地想起自己给常琬所取的这个昵称——小意。小，取其躯体娇小玲珑也；意，喻其一颦一笑一举手一投足皆仪态万千，令人一瞥之后，心里顿生爱怜之意。

罗尚第一次见到常琬是在这座城市那浣锦的水边。

那时候，一轮夕阳将落未落，映照得市声越发喧哗。这一条江是蜀汉时诸葛亮为了解决北出祁山的军费开支，扩大蜀锦生产规模，特地从郫江引入城中，用来洗濯织锦的丝线的。自西汉以来，蜀锦这一益州特产便享誉全国，其图案繁华、织纹精细、配色典雅，散发着雍容华贵的气质。蜀锦图案亦取材广泛、丰富，有神话传说、历史故事、占祥铭文、山水人物、花鸟禽兽等；其织纹又花样繁复，有寓合纹、龙凤纹、团花纹、花鸟纹、卷草纹等。妙的是，那时候大批量购买蜀锦的，正是与蜀汉交战的曹魏。虽然两军在蜀陇前线对垒，却不妨碍人们将一匹又一匹蜀锦经由烽火旁边的隐秘商道源源不断地运入洛阳。

三国归晋之后，武皇帝司马炎开始便极尽奢华，除分封的诸王外，中原世家子弟亦纷纷出任各地刺史。蜀锦的产量不减反增，连带得浣锦的女工们在短短几年间人数也增加了数倍。

这一段江水流到益州刺史衙不远处拐了个弯，地势正好由高而低，江水清浅，水面上跃动着金色的点点波光，急速地向下游流去。正是初夏时节，江滩边芦苇茂盛，绿得亮眼。浣锦的女子们两人一组，面对面赤脚站在水中，宽大的衣袖高高挽上去，露出葱白的腕肘。江水清碧，锦丝华丽，女子们腰肢纤细，仿佛有人在岸上发号施令一般，突然间纤细的腰肢一起弯下去，无数双洁白的手将根根丝线从水中捞出，然后拧成一股，绞入手中反方向拧干，接着又弯腰将锦丝浸入水中。但见丝线在波光中抖动，水面荡开一圈圈金色的波纹。阳光洒在女子们俏丽的脸庞上，给她们的脸上罩了一层淡黄色的绒毛。

罗尚骑在那匹跟随了自己多年的高大的凉州黑马上，恍惚地看着，心里突然生出了一种说不出的欢喜。他自幼丧父，随叔父安南将军罗宪一起生活。虽说叔父待他就如亲出的一般，然而婶娘却不时甩些脸色给他看，那个自小便锦衣玉食的堂弟罗袭更是一直态度倨傲，仿佛他要来分家产、袭职位似的。从晓事以来，他在婶娘和堂弟面前始终有几分不自在，但碍于叔父脸面，又不得不把寄人篱下的酸楚打落牙齿往肚里吞，以致养成了郁郁寡欢的性格。眼前这场面，令他一时忘记了自己的身份，感觉就像置身于大家庭的劳作当中，看着看着，一种直抵心底的暖意竟然缓缓涌了上来。

就在这时候，他看见一个女子倚在锦驿的门边，静静地注视着眼前这热闹的场面。女子细眉微弯，如玉的脸庞上像敷了一层淡淡的霜。她双手一拍，水中的女子们便一起弯腰；再一拍，女子们便又直起腰来。随着两只手的分开与合拢，女子又圆又亮的眼睛里，跃动出一种似嗔又笑的光芒来。

凉州马"咴"地叫了一声，又听得有个声音呵斥那女子道："成天就晓得偷懒，快下河去……"罗尚本来已欲前行，一听这话，勒住了缰绳，将目光转向了那女子。

仿佛感知了今晚罗尚一定会再次登临，黄昏时分彤云密布的时候，常琬就让"婵娘"张妈生起炉火来。她手持团扇，拣了一根机凳，却不忙坐下来，而是到柜子里取出临邛长秋山金橘、江阳龙眼、繁县香芋、江原县小亭所产的酥米糕等几样果蔬小吃，将它们一一摆放停当，这才款款地在炉边坐下来，把几瓣橘皮煨在火边，一手托腮，等待着那熟悉的脚步声穿堂入室。

选这座院子，是常琬拿的主意。原因倒也没有别的，就只是为了门前那一丛迎风摇曳的湘妃竹。

当罗尚行走在院里的曲径上时，室内已传出了隐约的吟唱。此时此刻，这歌声是如此的沁人心脾：

> 冉冉孤生竹，结根泰山阿。
> 与君为新婚，菟丝附女萝。
> 菟丝生有时，夫妇会有宜。
> 千里远结婚，悠悠隔山陂。
> 思君令人老，轩车何来迟！
> 思君令人老，轩车何来迟！

窗外的雪兀自下个不停。室内，常琬的歌声随着炉火所煨烤出来的橘香在空气中袅袅回响。罗尚已完全放松下来。他斜倚在几上，一边伸手剥着金橘，缓缓朝嘴里送，一边下意识地咀嚼着歌声后面那绵软而深厚的情致——到益州这大半年来，整个身心都扑在军务上，很久没有享受过这样的惬意时光了。他屈了手指，轻轻地揉按着太阳穴。

这时候，只听得细碎的脚步响起，一阵浓郁的酒香扑鼻而来。

罗尚抬起头，看见常琬托了一个竹筒上来，那竹筒外面，还缠绕着藕丝与蕉叶，顿时来了兴致，仔细端详起来。原来这是郫邑所产的郫筒酒。

还在京城担任尚书郎时，罗尚就听闻了郫筒酒的大名。

成都西北六十里，乃郫邑，此地乃古蜀时望丛二帝都城所在。邑内有一座水池。因此池乃由一个泉眼生发而成，当地人便随口称之为泉水凼。池水甘冽可口，当地人便用来酿酒。池旁茂林修竹，有风曲折生波，无风如美人静立。忽一天，当地有人突发奇想，将其中高大挺拔的竹子砍伐出来，按节裁断，成为天然竹筒，然后把用池水酿出的米酒倒入竹筒之中，外面缠绕上藕丝蕉叶等，放在林中，数月后取出来，酒香扑鼻，别有一番风味，遂取名为郫筒酒，不久便名满天下。也有人说，其实这酒乃是当年竹林七贤之一的山涛在郫邑为官时发明的，并常以此赠朝中友好。此两说世间皆陈。本来洛阳城里喜喝的是以瀍河岸边的井水所酿出来的春酒，但山涛去世后，或许是对一种渐渐消逝的风雅的追念，朝廷上下，大大小小的官员们心中暗地里对郫筒酒滋生出了一种莫名的向往。

眼看常琬半跪在几前，笑脸盈盈地将竹筒缓缓倾倒，乳白色的米酒如银丝一般泻出。罗尚已经按捺不住，要伸手举杯，常琬却伸出纤指，将他的手轻轻按住，嗔道："好花只待时节，美酒须配佳肴。大人何必急在一时。"言毕，她站起来，轻轻拍了拍手，朗声说道："抬上来吧。"

灯光摇曳中，两个书僮模样的人抬着一个蒸笼走了进来。罗尚好奇地看了常琬一眼。常琬微微一笑，伸手揭开蒸笼，顿时一团雾气升起，满屋醇香。待雾气散去，只见偌大的蒸笼上，一尾江团蜷尾而卧，仿佛正在水中沉睡。

罗尚又惊又喜："这么冷的天，你从哪里弄来的这美味？"

原来这江团是益州城八百里外嘉州的第一美味，嘴尖体长，洁白的下唇弯如新月，因常搏击于激浪险滩，修长的身体进化得色泽粉红，灰黑色的鳍如一面旗斜插在灰色的背上。当它们在急流中飞窜出水时，"啪"一声，白色的腹部鲜亮地闪现出来，又闪电般沉入水中。

川西的江河中，仅岷江能产江团。岷江里的江团，又只产于嘉州一段。嘉州的江团，独产于平羌小三峡。平羌小三峡得名于蜀汉时期，三峡分别叫背峨峡、犁头峡和平羌峡。背峨峡水面波澜不兴，江团不喜；平羌峡峡口外江面宽展，江团亦少见踪影；唯有那水声震天激流冲刷的犁头峡里，才经常可以见到成群的江团。千百年来，一尾又一尾江团在犁头峡里欢快地迎着浪花翻转，急流之中，它们捕食、嬉戏、求偶、产卵，栖息的时候，便鱼尾一晃，各自潜入水底崖壁上密密麻麻的洞穴之中。

那些洞穴，被当地人称为"鱼窝子"。也因此，从刘璋时代开始，江边便逐渐形成了以捕捉江团为业的村子。这些以茅草、竹竿搭成房屋沿江岸铺开的村子，被嘉州城里的人称作"鱼窝村"。官府的文书上，他们则被统一称为渔户。每年春季，渔户们将捕获的江团送到嘉州城外，然后由官府指派的渔商将其中膘肥体壮的挑选出来，一路火速由陆路送往益州牧府中。第二天，刘璋府中便会举行盛大宴会，官员们浩荡而来，谓之"尝春鲜"。另一路则由水路沿岷江入长江，再转往洛阳。一夜风紧，船驰车送，直抵洛阳皇宫之内。洛阳一带因此有了"千里送名鱼，皇家席上珍"的民谣年年传唱。余下的则按市价高低进入嘉州城大街小巷的酒楼饭馆。一些会做生意的，在酒肆外挂出幌子来，上书"水羊子"三字。那三个字迎风招展，逗得人垂涎欲滴。

也因此，每到仲春时节，当桃花汛水浩浩荡荡地从上游下来，岷江水面上便舟船不绝。自刘备建都益州以后，洛阳一带便难以尝到这一美味。直到晋武帝司马炎太康元年，自嘉州到成都，从成都到洛阳，对江团的消费需求才重新兴旺起来。

江团好吃，却最难捕获。倘用网，犁头峡水流湍急，江团又潜在深处，一网下去，提上来的都是哧溜溜的水，转眼漏得精光。也有人举火趋近马蜂窝，将蜂群赶跑，取得蜂蛹作钓饵。江团喜此美食，常频频咬钩，然而失去了家园的马蜂群亦因此迁怒于全体渔户，经常蜇得他们抱头鼠窜。刘璋任益州牧年间，鱼窝村有个王姓老者一日黄昏在山野间见大风随物赋形，忽然开悟，他砍来慈竹，剖竹成篾，编篾为笼。笼皆口小腹大，笼内置放卵石，每晚夜半沿江壁将竹笼缓缓沉入水中，清晨拉起来一看，江团正在笼中活蹦乱跳——这世间，骁勇俊美如江团者也免不了自投罗网的命运。

水居者腥。江团上岸入厨后，以清水去腥，然后去鳞斩段，可红烧，可清炖，炖时若加入羊肉，是一美味。蜀地未乱时，罗尚最为喜欢的，是躺在蒸笼里的全尾江团。笼用竹篾编成，江团从清水里捞出来，以沸水汆烫，揉以川盐、绍酒、胡椒等，配以秘制清汤，入笼后猛火清蒸。待火候一到，揭笼一看，雾气腾腾之下，肉之细嫩与汤之鲜醇已合二为一。

那时候，罗尚正在尚书郎的位置上，这京官表面虽然风光，却哪里比得上镇守一方、说一不二的藩帅？况且，在朝廷的官职序位上，尚书郎不过区区六品，按照排位，还在同为六品的尚书左右丞之后。这个职位的任务，就是协助左右二丞工作。与罗尚同为尚书郎的，另外还有三人，作为左右丞的副手，每天上朝时，他们四个人相互拱手作揖，暗地里却都钩心斗角、相互使绊子。罗尚打小就看惯了别人脸色，如今又被同僚排挤，这样的日子让他感觉实在是无聊之极。于是，每当江团到来的日子，他总是无心处理公事，常常一个人走出门来，呆在洛阳的望月榭楼上，借这一隅之地舒展身心。

望月榭楼外是一湖春水。罗尚进门后，即吩咐书僮到廊外煮酒，随即除下官帽，凝视一眼窗外波光粼粼的水面，然后解带、宽袍、落座，静静地沐浴着从窗外投射进来的温煦春阳，期待着鱼肉上来。将鱼肉在味碟里轻轻一蘸，然后徐徐送入口中。那醇厚的姜味、爽口的醋味与春天鲜嫩的江团混杂在一起，顿时让他感觉一切烦恼都远了，淡了，天地间只剩下了徐徐拂来的春风。

齐万年造反后，以李特兄弟为首的大批陇西流民进入蜀地。益州刺史赵廞心怀不轨，欲借流民势力割据一方，江团之味便又与京城断绝。罗尚万万没想到，在这大雪飘飞的季节，常琬竟如此善解人意，给自己奉上了这道久违的珍馐。

原来，自从那晚将自己的处子之身交给罗尚，在这院子里安顿下来后，原本日夜厮缠着自己的罗尚近日却很少过来。常琬一打听，方知他为军务忧心不已，于是特地从自己的脂粉钱里匀出数十枚大钱来，让锦官驿里相好的姐妹托人悄悄驾船出了成都，达江口，入益州至嘉州之间的小三峡，从当地羌民手中高价购来了一尾正卧窝的江团，养在后厨的水缸里，又让人从繁县境内湔水边的深山中采来酸辣的木姜子，细细地擂成姜粉，用作蘸料，预备给罗尚一个惊喜。

这果然让罗尚喜出望外。他定定神，感激地看了常琬一眼，正要伸出象牙筷，手背忽然被常琬轻轻按住。罗尚一怔，就见常琬一双杏眼盈盈含泪，随即在自己身前跪下，朱唇轻启，想说什么却欲言又止。罗尚温和地一笑："你今天如此苦心，定有要事，说吧。"

"妾身蒙大人恩宠以来，感激不尽。今家族中有一大事，还请大人恩准。"

"哦?"罗尚好奇心顿起，轻轻搁下筷子，柔声道，"先起来吧。"

"大人不准，妾身就不起来。"

"好啦好啦。我准了就是。"罗尚被常琬这一番举动搞得哭笑不得，口中胡乱应了，随即又将手伸向筷子。常琬眼里泪水退去，满脸都是喜色，扭头对室内喊道："璩弟，出来吧，罗大人答应了你。"一个少年掀开门帘，俯身跪在罗尚面前："小人常璩，拜见将军大人。"

罗尚心里顿时"咯噔"一下，见这少年从常琬卧室中出来，心中已然有了几分不快，脸上却不动声色，只淡淡地道："免礼。"

少年倒也不拘束，大大方方地站了起来，只见他约莫十五六岁年纪，一身葛衣，两道剑眉，眼神间虽然闪烁着几分忧郁，却明显盖不住那两道清澈的光芒："小人世居江原县文井江边，曾祖敬业公……"

罗尚挥挥手："繁县令是你何人？"

"回大人，恭泰公乃小人从祖。"

罗尚点点头，脸色缓和下来，吩咐道："坐吧。"常琬赶忙示意常璩在下首坐下。常璩正寻思该如何开口，罗尚目光盯着虚空处，缓缓说道："你既是常家子弟，为何这身装束？"闻听此话，常璩眼中忽然泪珠闪动。他强忍住内心悲痛，正要开口，却见罗尚目光从他脸上掠过，就像视若无物一般，一双眼睛已转到几案的碗碟之上。他顿了顿，只见罗尚伸手拿起筷子，夹起一块鱼肉，往味碟里轻轻一蘸，正准备送入口中。常璩不敢生气，低了头，恭恭敬敬答道："回禀大人，小人因父亲入狱，不敢再身穿绸衣……"突然之间，门"砰"的一声被人掀开了，兵曹从事任睿一脸惊惶地冲了进来，大声喊道："李特进城了！"

二

阳光很冷。

时令虽然已过立春，但这融雪的阳光照在脸上，却好似三九天的寒风，像刀子刮过一般，一股股寒意穿过脖子，直往心窝里子扎。罗尚迈步上楼的时候，只感觉心里凉飕飕的，不过，他脸上依然一副威严神情。走在他前面的是六个持着长戟的卫士，两员副将手按长剑，在他左右。跟在他后面的，是任睿等大小官员。奇的是，一身布衣的少年常璩，也走在衮衮诸公当中。他显然还没习惯这种官家排场，只是抿紧嘴唇，眼睛睁得大大的，步子走得时而快时而慢，差点搅乱了这支队伍整齐划一的步履。

丢失了小城，就等于让李特大军的剑锋抵到了自己的咽喉。当听到任睿那一声大喊时，罗尚心里一震，却依然不慌不忙地将那一筷子鱼肉送进了嘴里。他鼓动腮帮，细细咀嚼了一会儿，木姜子的酸辣味和那鲜嫩的鱼肉裹在一起，果然别有一番风味。他心里暗暗赞许，然而却微微皱了皱眉，喉结一动，搁下筷子，叹道："此味虽佳，终究还是不敌京城里那一口春鲜啊。"旋即问道，"是进了小城了啊？"任睿点点头。罗尚又问道："成都县呢？"

"降了。"

"降——了?!"

常璩姐弟二人此时连大气都不敢出。罗尚再不说话，起身、离座、抬腿，三步两步便跨出门来。

大街上已经乱成一片。熹微的晨光中，只见民众像被捅了窝的马蜂，在街巷间疾跑。这中间，又有那挑担的、推车的、走路的，来来回回，还夹杂着小孩的哭声、大人们的骂声。有几条家狗跟在主人身边前前后后地跑动，它们好像嗅到了空气中的血腥味，竖起耳朵来，黑眼睛警惕而忧伤地望着前方。人群中，忽然有个汉子抱着一头小猪一溜烟冲了过来，猪在他怀里又是蹬腿，又是惊叫。汉子只顾低头快跑，不料一头撞到了罗尚身上。罗尚猝不及防，衣服上顿时沾满了猪粪尘土。汉子抬头一望，见被自己冲撞的仿佛是个官人，心内更加惧怕，不敢说话，往前一溜烟便不见了。

罗尚眉毛一凛："任睿！"

"在！"

"传令下去，叫兵士们即刻弹压这些乱民。"

"大人……"

罗尚不由分说地抬起手来，朝汉子跑去的方向一指："将那个扰乱人心的乱民枭首示众。"随即抬眼瞅了瞅街巷深处，只见一排数十扇朱红大门紧紧关闭，显见得是大户人家闻听消息后，一时又无计可施，皆把门抵得死死的。罗尚心中忽生一计，招手让那个掌灯笼的中年人过来，在他耳边嘀咕了几句，然后骑上一名裨将牵过来的凉州马，双腿一夹，旋风般朝刺史衙门疾驰而去。

屋子里剩下常琬和常璩两人面面相觑。看着常璩一脸失望的神情，常琬安慰道："璩弟，有刺史大人过问，二叔的冤情应该能够早日得雪，他官复原职的日子应该就在这数月之间。放心吧。"

常璩苦笑了一下："这次有劳姐姐了。只是万万没想到，我正要向刺史大人陈述父亲的冤情时，李特那厮竟然杀进了小城。记得前天我从江原赶过来时，在皂江擦耳岩的竹桥上还听百姓说这次恐怕这群流贼会被赶回老家，没想到仅一夜之间，攻守之势便已经易手。"随即眼望前方，怅怅地叹了一口气。

"依我看呀，有刺史大人在此，流贼们也不过是秋后的蚂蚱，蹦跶不了几天啦。"常琬说着，晶亮的眼睛一转，伸出纤指，从案上拈起一块洁白的小亭酥米糕，轻轻放进嘴里，咀嚼了几下，闭上眼睛，欣喜地叫道，"璩弟，好香呀。果然还是小时候那种味道。"然后她睁开眼，轻叹一口气："只是再也回不到童年了。岁月已经不再，这么多年来，在这益州城里，我也是待得烦了腻了，可是又不知道还能把这个身子搬到哪里去。初来时倒还新鲜，一双眼睛这里也瞧不够，那里也看不厌。现在呀，别说街面上是懒得去了，江原老家更是不想回了，一心想着的，就是哪天能再尝一尝这家乡的米糕。"

"这是临行前，父亲特地嘱咐我带来的。"

"二叔最近身体安好？"

一谈到父亲，常璩顿时神色黯然："父亲大人好不容易脱离了牢狱之灾，但身体久在那污秽之地，病根终究是种下了。小弟临来前，父亲从床上硬撑着起来，写下了一封血书，托我呈给刺史大人……"

常琬闻言，禁不住心内惨然。自己父亲早逝，在江原文井江边的常家同辈兄妹们之中，就数二叔常耘最疼爱自己，因为这个原因，堂弟常璩打小便和自己最为亲近。其余那些个堂哥堂弟，有的仗着父辈的余荫，在乡里提笼架鸟，虽不曾公然鱼肉百姓，却也被乡邻们侧目而视；还有的在塾里读了几天书，眼睛便长到了头上，只一门心思去结交县里的官员。族长常宽是个老好人，加之又在繁县担任县令，鞭长莫及，益发约束不了族中子弟。自己当年负气出走，独自一人来到这锦官城中谋生，也和那群势利之徒大有关系，后来阴差阳错进了蜀锦织造府，族中有人竟然认为丢了常家的脸面，以此为理由，趁机分占了自家那几间房屋。常宽也不管不问，只有二叔听说后，将自己母亲接进家中奉养。母亲去世后，二叔不时还差人前来嘘寒问暖。三年前，二叔在巴东郡朐忍县令任上为人所构陷，不由分说被去除了官帽服饰，囚在木笼之中，被一辆牛车押送到益州府，下到了狱中。从洛阳传来旨令，着先在益州进行初审，然后再将情况上报京师。过堂时，二叔抬头一看，发现负责审讯的官员竟是自己的好友，不禁转悲为喜，以为事情当会水落石出，心情顿时畅快不少。

说起来，这位初审官员初入仕途时确也和二叔是邻县同侪。因为两县相距不远，公务之余，二人还常吟咏唱和。有一年中秋，二叔在县衙后花园对月独酌，忽念想起他来，月下得诗一首，遂派人快马加鞭将诗送到邻县。此人也是敏捷之才，倚马之间便也成诗一首，交给来人带回。此事一时在益州官场传为趣谈，甚至连洛阳城里也知晓了。武皇帝司马炎有次临朝，笑吟吟地对廷下百官道："前朝魏武父子文采风流，常以文章自许，不料我朝也有如此风雅之才。"

百官齐声应道："皇上用人之道，不惟在孝，亦在贤在才也。"

武皇帝抚掌大笑。

谁知风向难料，不过俯仰之间，武帝驾崩，惠帝即位，几年间，京师洛阳就爆发了皇后贾南风与赵王司马伦之间的战争，贾南风被一杯"金屑酒"赐死，司马伦登上皇帝位。作为武帝、惠帝的旧臣，二叔被下到狱中。此人一夜之间便翻了脸，为了将二叔牵连到另一个案件当中，做成一个类似"串蚂蚱"那样的要案，将风马牛不相及的一干人员串到一起，以便趁机灭掉一派势力，将自己头上那顶官帽变得更大更威风；表面上对二叔客客气气，暗中却令狱吏们对二叔严刑拷打，逼他画押作伪证，可怜二叔平日里为人温良敦厚，哪里经得起这白脸红脸的反复折腾？几次过堂之后，差点瘐毙于深牢当中。要不是赵廞因谋反需要笼络益州郡内大族世家的人心，将二叔从狱中提出来，不明不白地放回江原县老家，只怕如今早已是人鬼殊途阴阳两隔了……

想到此，常琬轻吁了一口气，心中暗暗向天祷告："赵廞已被诛灭，如今最要紧的，是为二叔恢复名誉，希望刺史大人能为二叔作主，或许二叔还能再任个一官半职……"朝门外一抬眼，就看见一个中年人面带笑容地走进院子，胖乎乎的圆脸上若有若无地闪着两个酒窝。常琬急忙迎上前去，中年人对她略一点头，问道："常璩何在？"

常璩急忙应道："常璩在此。"

中年人脸色冷峻起来："刺史大人口谕，江原常家世享国恩，今益州存亡之际，着常璩随侍听令，为朝廷效力。"

姐弟二人对望一眼，脸上情不自禁地流露出了几分喜色。常琬急忙一扯常璩衣袖，常璩连忙躬身："多谢刺史大人，常璩得令。"中年人将他上下打量了一番，见他满脸感恩之情，嘴角边遂舒展开一缕笑，慢腾腾说道："我乃刺史大人府中家人罗安，军情紧急，常老弟快随咱家来吧，可莫误了大人登楼瞧那李特的时机。"

这时候，屋瓦上的积雪开始融化了。阳光下，最先露出的是灰黑色的屋脊。常琬倚在门边，看见常璩的背影跟着罗安从一队队士兵中间穿过。常琬目送着，待常璩的背影消失在视线尽头，才转身进屋。这时候，一缕雪水顺着檐沟"啪嗒"一声落在地上。随即，街巷里"吱嘎"一声，有户朱门人家开了门，一个小厮探出头来，看见一员偏将骑在马上迎面疾驰而来，马肚两边皆披了闪亮的铁甲，修长的马颈下，一颗人头左右晃荡，似乎正笑得呲牙咧嘴。小厮骇了一跳，立即把门关上，差一点将头夹在门缝当中。

箭，即将射出。拉弓的那只手，稳稳地停在半空。风吹过饱满的弓弦，发出轻微的呜呜声，只待罗尚右手向下一挥，这支锋利的箭就会破空而去，在电光石火间穿透李特的胸膛。然而罗尚的手并没有挥下来，反而轻轻地向后摆了摆，这让都骑校尉大为不解。他本是罗尚帐下排名第一的弓箭手，臂雄力沉，可以在百步之外一箭穿透三张牛皮靶心。箭术既如此高超，偏偏为人还沉默寡言，沉稳有度，颇得罗尚信任。此刻，他见了罗尚手势，瞬间将全身的力道硬生生收回，收弦、拢弓、拈箭、入袋，整套动作一气呵成，然后屏息静气地执弓而立，一双眼睛向左右扫了一下，透出一股傲然之气。

对面，李特正扯开铜锣般的嗓子大吼："罗尚，我大军攻无不克。你还是快快投降，免得掉了项上人头。"

"李特，朝廷念你等氐羌流民受兵火骚扰，特许你等进入蜀地就食。你等不念朝廷大恩，反而图谋不轨，该当何罪？"

"司马无道，诸王相残，致使天下民怨沸腾。我等原本就是蜀人，何来入蜀就食之说？"

罗尚正要反驳，又听李特大声说道："想你父亲叔父原本也是蜀汉将领，皆受先主昭烈帝栽培，你又何必再为司马家卖命？"罗尚心里顿时怒火上升，暗暗将右手朝后一摆，哈哈笑道："蜀汉早已灰飞烟灭。如今朝廷大军云集，我城中兵强马壮粮草充足，尔等还是放下兵器，早日归顺了吧。"

见罗尚发出暗号，都骑校尉正要拈指从箭袋里抽箭，却被人伸手轻轻一挡。他抬起头，只见兵曹从事任睿从随从手中接过一支箭，递给自己。他低头一瞧箭镞，脸色登时变了，那锋利的箭镞上隐隐透出一层铜绿色，分明是在药水中浸泡过。他摆摆手，正要拒绝，只见任睿脸上露出无可奈何的表情，嘴巴朝着罗尚背影微微一努。都骑校尉心里老大不乐意，但也只得接过来，小心地捏住箭杆，深吸一口气，搭箭上弓，双眼精光炯炯，只听"嗖"的一声，那箭脱离扳指，迅如闪电，直奔李特面门而去。常璩厕身人群中，眼看那李特即将中箭，心中暗暗欢喜。

自秦攻取巴蜀，秦献公、秦惠文王先后派张仪、张若入蜀，仿咸阳城规制筑成都大城、小城以来，大城内为刺史府衙所在，小城则属成都县治所。天晴时分，站在大城上箭楼前眺望，西北雪山魏峨，东南平畴百里。朝霞时，两处城内处处市声喧哗，日落后，大城里则夜夜笙歌鼓乐；俯瞰城外，郫、检二江波光粼粼，终年流碧泻翠，端的是人间第一等温柔富贵之地。大城与小城之间原本共享一道城墙，诸葛亮去世后，姜维领大军在外，刘禅采纳了宦官黄皓的建议，以攘卫皇城的名义，在共享的城墙外又建了一道城墙，就此将大城、小城分割开来，两城之间虽相距不过三十余丈，中间仍挖了一道壕沟，引郫江之水灌入，平时皆以吊桥出入，黄昏时将吊桥收起，没有宫中的令牌，任何人都不得通行。

都骑校尉那一箭挟雷霆之势，眨眼间便穿过护城河，尾羽在空中发出恐怖的呜呜声。那李特兀自张口大嚷，好似浑然不觉。大城这边，罗尚等人手心里都捏出了一把汗，眼看那箭即将没入李特面部，不料斜刺里无声无息杀出一箭，两箭相交，众人只觉眼前火星一闪，大城上射出的箭已被拦腰断为两截，"噗嗤"一声掉入护城河中。

常璩还来不及愤惜，只感觉眼前寒光凛凛，似乎有千军万马即将冲杀过来，心中突突直跳，抬眼看时，却见小城左侧纷纷扰扰的人群中冒出一个年轻人，年约二十，身瘦手长，双眉如蚕，怀中一张黝黑大弓拉得如同满月，弓弦上，冰冷的箭头直直地瞄准罗尚，却又好像对准了所有人。

常璩心中暗暗一惊。

李特哈哈大笑："入娘贼，箭法不错，可惜比起我儿子来还是差了几分火候。哈哈。"罗尚脸色煞白。都骑校尉更是气得脸色通红，身子微微颤抖，恨不得拿刀在地上砍个缝钻进去。半晌，罗尚长叹一声："李特，今日你我一见，果然名不虚传呀。"

李特道："休得多言！姑念城中百姓性命，且给你三天时间。三天后，尔等快快开门纳降。不然……"话音未落，他蒲扇般的大手向前一指，年轻人手中那箭已从罗尚头顶穿过，将其头盔上的络缨射落，箭头"铛"的一声没入箭楼上木柱之中，箭杆不停抖动，震荡出嗡嗡之声。骤然间，李特军中爆响起一阵雄浑而又凌厉的牛角号声。流民们手持长矛，在阳光下收腹鼓胸，齐声呐喊。原来李特自举事以来，采纳流民中老者意见，军中皆依氐羌习俗，冲锋陷阵时以牛角为号，午夜歇营时则用羌笛为音。号声起时，众人皆血脉偾张，奋勇向前；笛音悠悠时，兵士们都宽衣解带，将兵器置于伸手可及之处，倒头便睡。李特又令兵士十人为一队，十队为一卫，十卫为一营，每营设都尉一人，校尉二人。李特自为大将军，居中军，令弟弟李流、李庠分领左右二军。一旦号角声起，兄弟三人互为掎角之势，先是弓箭齐发，然后马军冲杀，最后步军冲击，往往杀得防卫蜀地的晋军望风而逃。

此刻，李特麾下兵将们眼见李雄一箭射中罗尚络缨，士气大振，掌管号令的兵士便情不自禁地吹起号来。十来个汉子立于阵前，手持弯弯牛角，号声从阳光里穿过，如波涛般起伏，散发出一种震撼人心的色彩。

罗尚面如死灰，转身便走下楼去。任睿紧跨数步，正要跟上去，眼角却瞥见常璩张大了嘴，还惊愕在李雄那一箭的威武当中，立刻扯了扯他的袖子，常璩这才回过神来。任睿低声在他耳边说道："快走。"两人随着纷乱的队伍疾走下楼。任睿眼尖，瞧见尘土中一个物件被人踢来踏去，一弯腰拾在手中，认出是都骑校尉平日里戴在拇指上引弓的扳指，思忖片刻，将扳指放入袖中，随即奔下楼去。常璩却迟了半步，下楼那一瞬间，他忍不住又回头望了望，却见李雄放下弓，侧身对着箭楼前的李特微微一笑，露出两排洁白的牙齿，然后李雄仰起头，张开双臂，这架势，仿佛是要把整个成都城都抱在怀中。漫天的阳光洒下来，李雄那张年轻脸庞的边缘上，闪耀着一层金色的光芒。

　　小城里已经乱成一团。

　　雪化为水，从檐沟里淌下来，滴答滴答地一直落到晌午。时令毕竟已过立春，当屋瓦上的积雪融化完毕，阳光便如金箔般倾泻下来，到了午后，人家房前屋后的洼地水面已被映得闪闪发亮。远远望去，除了城墙上一队队执矛巡逻的士兵使人感到有几分紧张，小城的街巷间仿佛又恢复了往日的平和。街上开始有行人来往，然而这一切只是假象，只须仔细瞅瞅，便可见那些"行人"大多还是李特手下的氐羌兵。他们或三三两两执矛步行，或三五乘骑纵马疾行，蹄声嘚嘚，踏得青石街面上不时溅起几点火花。间或也有平民的身影一闪而过，但几乎都是低头掩面，挨着街边匆匆而行。

　　街巷深处，稍微殷实的人家都是关门闭户，或拿木头死死顶了门，或搬出水缸堆在门后。一时间找不到趁手家什的，男主人搓着手，焦急地在门背后走来走去。妇人和小孩躲在屋子深处，大气都不敢喘。

　　老兵恍惚地跟着一群兵士在街上走着。头上，他那顶益州守备军的头盔已被取掉，被人胡乱地包上了李特麾下士兵的头巾，身上却依旧是血迹斑斑的晋军号衣。风一吹，他颌下几缕花白的胡须便高高扬起，显得颇为滑稽。老兵带着兵士们穿街过巷，一见到那些关门闭户的人家，立刻用手一指，然后就低头避到一边。兵士们立刻一拥而上，脚踹斧劈，然后一窝蜂冲了进去，那些人家的院屋里立刻响起了男人的苦苦哀求声和女人小孩哀哀的哭叫声。

　　在另一条街巷里，有群士兵不知从何处抱来一根圆木，对准关得一扇死死的大门撞去。声音惊动了刚从一户人家出来的士兵，看他们一下一下撞得颇为吃力，便哄笑起来，聚集在一旁，大声喊着号子："嗨—扎、嘿—扎……"有一群士兵大概是喝多了，在街巷间东倒西歪地走着，眯瞪着眼，呵呵笑着，不知是谁带了个头，突然唱了起来：

　　　巴杆子哎溜溜草，

巴心巴肝哎,去看爹娘

众人呵呵笑着,齐声应和道:

巴心巴肝哎,看爹娘

那笑声忽然又转成了呜呜的哭声:

看爹娘唉,看爹娘
爹娘正在那黄泉路上哎
悠悠飘荡
……

四下里又哭声一片。老兵默默地听着,抬起头,偷偷瞥了一眼四周,迅速抬起手抹了一下眼角。

老兵是被人从死人堆里拎出来的。

两个时辰前,当他被几个氐羌兵从死人堆里像抓小鸡那样抓出来时,整个人都快散架了。那几个兵看他一脸血污,身着晋兵号衣,便抽一把剑架到他脖子上。他顿时感觉一股凉气嗖嗖地在全身游走,索性双眼一闭,叹息一声,静待死亡。然而出乎他意料的是,片刻之后,那寒冷的剑锋竟然离开了他脖子,随即,四周响起了嘻嘻哈哈的笑声,有人在他耳边大声问道:

"老头儿,你是从哪里找来的这身甲衣,成心找死啊?"

"怪不得这益州城里的晋兵如此不堪一击,原来是连这样的胡子兵都拉到城墙上来了。"

"老头儿,你别老是闷声不吭啊,说吧,想死还是想活?"

"死又咋样?活又咋样?"老兵声音发颤。

"死嘛,嘿嘿,"冰冷的剑锋又架到了老兵脖子上,"死嘛,很简单。现在,老子只要轻轻一划拉,你这老小子就去阎王殿报到啦。"

"我……我……我要活。"老兵感觉裤裆都快要湿了,嗫嚅着说道。都说当兵的见过血就不惧生死了，然而老兵知道，那不过是年轻时候懵懵懂懂，听见自己阵营里战鼓咚咚擂响，顿时热血上涌，跟着将官们不管不顾地向前冲杀。到了自己这把年龄，见过的死人已经太多，现在唯一的期盼，就是活着，活着，然后回家。

"既然想活，那就简单了。"一个阴沉沉的声音说话了，显然是民军中的一个小头领，"老子们来到蜀地，就是为了填饱肚皮。现在打进成都，更要吃香喝辣，风流快活。"说到这里，那声音突然高亢起来，厉声道："你个老不死的，少装神弄鬼，快他妈睁开眼睛，给老子们带路！"

三万多人马一下子拥进本已人满为患的小城，要吃，要喝，要房舍、铺盖，要草料……有的兵不听管束，吃饱了饭还要女人，然后还要金银，顿时把这个本就狭小的小城闹得鸡犬不宁。这几万人马伏在风雪交加的郫江对岸时，哪怕饿得只能舀一瓢冰冷的江水压肚子，也不敢乱说乱动。就在发起攻击前夕，在郫江边的一个小小村落里，有个兵士饿得实在发了慌，闯进一户人家抢食了锅里的芋头，自己一声令下，那兵士便自断了一根手指，全军上下无不战战兢兢。

李特万万没想到，怎么今天一进了城，将士们就不听管束了呢？

夕阳无声地从城廓上落了下去。随着那西沉的落日在云层里逐渐隐去，暮色围合上来，随即，呜呜的羌笛声开始在小城的箭楼上悠悠地响起。这是号令兵士们归营点名的令声。听到笛声，李特下意识地迈步出了帐篷，他本以为会看到校尉们带队从各处归营，谁知横在眼前的，却是街巷里一片灯火纷乱的情景。

一个时辰前，李雄前来询问今晚在哪里安营，李特伸手拍了他肩膀："你去找一处好宅子，咱父子俩也尝尝这蜀地第一等华居美屋的滋味吧。"

李雄却机警地摇摇头："依孩儿看来，父亲大人今晚还是和我们一起住在帐篷里为好。"

李特随即反应过来："好小子，还是你想得周全些。"他发现，这两年来，他是越来越喜欢这个小儿子了。这小子，几年前还是个见了女人脸都要红到耳根的"青沟子"，没想到经过这几年在蜀地的几次征战，不但弓马日益娴熟，而且性格变得沉稳坚毅，心思细密，越来越像自己，尤其今天上午他那一箭后发先至，拦腰射落了晋军那边的暗箭，让罗尚大丢脸面，更让他大为喜悦。其实当罗尚阵营中那校尉双肩一抬时，他已然执剑在手，面上却不动声色，他要等箭到面门那一瞬，才挥剑将其劈落，让罗尚这个朝廷册封的所谓"平西将军"也见识见识他这个数万流民们一致推举的"镇北将军"的本领。

现在儿子为他挣了头彩，他比自己被流民们推举为首领时还要高兴。看着儿子那英气勃发的脸庞，李特内心不禁溢出一种柔情。自从入蜀以来，他忙于东征西讨，难得有片刻功夫去关心几个娃儿。他暗暗对自己说："始儿、荡儿、雄儿几个孩子年龄也到了，等罗尚那厮献上大城，就该给他们讨上几房媳妇，给老子生一大堆孙娃儿啦。"

他就这样怀着喜悦的心情，在悠远苍凉的羌笛声中走出了帐篷，不料映入眼帘的，却是一幕幕混乱不堪的场景，心情顿时冰凉下来，一股怒火直冲上脑门。转念一想似乎不妥，就来到昏暗的灯光下，箕踞在中军帐中，双手抱头，苦苦地思索起来："按照之前的做法，为了激励将士们的士气，也为了震慑据守在蜀地其他郡县的晋军，攻进城之后对这些剽掠之行可以睁一只眼闭一只眼，但成都不同，这里是益州郡郡治所在地，不单是富贵风雅之地，还曾为蜀汉皇城所在，如果还像往常一样纵容兵士们的行为，恐怕会激起蜀人的极大反感。虽然我麾下目前还算兵强马壮，但终究强龙难压地头蛇……如今之计，该如何是好，如何是好？"

李特的队伍颇为奇特，风格类似于当年黄巾军张角兄弟的人马。队伍里，除了冲锋陷阵的骁勇之士，还有跟随的家眷，以及打铁、行医、推磨、制作推车、专事菜蔬种植的……打仗时，这些匠人和妇人娃儿等都在李特妻子罗氏的带领下组成后营，远远地跟着中军，队伍显得倒还齐整，一旦归营，顿时就像个混乱不堪的破村子。显然，眼下最紧要的是尽快攻下大城，以成都为依托，才能对抗即将反扑过来的各路晋军。

但要如何才能攻下大城呢？

李特不知道，就在他一筹莫展的时候，他对面的最大对手罗尚此刻也陷入了极大的惶恐与愁闷当中。小城已然陷落，上午在箭楼上，他已经见识了李特的威势，知道无法与之正面交锋。回到府中，他立即向朝廷报告了成都目前的形势，请求火速派遣荆州刺史宗岱和建平太守孙阜所辖水军前来，不然，成都不保。他想了想，又加上一句：臣当与益州共存亡，以谢皇恩。写完这一句，他长吁了一口气。房间里炭火烧得很旺，不觉之间，他额上已密密地沁出了一层汗珠，他举起袖子，轻轻擦拭了一下，这时，府衙外面隐约传来了巡夜的"柝柝"声，接着是嘚嘚的马蹄声，他这才发觉，窗外已然月上中天。

这是一弯下弦月。洁白的月牙似鱼尾般在云层里时隐时现。罗尚踱步到窗前，望着那广袤而清冷的夜空，发了一会儿呆，突然笑了起来，扭头对外屋说道："唤那个叫常璩的年轻人前来。"少顷，又加了一句："先请任先生来。常璩到时，让他在外面等候召唤。"说完，他冲那一弯月牙举起了拳头，从牙缝里一字一顿地咬出几个字来："李特，你好。"

第二章　痴心与壮志

一

"什么？让我去侍候李特？"常琬睁大了眼睛，仿佛不敢相信自己的耳朵。

常璩张了张嘴，却不知该说什么，又从何说起。他扭过头，为难地看着斜对面正襟危坐的任睿。兵曹从事笑了，起身从案上拈起一块繁县香芋，仔细打量了一番，连声赞道："此物洁白如玉，绵软可口，不惟饱腹，其形态亭亭玉立，其叶亦翠色润人。如此美食，普天之下却唯我蜀地独产。"他把目光转向常璩姐弟，微笑着问道，"你们说这是为何？"

常璩冲口而出："想我益州自李冰父子治水以来，水旱从人，沃野千里，此物固然佳品，但在我益州郡内尚称不上什么稀罕之物。远的不说，譬如……"说到这里，他忽然感觉室内沉默得有些令人尴尬，便住了口，讷讷地向四周看了一眼，只见常琬将一双手环抱在胸前，冷冷地盯着他。常璩迟疑了一下，却听任睿连声打了几个哈哈："譬如什么？常公子您倒是说呀？"

常璩急切地说道："譬如我江原县境内之小亭，滔滔江水之旁，便有上好稻田阡陌相连，其米洁白如珠，入口齿颊留香，可谓是天下一等一的好米。"话音未落，就听常琬冷冷地"哼"了一声："可惜江原县的好米喂养出来的都是些没良心的家伙。"常璩顿时满脸通红。他虽然知道这个姐姐平日里总是心直口快，然而这句话却让他心里顿时涌上来一股委屈，他张张嘴，正要说什么，就见任睿脸色一沉，眉宇间凝上来忧伤的神情："倘若成都不保，百姓尽皆流离，不管是繁县香芋还是江原小亭好米，又怎能活我万民？"

"倘若成都不保，这样的佳品尽入李特之手，岂不是暴殄天物？岂不更加助长了流贼气焰？我等蜀人，到那时将有何面目见先人于地下？"任睿越说越激动，大冷的天，额上竟沁出一层细密的汗珠，"作为地方父母官，我们不能保境安民，城破之日，便是我等殉国之时……"他喉咙里哽咽起来，一双眼睛直直地瞪视着常璩，"而你们常家呢？到那时又该如何自处？"

常璩低头无语，耳边回荡着任睿那悲愤激昂的声音："常家世受朝廷大恩，声名远播，倘若成都落入贼手，你们在江原的族人恐怕也将被屠戮殆尽，到那时，祠堂被毁，厅堂长草，祭祀之日，再也无人在祖宗牌位前上香敬果，常氏一族，将就此断了香火……"

"哈哈哈，说得一惊一乍的。你这啰啰唆唆一大堆，说白了，不就是要施展你献给刺史大人的美人计，让我去当西施吗？"常琬扬起头，一双又黑又亮的眼睛逼视着任睿，"保境安民本是你们的事，如今情势危急，你们这群大男人官老爷倒要我一个女子出头，羞也不羞？城破了又咋的？大不了我纵身跳入那滚滚江水之中！"说完，她伸出雪白的手腕，将遮挡在内室门口的珍珠门帘"哗啦"一声分开，"噔噔噔"就跨了进去。

任睿冲常璩一摊双手，满脸苦笑："常公子，你这姐姐可真是个爆栗子脾气啊。"

谁知常琬人在内室，一双耳朵却没闲着，听见这话，顿时不依不饶起来："爆栗子又怎么啦？难不成就该逆来顺受？我恨只恨自己生了个女儿身，倘若是个男子汉，早就披甲上马，冲出城去与李特那厮决战了。"

常琬话音刚落，任睿脸色顿时严肃起来。他站起来，冲门帘后一拱手："姑娘真乃深明大义之人，令我任睿汗颜。其实要姑娘去贼营之中，非我之计，而是刺史大人反复思量后的决断。姑娘不愿失节，令人感佩。下官就此告辞，适才那一番话多有失礼之处，尚请姑娘海涵。"说完，他又冲常璩一拱手："贼势浩大，公子昨天在城楼上也见到了。成都恐怕不保，公子宜早做打算。"言毕，他抬头看了看窗外，只见层层叠叠的阴云已然散去，一轮红日透出光芒，在西边天际欲坠未坠，映照得远处箭楼上的深黑色的飞檐像染上了一层殷红的血。忽然之间，从远处又隐隐传来呜呜的号角声。任睿浑身一震，眉宇间又浮上来忧虑的神情，急匆匆说道："哎呀，天色已然不早，下官还得赶紧回衙门向刺史大人复命，这就告辞吧。二位，多多保重。"言毕，匆匆跨出门去。

暮色从四面八方涌了进来。室内漆黑一片。姐弟二人一在内室，一在外屋，你不说话，我也不开腔，整个宅院都陷入了深深的沉默当中。那位"婶娘"张妈倒也识趣，见气氛尴尬，又听着门外街巷里安静得瘆人，索性闩了门，到厨房里拿了一个酒盏，躲到了自己房里，点起油灯，就着中午的残羹吃起酒来。她原本是想溜到府里去会自己的老相好，但一脚跨出院门后，却发现街上三三两两都是往来穿梭的巡夜兵士，立刻又将身子缩了回来。

张妈是深知那些兵士们内心的心急火燎的。黑夜之中，自己一个妇人，虽说已不年轻，却因多年在罗尚衙里担任厨娘，显得比同龄的妇人更加丰腴白皙。那些个兵士白日里倒还有将官们拿刀剑约束着，到了晚间，兵转而做贼，不过是转念之间的事，一旦自己孤身走在街巷，还不得被兵士们像捉羊一般拖到角落里？

想当年，村里好几个同龄的姑娘不就是这样被魏将钟会手下那些军士们活活糟蹋死的？一想到这里，张妈突然浑身打了个冷战，当年拿锅烟子搽黑了脸、被母亲一把塞进草垛里的情景又在眼前浮现出来。她仿佛又听见那群士兵就在耳朵边狂暴地淫笑着：又白又嫩的两脚羊……哈哈……好美的南蛮子……

灯火闪跳一下，眼前顿时黯淡下来，原来是灯芯结了个花。张妈把酒盏放下，反手抽下簪子，满头黑发顿时丝绸般滑下来，落在两肩。她觑了眼，用簪尖挑开灯花，室内顿时又敞亮起来。

手上簪子这么一抽一挑，张妈的心绪已渐渐平复，一缕幽怨却又浮上心来："这挨千刀的，八成是把我忘得干干净净了。"她也不再束发，就任由它披散着，一面心里喃喃骂着，一面嘴角边却不由得露出一丝微甜的笑容来。说来也奇，明知相好一时难以见到，今天心中那点欲念不但不消，却反而野草般滋长出来，益发在心头摇晃。一盏酒徐徐入喉，张妈顿时两颊绯红，她伸手按住胸膛，只感觉一颗心"突突"地跳动不已。吃了一盏，她意犹未尽，又起身欲到厨房去再盛一盏，走到内室墙外时，却听见室内隐隐传出呜呜咽咽的抽泣声。

她驻足听了一会儿，摇摇头，心里叹息道："我只道这小娇娘平日里性格活泼，又得大人宠爱，虽养在外室，有缘无份，她却不争不急，随缘自在，谁知到底也是个满腹辛酸的人。小娇娘啊，下辈子，咱俩都投胎为男人，免去了这三千青丝，万般烦恼。"

张妈心里对常琬是有怨言的。起初被罗尚派到这幽静的宅院里伺候常琬时，她心上十分倒有八分不乐意。她倒不是贪图衙里后厨的油水充足，而是天性里便喜欢闹热喜乐，尤其是可以日日面对自己所喜爱的人，常常让她得以感觉人生有一种难以言说的满足。然而，罗尚乃是将她从安南将军府那无边无际的苦水中解救出来的人，于她有再生之恩。况且，这份差事本身就是一种被刺史大人信任的表现，她难以推脱，这才耐着性子，在常琬身边一待就是半年。

妙的是，这半年里，罗尚起初来得倒是很勤，但后来随着局势紧张，便很少过来，她那个厨师老相好更是至今连面都没有露过一次。由夏入秋，由秋进冬，许多个黄昏，院子里只有她和常琬这个十八九岁的小娇娘在月光下、灯光里相对而坐。坐得久了，张妈内心不由得对常琬生出了几分怨恨。她恨常琬搅乱了自己的生活，不知这清汤寡水的日子何日方到尽头。然而今天听见常琬哭泣，联想到自己的遭遇，不知为何，她心下忽然对常琬生出了几分怜悯，不由得想起了当年自己那个一降生到人间便被迫送人的女儿……

听见常琬的抽泣声，常璩再也坐不住了。自从四更时分被人从被窝中叫起来，到衙里拜见罗尚，将父亲的血书呈上之后，罗尚对他的亲切态度让他感动不已，聊到后来，听了罗尚一番推心置腹的嘱咐，他感觉全身的血都在燃烧，想不到刺史大人竟对常家如此看重。一瞬间，他头脑里都是对罗尚的感恩之情，尤其是临别时，刺史大人竟然亲自将他送出府门，与他双手相执，一双英武的眼睛里满是殷殷的期待："令尊大人的冤情，我早就明了在心，原本早该奏明圣上，让令尊大人官复原职的，可惜一到成都就被氐羌流贼情势所困，待我这一次荡平诸贼，必当亲自登门，向令尊大人致歉。"

说到这里，常璩看见，罗尚那一双充满血丝的眼睛里全是慈爱之情，他心里一激荡，就要俯身叩拜。罗尚一把挽住他："道将贤侄多礼了，这原是下官的不是，虑事不周，以致令尊大人在孤村之中翘首等待，苦楚度日。"常璩顿时鼻子一酸，哽咽着应道："大人如此看重常家，学生当肝脑涂地，以身报国，方不负大人知遇之恩。"罗尚温言道:"贤侄言重了。如今贼势虽然浩大,但依我看来,取李特那厮项上人头不过须臾之间。请贤侄放心,令尊大人那封明志之书就暂且放在我这里,待山静河清,便有喜讯上门。"说完,罗尚又对一直陪在一旁的任睿说道:"劳烦任兄相送常家世兄。军情紧急,我还得赶紧奏明皇上。"略一拱手,转身走进了府衙之中。

此刻,常琬的抽泣声越来越大,回荡在无边的静夜里,像无形的刀子在常璩心头缓缓刺过。常璩终于站了起来,一进屋,影影绰绰地看见常琬坐在四周围了丝帘的床上,她将头深深地埋在双膝中间,一双脚褪去了罗袜,像霜一样又白又冷。十五岁的少年第一次看见一个女人哭得如此伤心,顿时不知所措。尽管这个人是自己从小就熟悉的堂姐,然而,堂姐已成长为了一个女人。

是否这世上的女子们一旦长成为女人,就都是这样满腹心事?

常璩不知该怎样劝解,只得默默地陪坐在床边,想伸出手去为姐姐抚去泪水,谁知手刚触摸到常琬的膝盖,就被她一挥手打到一边。他六神无主,只听得耳边的抽泣声像条小溪一般从心上流过,心中忽然大恸,几年来的酸楚一股脑儿都涌了上来,不由得放声大哭。

洁白的月牙在窗外的浮云中时隐时现。听着房间里姐弟二人的哭声,张妈不由得生出了一番好奇心。她站了起来,本想走出去劝解一番,却听见"嗒"的一声,原来是自己的一滴眼泪落到了酒中。

她苦笑,一仰头,将盏中酒一饮而尽。

常璩越哭越伤心,自从父亲下狱之后,他无忧的少年生活突然中断。常耘为官清廉,只身在外,只有个老仆在身边,家中一应吃穿用度及族中人情往来、春秋祭祀、私塾束脩等,皆由妻子沈氏从几十亩薄产中一分一毫地抠出来,方不致在人前失了面子。沈氏性格温婉,农闲时从不在族中诸家乱串,和妯娌、姑子们咬耳朵、传闲话,农忙时也是亲自督促仆人到地头劳作,到黄昏便早早关了门窗,点起灯火,一面在灯下织补,一面听常璩诵读。常耘入狱之后,族中子弟有人鼓噪着要将常璩从塾中驱赶出去。沈氏找族长常宽调停不成,一咬牙,自己昂首挺胸,每天一早将常璩送入学堂,如此连续三月,族中才无人敢提驱赶之事。倒是常耘出狱之后,常璩自己将书本带回家中,每日里伺候父亲完毕,便在父亲床前埋头苦读,绝口不提塾中之事……

初哭之时，常璩只感觉胸中像堵了一块大石，不管不顾地大哭一场后，胸中畅快了不少。这时候，他才发觉常琬早已收住了哭声，一双眼睛半是怜爱半是怨恨地看着他。他还没来得及收住哭声，就听见常琬问道："璩弟，你说，他为什么要这样做？"

常璩顿了顿："你是说，刺史大人？"

常琬不回答，依旧拱膝而坐，将下巴搁在膝盖上，一双眼睛幽幽地望着前方："流寇围城，他甲胄在身，守城有责。城破之后，他势必以身殉国。倘若他死了，我在这世上又岂能独活？"

常璩只听得肝肠寸断。长到这个年龄，他虽还从未接触过男女之事，然而堂姐这一番话，却隐隐让他猜出了女人们内心那翻江倒海的心事之所系。一时间，他不知说什么好，只感觉似乎有些妒忌，又有些凄凉和迷惘。

常琬的声音在耳边忽远忽近："倘若真如任睿所言，计策是他亲自定下，我也就认了。"常琬抬起头，牙齿紧紧咬住下唇，"只是，大敌当前，我一个弱女子又能为他做些什么？"

门忽然开了，一股冷风直灌进来。姐弟二人不由自主地打了个哆嗦，抬头看时，只见张妈满月般的脸庞红红的，闯了进来："哭哭啼啼有啥用？依我说，咱们这就闯到府里去，当面向刺史大人问个水清里白！"

常璩还没从遐思中反应过来。常琬一听这话，却仿佛被当头棒喝，立刻从无尽的怅惘中醒悟过来，仰起头，拍手叫道："对呀！"

依照张妈的计策，常琬换上了常璩带来的男装，张妈又帮她将长发细细地盘到头上，然后戴上读书人头巾，一个英俊的儒生顿时出现在眼前。张妈不禁拍手笑道："好个俊俏的小伙儿。"这话逗得常琬忍不住"扑哧"一笑，脸颊上现出一对浅浅的梨涡来。

张妈也换上了男装，只是她丰腴的身子差点将衣服撑破，只得胡乱用带子将衣服捆在身上。三个人随即出了大门，在夜色里紧紧地贴着街沿，向刺史衙弯弯曲曲地行去。

大城里此时已万籁俱寂。众多人家早早就熄了灯，提心吊胆地等候着即将到来的未知命运。街道上连一声狗叫都听不见，只不时闪耀过一排排枪矛寒光。

也是张妈机警，每当听到远处有兵士走动的声音，便带领二人迅速避到黑暗处，然后钻进一条条黑黝黝的窄小巷子，低头疾走。这大城原本是秦昭襄王时张仪所建。成都平原低矮潮湿，沼泽众多。张仪细细勘察了地势，以平原正东方的龙泉山主峰为定准，取山势为凭，依江流为界，将城址选定在了郫江和检江之间。他这是想仿照八百里秦川的北方城廓修筑模式，先依东南西北四个方位构筑起城墙，然后将城内街道如棋盘一般划得横平竖直，齐整归一，衙归衙，坊归坊，衙坊之间，则以木栅为界，官民各有界限，贵贱皆有所属。

方案既定，于是十万民伕从附近召集过来，排干沼泽，焚烧荒草，驱赶走蛇虫虎豹，开始夯土筑基。然而出乎张仪的意料，无论民伕们如何出力，却始终无法固定城墙墙基，一段城墙刚筑到半人高，立刻就歪歪斜斜地垮塌下来，那原本夯实了的泥块也如被大水浸泡一般成了烂泥，如此一连数十天，成都城墙寸土未建。民伕们都以为有鬼神作祟，张仪再下令开工时，他们纷纷跪在地上叩头，宁愿受罚也不敢再去动土。

正一筹莫展之际，一只硕大乌龟从浮土中缓缓爬出。其时朝阳东升，那大龟划动四只脚，一路斜行，在地上绕来绕去，竟隐隐在大地上爬出了一圈城廓的印痕。张仪胸中本就有经天纬地之才，顿时大悟，于是沿着龟行之迹夯土筑基，这一下，绵延数十里的城墙竟逶迤而起。张仪大喜，以为上天相助，然而当他登高四望时，却遗憾地发现，这成都城的东西南北的方位竟然偏了，他叹一口气，躬身向西北方天彭山蜀王殉国之处遥拜三次，然后随歪就歪，将城内街道一条条划分出来。

正是这个原因，成都城内街道皆多小巷，往往一条主街之旁，都有曲曲折折的小巷幽径相连，就如一棵树主干上旁逸出许多斜枝一样。

那天晚上，托了这些小巷的庇佑，三人竟然没有遭到兵士骚扰，提心吊胆地在小巷间走了约莫半个时辰后，常璩远远就看见了衙门口那两盏左右晃动的美人灯。时间已近五更，美人灯里的火焰已经开始暗淡。刺史衙门地势颇高，门前一大片空地，矗立了数根拴马桩。将领们到此，都须下马，然后将缰绳交与亲兵，自己须解佩剑，整衣冠，方可由门官引入大门；离拴马桩不远，在门楼外的檐下还置放了一面大鼓，鼓前支架上放了两把鼓槌。按晋朝律法，小民有血海冤情时，可以径直到此击鼓鸣冤。一旦小民击响了大鼓，刺史须得立即放下手中之事，整冠升堂，听小民细诉冤情——当然，在申诉冤情之前，击鼓者先得当庭接受三十军棍杖击，直打得屁股上皮开肉绽之后，才能允许开口说话或呈上诉状。

即使在暗淡的灯光下，一挨近广场，常璩也明显看到那一排用青石凿勘而成的拴马桩上已经勒出了深深的印痕，而那面用牛皮做成的大鼓上，布满了灰尘。

今晚的气氛颇有些诡异。按照平时的规定，刺史大门口每晚布有两道明岗，四名士兵各执长戟，每两个时辰一班轮流值守。倘若有醉酒的市民误走到此，还来不及喧哗，那闪闪发亮的戟刃、兵士身上威严的铠甲就已经将他们的酒吓醒了一大半。但在这大军围城的夜晚，原本该戒备森严的刺史府衙前却撤去了明岗。常璩姐弟俩正在诧异，却听见张妈向暗处大声喊道："我是将军大人家仆张翠，人称张妈的便是，烦劳兄弟们通报一声。"

果然，暗处传来兵士在地上轻微地跺脚取暖的声音，带动得兵刃寒光微闪。雪融之后，气候本已稍稍回升，然而毕竟正值冬春之交，午夜风寒，兵士们虽经罗尚下令身上多加了一层罩衣，但披挂在外的铠甲却凝霜挂冰，站的时间久了，冷空气便如针一般直往脖子里钻。

听见张妈的声音，原本轻微的跺脚声也变得沉重杂沓起来。暗处闪出来一名裨将，腰间悬了一把插在木柄之中的司马刀。这裨将也不接张妈的话，只斜着眼，冷冷地朝他们三人上下打量。张妈毫不迟疑地迎上前去，面对他的眼光又一次朗声说道："请速报与门官，就说我张妈回来了。"

张妈话音刚落，大门顿时就启开了一条缝，任睿探出头来，一眼就看见了常璩姐弟，连忙急匆匆走下台阶，亲热地拉起常璩的手，道："原来是常世兄，快请进，请进。"说罢，他微微一摆手，那员裨将立即退回到暗处。与此同时，兵士们跺脚的声音也消失了，兵刃的寒光也隐藏了起来。衙门外面的空地上，又只剩下了行将熄灭的美人灯那散落一地的暗淡灯光。

这时候，东边天际厚厚的阴云开始散去，一线鱼肚白隐隐露了出来。几缕红云开始闪现，给寒风过后的大地带来了活力与希望。突然，一阵呜呜的牛角声从对面响亮地传了过来，直震荡得人惊惧不已。人们这才倏然醒悟过来，活力与希望并不存在，这号声仿佛在提醒大城中的晋军将士，距离李特大军攻城的时间只剩下短短的十二个时辰了。

二

李雄意外地得到了一把好弓。一把黑黝黝的、叫不出名字的弓，用手一拉，感觉像是在奋力分开一块石头；再屈指一弹弓弦，弓弦纹丝不动，半晌，才隐隐传出"嗡嗡"的声音；奇的是，这声音一旦传出，就像涟漪般回荡不绝，震荡得人心里也随之激荡，共鸣不已。

他认不出这是一把什么弓，只是喜不自禁地用手一遍遍仔细在那奇特的弓身上摩挲着，好像那不是一把弓，而是内心想象了无数遍的、既神秘又神奇的女人的胴体。摸着摸着，他隐约觉得弓身下端内侧挨着弓弦的地方，似乎有几颗凸起的颗粒，他举起来就着夕阳仔细端详，那似乎是一排字，像蚯蚓一般弯曲着。他看了半天，始终看不出个所以然来，索性卸下铠甲，顾不得天气犹寒，用里衣仔细包裹了这张弓，兴冲冲就往中军营帐跑。他满面笑容，一边跑，一边挽起贴身的箭衣袖子，在夕阳下露出肌肉虬结的古铜色腕肘来。

沿途的兵士们看见这位骁勇的少将军像一匹马一样向前疾奔，都不明白发生了什么事，但看见他满脸的笑容，心里都莫名地振奋起来。

就士气而言，氐羌流民们自攻下小城之后，已然信心大增，但就武器装备来说，对面大城中的晋军显然更胜一筹。罗尚自从担任益州刺史后，心知成都城的守卫装备已被与李特勾结的赵廞耗费一空，便压下心中不快，提起笔来，给堂弟陵江将军罗袭写了一封求救信。罗袭接到信后，脑海中缓缓浮上来一些往事：虽然从来就对这个打小便借居在自己家里的堂哥不太瞧得起，然而如今毕竟同朝为官，加上当年他又帮自己揽下了诱迫母亲身边那个张姓丫鬟怀孕的事，让自己既免受了父亲责骂，也保全了翩翩佳公子的声名，得以在父亲去世后顺利袭职，继而走通皇后贾南风身边关节，被封为陵江将军……人到中年的罗袭这时才发现，一直以来，这个堂哥其实对自己还是挺不错的。在灯下思考一番后，罗袭再次确认了从洛阳探听来的消息：去年，长沙王司马乂诛灭了独揽朝政的齐王司马冏，得以一言九鼎，如今虽然听闻河间王司马颙对此颇有微词，又开始在诸王间串连，隐隐有些异动，但眼下京师洛阳还算人心稳定。况且，当初被司马伦拉下皇位的司马衷此刻也还高高在位，即使今后诸王之间真的大打出手，自己靠父亲遗留下来的这点本部兵马牢牢守住陵江这块地盘，还是可以坐山观虎斗的。

盘算完毕，罗袭不再犹豫，将虎符授予兵曹从事，下令他亲自督促着，从武库中调出一万支箭、五百张弓、五十把弩、五百张盾，由水路运到了成都。

面对李特的威胁，罗尚不敢掉以轻心，向堂弟求援的同时，他又吩咐各州县上调矛、槊等马步军武器，充实到大城和小城的府库之中；而李特军中，除了用细麻丝做弦的不到一百张铁弓和数千根长矛，其余兵士拿在手里的，不过是从山间砍来的削尖了的木棍和竹枪而已。

李特为此忧虑不已。

而李雄念兹在兹的，则是为自己寻到一把有数百斤力道的好弓。

自从八岁那年在父亲指导下练习骑射以来，这十来年间，他已经换了十来张弓。就力道而言，不断增加，从起初的三石到现在的八石；尤其是年过十八之后，原本瘦小的他已长得高大英武，膂力沉雄；寻常的铁弓到他手里，只须轻轻一拉，常常是叹息一声，摇摇头，然后便把绷紧的用细麻丝绞织而成的弓弦松弛下来，眼里都是失望的神情。直到军中的铁匠特地为他打制了手中这把八石的硬弓，弓弦也更换为从羌地而来的韧性更强的牛筋，方才用得得心应手。

大军进入小城后，他虽然一箭射落了罗尚帐下都骑校尉所发暗箭，在两军阵前大显神威，然而回营之后，他沮丧地发现，因事发突然且力道刚猛，自己那一张硬弓已被拉开了一道裂痕。他不甘心，又一次拉开弦，骤然间，弓身竟断为两半，那骤然绷紧的弦也随之绵塌塌地松软下来。

他懊丧之极，随手一挥，把断了的弓弦远远地扔到了帐外。

大战在即，这一变故让他心急如焚。因此，当李特下令各部兵马散去之后，他没有像其余几个兄弟那样率领本部兵马到百姓家里剽掠，而是带着身边的亲兵们一头扎进了武库之中，期望能找到一张称心的大弓。还在郫江对岸与晋军对峙时，李雄就听当地村落里的老者们说，成都城里的武库之中，藏着当年蜀汉名将如张飞的丈八长矛、赵子龙的银枪、魏延的大刀等，其中，最令天下武将们眼馋、也是魏蜀吴三国鼎立时期兵器榜上最神秘的铁弓——蜀汉五虎上将之一黄忠的天下第一弓虎贾弓（由刘备御赐）。老人们说，这虎贾弓形如其名，弓身色彩如虎皮一般斑斓，巧匠们又在这威风凛凛的弓身上雕刻了一只五爪虎。二十只虎爪缠绕在弓身之上，紧紧地拉扯着牛筋所做的弓弦。当弓弦一扯开，引弓之人便会感到若有千斤之力附在肩膀之上，心中顿时生出一股射日的豪情与欲望。

然而李雄带领亲兵们翻遍了武库，找出了无数根生锈的枪矛，却连虎贲弓的影子都没有见到。从天明到日落，翻腾出来的尘土一直铺天盖地地在半空中飞舞。李雄那张英俊的脸庞上，沾满了黑黢黢的灰尘和蛛网。到后来，亲兵们一个个都找得唉声叹气，他听得不耐烦，一挥手，让他们都退了出去。剩下自己一个人，一趟一趟地在兵器堆中往返埋头寻找，直到夕阳从武库上方那窄小的窗户中射进来。他环顾四周，大失所望，这才两手空空怏怏不乐地从武库里走了出来。

亲兵们早就在门外等得不耐烦了，却又不敢私自散去，就按照籍贯三三两两围成堆，有人倚在被太阳烤热的墙边上，站得累了，就蹲下来，一面懒洋洋解开衣甲，寻找虱子，一面有一搭没一搭地用家乡话扯着闲篇。有个亲兵耳朵尖，远远听见各处街巷里同袍们得意的叫骂声和笑声，心知他们收获不少，一颗心被撩得像蚂蚁在爬。他抬头瞧了瞧头顶太阳的位置，又竖起耳朵听了听武库里李雄的脚步声，心肠一硬，向身边那几个伙伴打个眼色，突然躬身用手捂着肚子，脸上挤出痛苦的表情，"哎哟哎哟"地呻唤起来。那几个伙伴会意，急切地大声嚷道："刘二，你怎么啦？"

刘二痛楚地叫道："肚子……痛，哎哟，痛得很……"

这一下，惊动了一直在门边按剑肃立的亲兵统领。这统领与李雄一起在乱民中长大，虽非兄弟，却情同手足。李雄带兵和李始、李荡及其余几个堂兄弟不一样；那几个兄弟性格暴躁，喜怒无常，高兴了就赏给兵士们钱物，稍有不如意，手中的马鞭兜头盖脸便抽下去。李雄却待身边兵士极为宽厚。有一次这名统领随李雄冲锋时被晋兵一箭射中肩窝，这一箭力道凶猛，箭镞穿肉数寸，镞尖差一点就扎入骨头当中，顿时血流如注，痛得他昏了过去。待他悠悠醒转，却见李雄一脸焦灼地守在自己面前，身下所铺的也不是伤兵们平时所用的谷草，而是一张厚实绵软的用棕丝所编的床——原来是李雄亲自给他斩断露在体外的箭杆，又从后营的牛老神医处讨来箭创药，给他敷在创口周围，然后把自己的床腾了出来，自己却衣不解带，一连在床边守了他两天一夜。

统领大声喝道："刘二狗，你娃又在要啥子花招？"

刘二一脸愁容。旁边那几个伙伴替他帮腔道："刘二他肚子痛。"

"肚子痛？"统领一脸狐疑地走了过来，仔细端详着刘二。刘二不敢与他对视，只把眉头皱成一坨，手按着肚子，嘴里不停地哼叫着。统领一言不发，围着他走了三圈。刘二的身子佝偻得更厉害了，脑壳差一点要弯到地面去，额头上冒出了一层细密的汗珠。统领突然笑了："你这家伙，尾巴一抬我就晓得你要拉屎还是撒尿。去吧……"刘二大喜，嘴边咧出笑容，随即又浮出几分苦相："多谢统领。"话音未落，只听"啪"的一声，统领抬手就把剑从鞘中抽出，在他背上重重拍了一下，厉声道："我王能代少将军下令，凡帐下兵士，天黑之前必须按时归营，如有违令，斩，无赦！"

这一下，刘二才真是痛得呲牙咧嘴，忙不迭地点头。王能又大声喝道："王龙、赵虎听令！"闻听此言，散乱在武库外面的亲兵们顿时噤声肃立。王赵二人应声道："在。"

"令你二人速将刘二护送到老神医处，沿途不得逗留，更不得借机骚扰民众。"

王赵二人与刘二对望一眼，齐声应道："得令。"

这时阳光已开始把地上的人影拉长。一度被阳光晒热的武库的墙面也渐渐透出凉意来。一众亲兵望着三人缓缓转过墙角，消失在街巷深处，忽然间都失去了闲谈的兴致，一个个鼓腮瞪眼，重新肃立成一排，等着李雄从武库里满脸喜色地出来。那统领还剑入鞘，理了理铠甲，重新走到武库门口，威风凛凛地按剑而立。

夕阳终于开始坠落。站在武库门口望过去，只见这一轮硕大的火球挂在箭楼的翘角上，散发着遍及天宇的金色光芒，令人不敢直视，似乎那就是天上的一只眼，不动声色地看着大地上的一切。然而转眼之间，一朵云移过来了，紧接着，一朵云变成了高高低低地的一片云，边缘上凸起犬牙交错的墨黑峰峦，那火红的光芒暗淡下去了，硕大的火球只剩下大半个圆形，却依旧吐出火焰来，与云的阴影在天边相互撕咬着。

王能突然看到地面上出现了一道长长的身影。他内心一暖，把胸膛挺得更加笔直，等待这熟悉的身影发号施令。可是出乎他的意料，这高大的影子今天像被谁打了一闷棍似的，呆呆地依靠在武库的门边上，疲惫而迷惘地望着箭楼上那一轮将落未落的夕阳。

王能轻轻咳了一声，作为亲兵统领，他感到自己必须要尽快把主将从这种茫然的状态中唤醒——很明显，在武库里寻找了整整一天，主将不仅一无所获，而且还陷入了一种迷离的精神状态，作为主帅帐下最骁勇的青年将领，这种状态显然极不利于即将到来的攻城大战。王能已经预感到，那将是一场难以想象的恶战，身边的兄弟们不知有多少会在枪矛的刺击和箭矢的纷飞中，浑身是血地倒在大地上痛苦地死去。这其实也是刚才他明知刘二的病是半真半假，也放他离队的原因。也许，明天一仗下来，这家伙就不在人间了。

果然，李雄说话了。那声音依旧威猛而坚毅，但却夹杂了一种迟疑与不安，昨天早上朝阳升起时他一箭射败罗尚帐下都骑校尉的意气风发仿佛已成了一件遥远的往事。这位青年将领此刻的话，更像一位饱经沧桑的老者在生命尽头所发出的喃喃自语："太阳升起又落下，万物在这一升一落之间生机勃发。自父亲起事以来，我们这一路杀伐，令蜀地多少家庭妻离子散，多少生灵惨遭涂炭。咱们这到底是逆天行事还是顺天应命？听说，在京师洛阳，从赵王司马伦作乱开始，这几年来，诸王之间也是你杀我我杀你。唉，王能，你说说，人活在这兵荒马乱的乱世，不管是王侯将相，还是布衣百姓，他们与草木比，与禽兽比，到底哪个更幸运一些？"

"将军此言差矣！大丈夫生于天地之间，雄壮之躯自然而然生发一股勇者之气、王者之气，就算明天太阳升起之时就要死去，依然怒目圆睁，不减胸腔中半点豪情。依末将看来，生逢乱世，正好趁机谋一票富贵。至于蜀地这些刀下之鬼，乃是死于天劫。并非我们要杀他们，而是上天借你我之手行其消长之道耳。"

王能这番话倒把李雄驳得哑口无言。沉默了半晌，他长叹一声："今日你我为刀俎，蜀民为鱼肉，到明日太阳升起时，杀你我者又不知是何人。罢了罢了，这天命地运的玄机之事，又岂是你我这样的凡夫俗子所能随意窥测。"随即话音一转，"传令下去，令兵士们集合回营。"

王能后退两步，扭转身子，抽出剑来，高高举过头顶，大声喝令道："将军有令，尔等听令！"顿时铠甲声响，近百名士兵迅疾移步过来，集中成三排，在左首腰悬司马刀的小校带领下，一个个抬头挺胸，目光炯炯。夕阳下，枪刺如林，寒光闪闪。

李雄面色如山。他跟在王能后面，缓缓检视着眼前这群跟随自己出生入死多年的兄弟，眼睛里又渐渐透出了一股英武之气，可是，往前走出数十步之后，他脸色变得冷峻起来："王能！"

"末将在。"

"我来问你，今日为何少了三人？"

"回将军，刘二因身体突然不适，末将令王龙、赵虎二人将他护送到老神医处领取汤药。"

李雄不答话，只抬头看了看天，这时候，那一轮与阴云撕咬的夕阳已被吞没了大半，远处的街巷里，已升起了一层烟岚，眼见得暮色就要包围上来。李雄一字一顿地道："刘二身体不适，尚情有可原。王龙、赵虎二人当知军令，太阳落山之后，倘二人还未按时归队，杖一百军棍。"他顿了顿，冷冷补充一句，"倘若他们是假借身体有恙，却离队去行剽掠民众之事，当斩！"

众人心中一凛。他们皆跟随李雄多年，素知他治军严谨，说一不二，眼见得太阳一寸一寸地从云层后坠下去，心想王赵二人这番已然凶多吉少。其实当刘二三人鬼鬼祟祟互递眼神时，有明白人就已瞧在眼里，知道他们做甚勾当去了。这时候，与刘二等人交好的几个兵士已经暗暗在心里为他们双手合十了，期望这番菩萨保佑，三人能逃过一劫。

当两个人影隐隐约约出现在武库那头时，阴云几乎已完全遮住了夕阳。这时候，李雄面冷如霜。那两个人影堪堪奔到面前，只听李雄大喝一声："拿下！"众人一瞧，正是王、赵二人。两个小校随即奔出队列，一脚踹翻二人，手中的军棍高高抡起，就要雨点一般劈打下来，突然，刘二那尖利的声音在远处高叫起来："少将军，少将军，大喜来啦！"

随着刘二这一声高喊，只见箭楼与天际的连接处，那轮行将坠落的夕阳似乎突然向上一挣，从厚厚的云层中喷出一道金光，燃烧得箭楼的飞檐上像耀动着千万片金箔。众人愕然间，刘二在武库墙根的阴影里跌跌撞撞地奔到李雄面前，跪伏在地，双手呈上一把黑黝黝的弓。

第三章　人生不应有初见

一

李雄一边兴奋地向中军营帐疾跑，一边在脑海中回想刘二那结结巴巴的讲述。原来，刘二装病离开队伍之后，和王龙、赵虎边走边商量，如何趁机到民众家中抢掠些财物。王赵二人起初还有些犹豫，刘二道："亏咱三个还是一个村出来的，你二个前怕狼后怕虎的，也不想想自己过的啥日子，每天白刀子进去红刀子出来，不趁现在嘴巴里头还有口气去捞一把，到哪天沟死路埋，成了孤魂野鬼，还指望能有个孝子给你打幡烧纸？"

王赵二人听了这话，往他身上踢了两脚。刘二却也不恼，拍拍屁股，往前一瞅，头一埋，钻进了一户大门半掩的宅院中。王赵二人你看我一眼我瞅你一眼，又不约而同地抬头看了看头顶的太阳，也跟着进到院里，谁知刚跨进去，刘二已经掉头出来，一边走，一边往地上不停吐口水："呸！呸！真他妈晦气。"

王赵二人莫名其妙，又往前跨了几步，就瞧见一具女尸全身赤裸，双腿大张，横躺在堂屋间的一张棕床上，白晃晃的肚子上，还扎了一根带着红缨的长矛。晃眼望去，那一缕红缨似乎还在微微抖动。

二人吓了一跳，转头就跑，出得门来，见刘二正弯腰在街边呕吐。

这是一条林木掩映的小巷。巷子两边，数十株枝条已微微发青的柳树后面，高高低低地铺展着数十间白墙环绕的瓦舍。刘二"哇哇"地吐了几泡清口水，直起腰来，三个人站在巷口望过去，只见巷子里家家户户院门洞开。一座灰瓦挑檐的院门旁，有棵铁脚海棠开得正热闹，殷红的花朵挂满了枝头。檐下，阳光斑驳而慵懒地像铜钱般撒了一地。

三人怔怔地望了一会儿，又转过一条巷子，依然是这般花红柳绿，寂暗无声。王赵二人就动了回营的心思，却又架不住刘二言语诱拨，又往前走了数里，果然见到路边乱纷纷堆了一大堆东西，刘二大喜，几步蹿到面前，原来都是些污黑的衣物、香炉等物件。三人随手折根树枝，翻拣出两顶小孩戴的虎头帽、三五个缺口瓷碗，此外再无所获，不禁大失所望。这时天色向晚，王赵二人心慌，也顾不得刘二，拔腿就往武库那边赶去。刘二将那几个瓷碗拿起来看看，撩起衣角，选了一个较为完好的揣到怀里。他还不死心，又往前走了几步，就瞥见路边草丛里有一堆黑黝黝的东西，凑近一看，却是污泥之中斜插着一张铁弓。铁弓旁边，还蜷缩着一条死去的黄狗，身上爬满了蛆虫。刘二伸手捂住鼻子，绕过黄狗，想要再朝巷子深处寻觅一番，可是抬眼望去，巷子里空荡荡的，哪里还有什么被遗弃的物事！

他想了想，就将弓拔出，用虎头帽擦去污泥，在夕阳的余晖里端详。这只是一把普通的铁弓，毫无出奇之处，正要重新扔掉，可转念一想，何不拉弓试试力道？于是舒展开双臂。谁知那弓弦却纹丝不动。他大吃一惊，双臂用满全力，弓弦依然纹丝不动。

他一时有点发懵。暗想，自己可是李雄帐下排名前五的弓箭手啊，寻常三五石力道的硬弓随便一拉就是满怀，今天这是咋啦？

斜阳的余光里，刘二迷迷糊糊地把弓举到眼前，瞪大眼睛看了又看。片刻之后，他似乎突然醒悟过来，背着弓抬腿就往武库方向急匆匆跑去。

中军营帐已隐隐在望，李雄加快脚步，势如奔马。

"父帅，父帅……"他兴冲冲地大声嚷着，一边伸手撩开了中军营帐的布帘，大踏步走了进来。父亲李特并没有起身回应他，而是身体前倾，正和两个陌生人娓娓而谈。

见李雄进来，李特中断了谈话，拊掌笑道："雄儿来得正好，我这里有个喜讯正要告知你哥儿几个。"李雄迟疑地望了望父亲，又转眼向那两个陌生人望去，只见其中一人五十来岁年纪，面色清癯，身着儒装，俨然一位饱学文士。见李雄那双英气勃勃的目光望向自己，文士微微一笑，抬手轻轻捋了一下颌下的胡须；李雄再看文士身旁那位年轻人，也是一身儒装打扮，但面容俊俏，肤色白皙，弯弯细眉，简直就是一个翩翩少年。不知怎的，见李雄目光望向自己，少年竟然低了头，一瞬间，脸上浮上两朵红晕。

李雄心里疑惑，正要开口，就听父亲说道："雄儿，我来给你介绍。"说着，李特望向中年文士，道，"这位，是益州刺史帐下兵曹从事任睿先生。"

李雄一听，心中更为疑惑，再过几个时辰，在呜呜的牛角声里，大军就要向大城发动进攻，这个时候，这个任睿竟然云淡风轻地坐在这里，和敌方主帅谈笑风生。他这葫芦里，卖的是什么药？

这时候，就见任睿朝李雄一拱手，朗声道："昨天早上，在下已经见识了少将军的那一箭的风采，果然是将门虎子，自古英雄出少年！我任睿佩服之极。哈哈，后生可畏，后生可畏啊。"

李特闻听，脸上喜色更浓："先生见笑了，犬子眼下不过是熟悉骑射而已，要论起兵法韬略，还要望先生多多指点。"

"将军过谦了，我观少将军之相，宽额隆准，双目有神，乃大富大贵之相，倘有需要在下的地方，请将军尽管吩咐。"任睿声音宏亮，这一番话明着在赞美儿子，却又不动声色地对李特极尽了褒扬之辞，且态度不卑不亢，言真意切，让李雄心里不觉增加了几分好感。

"哈哈哈……"李特爽朗地大笑起来，猛地双手击掌，"今日得见先生，我李特是得到了孔明先生矣。"任睿微微一笑，颔首不语。李特又道："雄儿，传令下去，让你兄弟几个速来大帐议事。任睿先生给我们带来了天大的喜讯。"

李雄走了出去，旋即，帐篷外响起一阵高亢的羌笛声。任睿脸上闪过一丝意味深长的笑容，俯身向李特耳边说了几句，李特连连点头。羌笛声余音未了，就听见雨点般的马蹄声由远及近，转眼间就到了帐外，然后响起一阵杂沓的脚步声和剑鞘撞击铠甲"叮叮当当"的声音，三个青年将领鱼贯进入帐中。李雄紧跟在一个相貌酷似李特的青年后面。三个人见了李特，一起躬身，为首那人道："父帅召唤儿等前来，不知有何吩咐？"

李特一挥手："孩儿们先见过任睿先生。"

李雄兄弟三人又一起朝任睿一拱手。任睿急忙还礼，礼毕，向李特说道："将军有此三位英武之子，何愁大业不成？"

李特哈哈大笑："大业能成，全靠先生谋划周全。"随即敛了笑容，面向三个儿子，缓缓说道，"始儿、雄儿、荡儿听令，明早的攻城行动取消。雄儿率领本部兵马，加强小城戒备。其余兵马，由始儿、荡儿率领，跟随任先生，奔赴周边各寨堡。"

李雄兄弟三人闻言大惊，几乎不敢相信自己的耳朵。片刻之后，相貌酷似李特的李始开口说道："父帅，大城就在眼前。如今我部兵马士气高昂，明天只须父帅缓步登高，马鞭一挥，儿等即可将罗尚手到擒来，却为何在此时分兵各处？"

李特不回答，只道："掌灯来，待为父与你等边吃边谈。"李雄急忙走出营帐，令后营速送酒食。这时候，下令三军归营的羌笛声已在各处吹响，暮色从远远近近的林木间涌起，灯火开始东一点西一点地亮起来。当几个小校抬着酒食从远处来到近前时，一弯新月已经挂上天际，几颗星星在深远的夜空中一闪一闪。

酒食颇为丰富。任睿和少年面前与李特父子一样，除一樽米酒外，还各自摆了一碗芋头、一碗雪白的羊肉和一碗炖得极为炝软的猪脚。此外，还特地为他们俩各加了一碗巢菜。

这季节，成都的城廓之外正是巢菜采收之时。站在田埂上放眼望去，青绿的巢菜连绵铺到天边。风一吹，田地里顿时浮起道道波痕。战火燃起之前，这样的日子，任睿喜欢携了家人，出城看那一片如海的青绿。走在田野间，虽有寒风扑面，心底却油然生出一种莫名的欢喜。这欢喜中，不仅有冬去春至的喜悦，更因为那青绿田野上的一个个窈窕身影。蜀人喜欢吃巢菜。在犹寒的春风中，城内城外的妇人们不分身份，也不论衣服新旧，欢欢喜喜地混在一起，俱左手托着竹筛，右手伸出肤色不同粗细有异的手指，纷纷去掐那鲜嫩的菜巅。这样的习俗，早在蜀汉时期就开始了，谓之"讨春"。天上风吹云动，讨春的女人们腰肢摇动，在田野间行走得袅袅婷婷。当一个个竹筛里堆满青绿，女人们的歌声便在旷野间悠悠响起：

采薇采薇，薇亦作止；
……
采薇采薇，薇亦柔止；
……

应和着歌声，远处的村落里，传来"哞哞"的牛叫声。那是男人们趁着云层里漏下来的温煦阳光，将牛从栏中牵出，又吩咐孩子从灶房里抱来谷草。当牛埋头吃草时，他们就用梳子为牛们清理附在牛毛中的虱子，迎接即将到来的春耕。

然而眼前的这群氐羌人喜欢大啖羊肉。

就是这群左衽锥结、身上还散发着一股股腥膻之气的人给蜀地带来了战火。因为他们的大举涌入，如今，成都的城郭之外，再也不见了那采薇的人影，再也听不到那悠悠的歌声……想到这里，任睿内心已然阵阵酸楚。他闻着面前一阵阵直冲鼻腔的腥膻气味，强压住悲愤，勉强举起筷子，却不知该从哪里下箸。李雄奇怪地看着任睿，心里暗暗嘀咕，正要开口询问，却看见他身边那少年似乎毫不在乎，盛了一小碗羊肉汤，先轻轻抿了一口，然后"咕嘟咕嘟"就喝了个碗底朝天，这才放下心来。任睿轻轻咳了两声，少年不理会，反而又向羊肉伸出了筷子。任睿脸上显出几分尴尬。正为难之际，李特说道："任先生冒了性命之危，为我们带来大城之中的真实情况，可谓天助我也。我李特率孩儿们以薄酒一杯，向先生诚挚致谢。"

任睿急忙举杯，回答道："此非睿之功，实乃将军感召之力，亦民心所向矣。"

"哈哈，先生可再向孩儿们详细说说大城内情况。"

任睿趁机搁下筷子："诸位，请问你们起兵是为了什么？"

众人一愣，不知他为何要这样问，连那少年也将筷子重新收了回来，抬起头，一双乌黑灵动的眼睛定定地望着任睿。

任睿不慌不忙地站了起来，双手一摊："昔者圣人有言，夫兵者，不祥之器，非君子之器，不得已而用之，恬淡为上，胜而不美。而美之者，是乐杀人。"说到这里，他停顿了一下，语气骤然加重，"夫乐杀人者，则不可得志于天下矣！"这句话一出，任睿眼里发出一种异样的光芒，炯炯盯着众人，"现在，诸位应该明白自己起兵是为了什么吧？"

李特尚未发声，李始"啪"地把酒杯往几上重重一搁，"腾"地站了起来，一手按住腰上的佩剑，大声喝道："天下者，天下人之天下。你们蜀人要活命吃饭，难道我们就该活活饿死？倘若朝廷有道，蜀地又何至于如今兵连祸结？你假借圣人之言，说什么乐杀人者不可得志于天下，这分明是在讥讽我们滥杀无辜，且吃老子一剑！"说完，他伸手拔剑，一脚踢翻几案，就要冲上来刺死任睿。

几案上的碗纷纷坠地，"噼噼啪啪"的声音中，任睿哈哈一笑："少将军气量如此狭小，将来如何治理蜀地？"

李特猛然喝道："住手！"

李雄、李荡急忙离座，左右拼命拉住李始。李始的剑已拔出半截，在烛光中寒光闪闪。他虽然不再向前猛冲，眼睛仍死死盯住任睿，牙齿咬得两边的腮帮都鼓了起来。

任睿身旁的少年此时已面容失色，双脚死死地蹬住地面。正当他脑海中闪过无数个念头之际，又听见了任睿那平和冲淡的声音："如今大城已可兵不血刃拿下，可叹少将军却还一味以武力图之。如此，蜀民之心将尽失于少将军之手矣！"

李雄听任睿话里有话，急忙向他拱了拱手："先生适才受惊了，李雄代兄长向先生赔罪。也请先生理解我们，并非是我等要与蜀民为敌，实在是朝廷处置无当，非得让我等在饥寒之中返乡。蜀陇之间相隔千里，试问我等扶老携幼，性命难保，又如何不反？"

"正因如此，在下才冒险用绳索缒城而下，让诸位将军明了如今大城内兵饥民疲的实情，同时献上一计，既可顺利拿下大城，又能以祥和之气收拢蜀地民心，就像当年刘皇叔建政那样顺人心得天命一样，成就李姓百年大业，大家以为如何？"

这时，李特向三个儿子暗暗打了个眼色。李雄会意，高声应道："先生高才，更难得一片仁心，雄等兄弟三人愿闻其详。"

任睿微微一笑："少将军赞我有仁者之风，实不敢当。任某不才，心中只愿上天保佑我蜀民能从此远离兵火，安享太平。"顿了顿，他双手抱拳，环视一圈，忽然瞥见李特身后的屏风下面隐隐露出一双女人的大脚，心中疑惑，将目光停留在李特脸上，声音竟然微微发颤，透着些许苍凉，"如今两军对垒，任某之言虽然字字发自肺腑，却也难免有人生疑。自古谋臣怕谗言。所以，我这次特地带来了一位身份特殊的同行者……"说到这里，他将头转向身旁少年，轻轻点了点头。少年站了起来，面向众人，缓缓揭下发冠，然后伸手将束发的簪子一抽，顿时，一头秀美的黑发如瀑布般倾泻下来，依偎在那纤细洁白的脖颈两侧。

整个营帐里的灯光突然都变得柔和起来。面对眼前这位由英俊少年转眼变成的美貌少女，刹那间，李特父子四人仿佛都僵住了。恍惚中，他们听到耳边飘忽地传来任睿那断断续续的声音："此乃小女任琬，自幼娴熟诗词，精通音律，为证我言不虚，她将留在营中。……如蒙不弃，小女愿……愿侍候于将军左右……以证我任睿此心可昭，所言句句是实……"说到这里，任睿的声音哽咽起来。他抬起右手，宽大的衣袖在眼角轻轻擦拭，几颗晶莹的泪珠即将夺眶而出。

二

月牙从云层里钻了出来，环绕在它周围的，是几朵银白色的云彩。从地面望去，这几朵云彩像是给这弯月牙镶上了一道银边，它们紧紧咬在月牙的斜钩上，让本来有几分暗淡的下弦月竟然发出了夺目的光华。

这样的夜晚，对于防守一方来说，显然更为有利一些。从高高的城墙上俯身望下去，对面小城民军的一举一动看得清清楚楚。也因此，尽管有着极为严格的军令，"疏忽者斩、违令者斩"等几个斗大的黑字也惊心夺目地写在箭楼的墙上、城墙边的垛口上。大城上的守军们此刻抱着长矛，站着站着，竟不知不觉地打起盹来。有兵士太疲惫了，刚刚一眯眼，立刻就堕入了梦乡，竟然发出了鼾声。巡夜的牙将路过，心头冒火，拔出剑来，走过去用剑身狠狠地敲打着打鼾者的头盔。打鼾者浑身打了冷战，立刻从梦中醒了过来。牙将抬腿就是一脚，将打鼾者踢了个趔趄，然后骂骂咧咧道："王三，给老子鼓起眼睛！再他妈打瞌睡，老子一剑劈了你！"

牙将心里急得不行。他听得真切，刚才那重重的"柝柝"声敲过四更，再过片刻，那弯皎洁的月牙就会隐入云层之中，没有了天上这盏灯的照耀，大地将重新坠入黑暗当中。那时候，对面小城上说不定就会突然响起凄厉的牛角声，随即，雨点般的箭矢就会纷飞而来……一想到这里，他更加不踏实，就将头探出垛口，睁大双眼，向对面望去。出乎他的意料，此刻，那本该漆黑一片的流贼大营里，竟然燃起了一根火把。牙将的心脏立刻急速地跳动起来。他紧紧盯着那根火把，只见那根火把弯弯曲曲地走了一阵，随即，第二根火把亮了起来，然后，是第三根，第四根。四根火把聚在一起，结成了一团夺目的火焰。片刻之后，那团火焰倏地分开，向着东南西北四个方向飞奔而去。一片寂静中，在空中飘忽不定的火把和地上马蹄敲击出来的火花相互辉映，宛如夜空中划过一道道闪电。

牙将只看得眼花缭乱，手心都快要攥出汗来。闪电向四个方向越奔越远，忽然间，一起熄灭了。牙将情不自禁一抬头，月牙已经不见了，四下里漆黑一片，仿佛有谁从天上扔下来一件硕大的黑色斗篷，把这一方天地笼罩得严严实实。

就在此时，牙将听到耳边隐隐响起了一片风声，再一细听，那风声似乎还有些名堂，一长两短，一高一低的，好像有人拿了一块石头，在不疾不徐地敲打着这团漆黑的夜："碇——碇碇""碇——碇碇"……

"碇——碇碇"……

突然间，一线红光闪现在牙将面前，他打了冷战，一睁眼，就看见东边天际的云层里，已然放出了殷红的霞光。他这才明白，自己竟然在敌人声称要发动进攻的关键时刻靠在这垛口上结结实实地睡了一觉！顿时，他背心冷汗都吓了出来，急忙又鼓起眼睛，对面，敌人竟然还无声无息。他有点不相信自己的眼睛，又使劲揉了揉，确实，小城里，昨天还汹汹一片的流贼们仿佛还没有睡醒，既没有埋锅造饭，也没有马嘶狗叫。一夜之间，那数万大军仿佛趁着夜色消失在了夜色深处。他大惑不解，这是怎么了？

他抬起头，疑惑地向四周望去，却看见一张年轻的脸庞从旁边的垛口闪现出来，对他友善地一笑："将军辛苦了。"

"你是？"

"在下常璩。"

"常璩？"牙将有点懵了，快速在脑海里闪过一个个部下的面容和名字，尴尬地挠了挠头。

"回将军，在下并非兵士，乃是江原县儒生。"

牙将恍然大悟，笑道："怪不得不认识，原来是个读书人。只是，你一个读书人，不在家读书，怎么跑到城墙上防御来了？嗯？"

"回将军，在下是奉刺史大人之命，上城来察看对面流贼动静。"

牙将顿时一脸严肃，字斟句酌地说道："哦，是这样。据本将张森看来，流贼原定今天发动进攻，但到现在还没动静，估计是他们看到大城戒备森严，生了怯意，说不定已经趁夜色掩护，悄悄退却了。"

起初听到眼前年轻人是从刺史衙里出来时，张森本想称呼自己为"末将"的，但一看常璩不过是寻常布衣打扮，马上就改了口，用了个既不高也不低的"本将"；同时，为了掩饰自己刚才不小心睡着了的失误，就煞有介事地分析了一番敌情。这番话听着平常，却大有嚼头，既表扬了自己守城有功，也巧妙地奉承了刺史大人指挥有方部署得当。他相信，当这个年轻人回府报告时，张森这个名字将会在刺史大人脑海里留下愉快的印象。

然而他很快就发现自己错了，因为，对面的城墙上，不知什么时候已经密密麻麻地搭满了弓。

又一轮朝阳升起来了。满天的霞光照得大城和小城的箭楼上都金灿灿的。这是太安二年正月二十一日晨，也是李特大军原定大举进攻成都大城的日子。驻守在大城上的晋军煎熬了一整夜，原以为会在日出之前听到那令人恐怖的牛角声，谁知敌人打了个时间差，就在晋军的眼皮底下，出其不意地在日出之后才在对面布好箭阵。

牙将张森只感觉头皮上阵阵发麻。不过他这几年也算实实在在地打了好几场硬仗，于是迅速矮下身子，将身体隐藏在箭垛后面，一边拔出剑来，指挥兵士们将一面面盾牌朝天高高举起，一边朝常璩打了个手势，叫他朝自己靠近。

常璩弯下腰，来到张森身旁，只听他大声说道："快，快回去报告刺史大人，看样子，敌人马上就会大举攻城。"

常璩点点头，正要弯腰下城，却忽然被张森一把扯到身边，随即，一面面盾牌严严实实地覆盖在他们头顶、身上。常璩还没有回过神来，就听见半空中响起"嗖嗖嗖"的声音，这声音疾如暴雨，盾牌上叮叮叮叮叮的声音不绝于耳，天空中已俯冲下来无数黑压压的箭簇，深深地插在城墙的地面上。那个叫王三的士兵闪躲不及，直接就被射得如同刺猬一般，痛得蜷缩在地上；还有个士兵脚上中了一箭，嘴里"咝咝"地吸着气。常璩看得惊心动魄，却不知道怎么办才好，只得一个劲往张森身上贴，半握着的右手紧紧咬在口中。

如果从空中俯瞰，可以看到这一场箭雨几乎是呈扇形向大城撒开，就在常璩他们遇袭的同时，整个面对着小城的大城城墙上的晋军都同时受到了猛烈的攻击。那朝天高举的一面面盾牌上，密密麻麻地插满了箭。猝不及防之下，晋军伤亡惨重，城墙上横七竖八地躺满了尸体。

这一场箭雨来得快也去得快。不久，天空中又重新出现了洁白的云朵，金黄的阳光洒在砖缝间的青苔上、野草上。春风捎来原野上清新的气息，与城墙上满地流淌的血腥之气混杂在一起，让人昏昏欲睡。盾牌下，蜷缩了一地的晋军谁也不敢首先探出头来。沉默中，小城那边发话了：

哎——
老子自幼住江边，
浪里如鱼乐翻天。
闲来捉只老鳖卖，
浊酒三碗赛神仙……

却原来是一首江上渔夫们爱唱的民歌。歌声悠悠，回荡在两城之间。晋军这边益发惊疑不定，兵士们一个个面如死灰。张森等几个牙将则你看看我看看你，不知民军葫芦里卖的什么药，更加不敢出声。

此人音色极为宽广，唱到末了，空气里似乎还残留了一缕尾音，像铁丝般微微颤抖。小城那边的民军哈哈大笑，纷纷起哄吼道："刘二，再来一首！"

笑声中，有个锣鼓般的声音大声吼道："对面的晋军听了，现在俺们镇北将军麾下十万大军已经将大城包围得水泄不通。尔等之中，连只苍蝇也飞不出去。"

刘二率先帮腔起来："连只苍蝇都飞不出去！"

"晋朝无道，天命已失。镇北将军自起兵以来，以仁义为怀，发誓要拯救万民于倒悬。"

民军们又一起鼓噪起来，纷纷大叫："晋朝无道，天命已失！晋朝无道，天命已失！"

那声音又吼道："今俺们大军攻无不克，荡平成都不过在举手之间，镇北将军姑念城中军士百姓可怜，不愿再多杀一人，特命我王能向尔等明示，早日放下兵器，开门来降。我大军将秋毫无犯，保尔等及城中百姓性命无忧！"

民军那边，声音越发震天响："放下兵器，开门来降！放下兵器，开门来降！"

当小城上潮水般的声音散去之后，天地间又恢复了寂静。张森悄悄将盾牌往边上挪了挪，露出一道缝隙。他将头盔往上抬了几寸，觑着眼，仔细观察着对面的情况，没多久，他一把掀开盾牌，又重新威风凛凛地站了起来。因用力过猛，那面插满了箭的盾牌"咣当"一声从垛口上掉了下去，"扑通"一声沉入护城河中，荡开一圈圈涟漪。

常璩也战战兢兢地站了起来，这是他第一次经历如此恐怖的战争场面，万箭齐发，遮天蔽日，势不可挡，身边的一个个活人转眼就成了一具具死尸。他只感觉有些发晕，急忙定定神，稳住脚步。这时候，晋军士兵们已在各自将领的率领下，将伤亡者抬下城楼，把深入地面的箭簇连根拔起，堆放到一旁，然后整理队形，重新布防。常璩终于缓过神来，他找到正在指挥队伍的张森，向他拱了拱手，然后一手扶着墙砖，沿着步道缓缓走了下去。

不管怎么说，千钧一发之际，是那个装模作样的牙将张森救护了他。倘若他没有将自己一把拉到身边，此刻的自己恐怕也已经成了流民们的箭下之鬼。他本想向张森表示感谢的，可是刚准备张口，一股疲惫不堪的感觉就从心底生发出来，紧紧地攫住了他。

一步、两步、三步……当常璩终于走完步道，双脚踏上坚实的地面时，迎面看见在街边的草丛中，有一朵黄色的野花在春风中挺着身子，正欢快地摇曳。他再也忍受不住，跌跌撞撞地奔上前去，扑倒在野花面前，放声大哭起来。

就在常璩放声痛哭的同时，在益州刺史府深处那一间光影斑驳、香烟袅绕的书房里，罗尚已经得知不久前李特大军万箭齐发的情况。他不动声色地听着手下人的讲述，一边用手轻轻拈起香炉内那根正袅袅燃烧的香，将它拿到面前，先轻轻嗅了嗅，然后闭上眼睛，深深地吸了一口。手下人以为他情绪不佳，就住了口。罗尚却挥了挥手："你是说，李特那厮，只是叫我们的兵士放下兵器，开门投降？"

"回大人，小的也感到这事儿透着邪门。三天前，李特那厮不是还放言将在今天攻城吗？可今天那帮流贼只是胡乱放了一阵箭，却再没有了动静。"

"哦，很好。我知道了，你退下吧。"

"是。"

来人倒退着走到门边，然后小心翼翼地关上房门，生怕惊扰了书房里的静谧。罗尚躬下身，把那一支香重新插回到香炉之中，忽然哈哈大笑起来："好你个任睿，果然被你料中了。"言毕，他却又叹口气，从几上堆放的物件中拿起一封书信，又从头至尾地读了几遍，眼里不觉清泪涌动。放下信，他站起身来，踱步到窗前，看着窗外天空中那一派旖旎的春光，喃喃地道："小意，你因你二叔这封血书而改变主意，同意了我的计策，进入流贼营中，真是可感可佩。只是，只是——一块完美的白璧也就此蒙上了再也洗不净的污垢啦。"罗尚抬起头来，怔怔地望着天上那几朵悠悠飘浮的白云，眉宇紧皱，"今后，你让我怎么来安顿你呢？"

夜已经很深了，房间里那盏灯由使女再次更换了一根灯草，已经暗淡下去的灯光又重新发出橙黄的光芒来，整个房间显得又温馨又柔和。房间不大，墙角立了一只花瓶，床头是带铜镜的梳妆桌。推开窗，隐隐可以看见小院前面还有一排屋脊。屋脊前，是一座带照壁的精巧小院。

月光下，几竿翠竹在照壁旁亭亭而立。

显然，这是小城中一户中等人家女儿的闺房。几天以前，这闺房中的女子或许还在父母膝下娇憨地说笑，如今这一家人却不知是否还在人间。

　　化名为任琬的常琬重新恢复了女儿装扮，端坐在铜镜前，一遍又一遍用手摩挲着自己那一头柔顺发亮的长发，仔细端详着镜中的自己。

　　她悲哀地发现，不知什么时候，鬓边的黑发里，竟然冒出了一根白发。

　　刚刚，外面传来了三更的鼓声，但常琬依然没有睡意。已经连续两天了，她一个人在这间房子里待着，李特却连根手指都没碰她一下，这让她内心既惊喜又惧怕。喜的是，这两天她可以不用面对李特那张长满了如同箭刺般胡须的粗鄙脸庞，以及那一张口便喷涌出一股令人窒息的腥臭之气的臭烘烘的大嘴。虽说自己当初毅然做出了这个决定，但真正一踏入小城，看见那些目光凶残装束奇特的流民时，她依然产生了悔意，那一刻，她竟然产生了这样的想法——如果自己这白玉般的身体真的被李特那团乌黑油腻的肥肉恶狠狠地压在身下，自己恐怕会不顾一切地反抗吧？

　　可是，如果真的反抗了，会不会让李特恼羞成怒？说不定，还会让刺史大人苦心谋划的这一切都付之东流……一想到罗尚，常琬心里就涌上来一股百感交集的味道。如果没有罗尚，自己还会待在那锦官驿里，每天周而复始地从事着繁重的劳作，虽说里面也有几个姐妹相处得颇为愉快，但自己毕竟也算是世家之后，在那些人中间，总有些不甘心。事实上，并不是没有人在背后嚼她的舌根：明明就是个丫头命，还摆什么小姐姿态，冒充自己是大家闺秀啊？

　　这样的讥讽多了，就有人对她不安分起来。有一天晚上，在蒙蒙眬眬中，她竟然在无意中触到了一双热腾腾的手，她立刻像摸到了一条冰凉的蛇一般惊惶地大声喊叫起来……

　　因此，那个初夏的午后，当那个骑在高头大马上的男人把目光热烈地投射过来时，羞涩片刻，她也抬起了眼睛，勇敢地给予了同样热烈的回应。后来，当她得知眼前这个男人乃是堂堂的益州刺史时，心里竟然生发出了一种连自己都感到惊讶的骄傲之感。她顿时感到自己看待那堆女人的目光也变得居高临下起来。

　　也因此，对于罗尚将自己不明不白地安顿在那所远离府衙的小院子里，她既不争也不闹。她实在是欢喜极了这种远离人群的舒展状态。

其实，这半年多来，她常常想见到罗尚。不管怎么说，他是让自己心甘情愿将处子之身奉献出去的男人。可不知怎么的，每次见到罗尚时，他脸上那一副刺史大人的派头却又让她感觉两个人的心其实还隔得很远很远。有的时候，她希望的，是两个人在灯光下相拥相偎，安安静静地说一些家常话；有的时候，她又渴望打破这种平静，像一对年岁相当的少年夫妻那样，与罗尚不顾一切地热烈缠绵。

可是，罗尚毕竟已年近五十。因此，每当心中那种渴望升腾起来时，常琬忽然又会对自己莫名其妙地生起气来。为了排遣这种纷扰的情绪，她常常瞧着镜子，学着江原老家那个婶娘常用的口头禅来骂自己：常琬啊常琬，你真是人不宜好，狗不宜饱……

此刻，坐在那面被擦拭得锃亮的铜镜面前，常琬的思绪飘飘忽忽。恍惚间，她感觉自己还是身处在大城之中那个安安静静的小院中，可是忽然间她又惊醒过来，自己现在是在贼营之中呀。

那么，为什么李特到现在还没碰自己？这也是常琬现在感到恐惧的原因，她不知下一步等待自己的将会是什么。

那天晚上，在自己亮出女儿身之后，面对着李特父子四人，任睿在灯下侃侃而谈——大城里早已经是粮尽兵疲、人心惶惶，然而罗尚乃是那种忠心耿耿力保晋朝在巴蜀统治权的死硬分子，当初他叔父罗宪本为蜀汉镇守白帝城的大将，邓艾入蜀后主投降后，他既没有派人联络驻守剑门关的大将军姜维，也没有出兵勤王，对抗邓艾，恢复蜀汉，而是保存实力，牢牢盘踞在白帝城。后来司马炎称帝，改魏为晋，他立刻上表拥戴，于是获封为安南将军。罗宪死后，晋惠帝司马衷又让他的儿子罗袭继承了职位，后来又册封其为陵江将军，进一步加官进爵。而作为罗宪一手带大的侄子，罗尚也获晋室荫封，当了六品京官，益州乱后，他迫不及待地主动请缨，被朝廷加封为益州刺史、平西将军，统领数万大军入蜀，其目的就是彻底消灭李特率领的这群只求能吃上一碗米饭的氐羌流民。

说到这里，任睿的语气带了几分愤激："罗尚这样的家伙，其几代人的荣华富贵都来自司马家族，他能不死心塌地为司马氏卖命吗？如果此刻大举攻城，罗尚一则会困兽犹斗，即使攻破又高又厚的城墙，罗尚也必然会指挥残军依托错综复杂的街巷进行激烈对抗，到时民军完全有可能杀敌一千，自伤八百……"

任睿掰着指头，不慌不忙地为李特筹划着，自古帝王以霸道得天下者，必不长久。因物产丰饶，成都周围的蜀民自古以来便过着安逸闲适的生活，表面看来，他们似乎柔顺之极，可是这块膏腴之地，自当年秦并六国之后，就迁来了大量北地之人，其骨子里犹带着北地特有的剽悍与刚烈，是以当年刘备入蜀，以诸葛亮为相，处处以柔克刚，蜀汉基业方得稳固。如果李特大军杀戮过重，势必会激起蜀人全力反抗，如此，则大业难成矣！

听了任睿的这番话，李特搁下筷子，久久没有言语。长了一脸络腮胡子的李始却嘴角一撇，大声嚷道："顺我者昌逆我者亡。这些蜀人如果不服，咱大军就万箭齐发，把整个成都城都屠了又咋的？"

任睿哈哈大笑："好啊，把老百姓都杀光了，谁来种田？谁来服役？谁来纳税？"接着，他又意味深长地瞄了李特一眼，"蜀地自古多美女。把人都杀光了，到时候谁来给将军侍寝？将军又怎么安然享受那后宫佳丽三千的帝王之乐？"

李特眉头一皱，没好气地白了儿子一眼。李雄急忙扯了扯大哥的衣袖，李始才不以为然地冷哼一声，总算闭上了嘴。

"如此，依先生看来，计将安出？"李特依旧皱着眉，紧紧盯着任睿。

任睿却沉默了，把目光投向虚空处，半晌，才缓缓说道："分兵！"

李特父子四人都呆住了，一起把目光聚集过来，齐刷刷地望着任睿。坐在旁边的常琬听到这里，也不禁手心里捏了一把冷汗，心里暗道："上天保佑，要解成都之围，就在这两个字里，可千万别让李特那厮听出破绽，坏了刺史大人的好计。"

"对，分兵。其实，我早已知道眼下小城内粮库空虚，不出三日，大军将难以度日。如果到时我军还在与罗尚缠斗不休，将士们食不果腹，必生内乱。与其如此，不如分兵前往周边州县，既可取粮草以饱兵马之腹，又可与中军形成掎角之势；为了迷惑罗尚，同时可虚张之势，声称已将大城团团围住，每日里使弓箭齐发，让晋军疲于奔命，瓦解其士气；如此，不出十日，大城内必自生内乱，到时再将兵强马壮的人马合拢一处，旌旗招展，不愁大城不开门投降。那时节，大城内的百姓也必将念及将军不杀之恩，箪食壶浆以迎王师矣！成都一定，则蜀地震服；蜀地安定，则由巴地到汉中，数千里江山，尽为将军所有矣！"

听到这里，李特目光已经闪闪发亮，军中的实情，确定没有人比任睿更清楚。但他随即又反问道："蜀地混乱已久，我大军过处，周边百姓早已望风而逃，十室九空，请问粮草在哪里？"

"将军是只知其一，不知其二。表面看来，各州县闻王师至而十室九空，实则百姓们都扶老携幼，并带家中粮物，依附到各族中长老处，或依山结寨，或筑堡深藏。有我任睿领路，各寨堡见罗尚大势已去，必将开门献粮矣！"

李特冷笑道："我看，你这不过是缓兵之计吧？"

话一出口，李始又要拔剑而起。任睿哈哈一笑，脸色如常，淡淡地道："我也非闲云野鹤，只希望将军功成之日，给一块能栖身的封地即可。"

李特站了起来："真是绝妙好计。特当率孩儿们再敬先生一杯！他日南面称孤，我当拜先生为相，共同治理巴蜀之地。"

第二天凌晨，在四更天与五更天之间，也就是大城上牙将张森看见小城里四根火把奔向东南西北四个方向的时候，在李特的部署下，李始、李荡以及李特之弟李流等各自率领本部兵马，由任睿带路，趁着黎明前的浓浓夜色，神不知鬼不觉地出了小城，奔向成都周边去了。为了迷惑小城里的晋军，李特下令马军将马蹄都用布包了，步军则人人口中衔枚而行，没有枚的，就折一根柳枝来代替。

当各路人马出城之后，李雄命王能带领手下兵马携带六百张弓悄悄上了城楼，对准大城，排开了一字长蛇阵。自己则站在一旁督阵。果然，趁晋军还没回过神来，王能一声令下，一阵箭雨便射杀得他们人仰马翻。当李雄回营向父亲禀报大城上的情况时，李特哈哈大笑："入娘贼，照这样下去，要不了几天，那晋军们都无须投降，直接被孩儿们射杀光啦。"李雄也笑了起来，他随手理了理斜背在身上的那把黑黝黝的铁弓，望着父亲，漫不经心地问道："对了，这几天怎么没见到那个任姑娘？"

李特一愣，眼睛里随即闪出一种异样的光芒来。他伸出蒲扇般的大手，在李雄发髻上亲热地拍了几下，柔声道："怎么，连你这乳臭未干的小子也瞧上人家了？"李雄心里一楞，有些气恼地将头挣脱开来，既不否认也不承认，只将一双黑眼睛定定地看着父亲。李特眼里闪过一抹慈爱，露出奇特的表情，然后笑了起来，说道："就那个什么任姑娘吧？为父自有安排。眼下，你大哥和三弟都领兵在外，小城的防守你得给我用心盯着点。好了，你也累了一天了，先退下吧。"

李雄悻悻地走出营帐，脑海中又浮现出灯光下那一张俏生生的脸庞来。父亲这番话让他心里很不痛快，于是取下弓来，瞄着天上的云朵用力扯去，谁知力道仍然不够，那弓弦仅微张一下，又疾速反弹回去，从手指上传来的疼痛让他嘴角不由得咧了一下。

第四章　抢亲

一

常琬当然不知道这两天外面所发生的这一切。那晚的宴席结束之后，她就被人送到了这间屋子里。拨来服侍她的，大概是民军从城外流民中掳来的一个乡下女子，看上去傻里傻气的，叫她换灯草就换灯草，叫她打洗脸水就打洗脸水，此外就呆呆地站在门口。常琬心中不喜，本想向她打听一下李特营中的情况，也没了兴致。她又想步出院门，独自到街上看看，可刚一溜达到照壁，就瞥见了院门两边寒光闪闪的兵刃，吃了一惊，只得又折返到房里，闷闷地上床，蒙头大睡。

她白天迷迷糊糊睡了又醒醒了又睡，加之心里有事，到了夜晚，反而辗转难眠。如此平淡沉闷地过了三天两夜，她越发担忧。这一晚过了三更，她索性起来，坐到铜镜前，苦苦琢磨李特的用意。

灯光又渐渐暗淡。忽然间，院门"吱嘎"一声开了，一阵脚步声由远而近，有人登上了楼梯。常琬急忙回到床上，就听见有人轻轻叩响了房门："任姑娘，任姑娘，我家将军有请。"

常琬心中一凛："果然来了。"

她又惊又惧，很想装作已沉沉睡去，可是那敲门声却持续不停，呼喊的声音也变得急切起来，于是一咬牙，应声道："哎……谁呀？"

门外的声音又变得舒缓起来："任姑娘，将军大人有请。"

她只得应道："请稍等，本姑娘这就起来。"

迟疑了片刻，她终于摇摇晃晃地站到了门后，正要伸手去抽门闩，可一犹豫又重新坐到了那梳妆桌前，借着昏暗的灯光，她再次打量了一下镜中的自己，仿佛要牢牢地把镜中的这个自己刻在脑海里。然后，她举起衣袖，向镜中的常琬轻轻挥了挥手，凄然一笑，对自己叹息一声："也罢。"

跨出院门，迎面而来的，是深夜里还有些清寒的空气。一匹矮马静静地立在门外，垂着头，鼻孔里喷出丝丝白气。不知是谁家院子里的玉兰花开了，飘过来一缕淡淡的芬芳。常琬深深地吸了一口，也不多话。来人是个身着戎装的女兵，黑暗中瞧不清面容，她先将灯笼放在地上，帮常琬系上一件月白色的披风，然后一只手搭在常琬腰上，将她扶上马。

蹄声嘚嘚。女兵走在前面，一手牵马，一手打着灯笼。常琬脚踏马镫。两人一马，朝黑暗中缓缓走去。

小城不大，曲曲折折地走过一片暗寂的街巷后，前方突然灯火通明起来。原本安静行走着的矮马似乎嗅到了熟悉的气息，突然兴奋地小跑起来。牵马的女兵将缰绳在手中一挽，矮马身形一铧，常琬身体前倾，急忙用手抱住马脖子。这时候，就看见几个身着箭袖短衣、头上绾着高高发髻的女兵迎上前来。因为走得急，她们腰间佩着的司马刀的刀环叮叮作响。

女兵们簇拥着裙上束了根翠绿腰带的常琬走进营帐，帮她去了披风，引她在一张铺了毡子的矮榻上坐了，就悄没声息地散到了营帐后面。常琬扬起脸，看这营帐，似乎与李特的营帐有所不同：矮榻对面，摆着一张长条形的案几。这样的案几，李特营帐里也有，不同的是，李特的案几上老是立着一个硕大的酒盏。李特和人说着说着，就举起盏来，朝喉咙里一倾。这张几上，却铺了一张白底黄花的绣花绸布。一盏青铜色的烛台立在案上，烛火一闪一闪，映照得案后那张高榻越发显得宽大。

常琬正满腹狐疑，就听一阵笑声落到耳边："果然是个标致的美人儿，怪不得我那个傻儿子天天像掉了魂似的。"常琬急忙站了起来，又听见一阵刀环叮当，几个脸若冰霜的女兵簇拥着一个妇人从一扇屏风后走了进来。那妇人着装甚是奇特，戎装不像戎装，妇装不像妇装，上身是嵌了护心镜的锁子铠甲，下身却是宽大的裙衫，拦腰一根金镶玉带，脸又白又宽，高高的发髻上插了一根簪子。妙的是，她嘴角还叼了一枝带叶的白玉兰。那玉兰的枝叶上，还带着几滴露珠，显然是刚从树上折下。

妇人也不落座，围着常琬接连走了三圈，一双丹凤眼将常琬从头看到脚，又从脚看到头，将花从嘴角取下，嘴里啧啧连声："我要不是个女子，此刻也扑上来抱住你啦，哈哈。"

常琬只听得脸色通红，却又不明就里，心里只牢牢记着临分别前任睿向自己投来的意味深长的那一道目光，当下低眉敛手，正要弯腰向妇人行礼。妇人却一把拉住她："罢了罢了，等你真正做了我儿媳，再给我行大礼也不迟。"

常琬这才醒悟过来，原来这妇人就是蜀人久闻其名却难以得见真人的李特夫人，人称玉罗刹的罗氏。蜀人恨李特杀人无数，却又对他无可奈何，于是连带着将他的夫人也取了这么一个恶名。常琬轻启朱唇："小女子任琬拜见夫人。"

罗氏嫣然一笑，道："先坐下吧。"说罢一撩裙摆，紧走几步，自己也在对面的高榻上坐了下来。那几个女兵迅疾站到她周围，一个个手按刀柄，呈扇形将她护卫在中间。常琬也款款坐下，心里思谋着罗氏刚才那一番话，暗想，看来将自己安置在那间闺房之中，也是罗氏的主意了，只是可怜了那家的女儿。乱世之中，小民们又能有什么办法？即使自己，说不定也难以活着走出李特大营……正想着，就听见对面罗氏说道："不知任姑娘今年芳龄几何？"

常琬一颗心"咚咚咚"地跳了起来："回夫人，我乃是武帝太康五年冬十月初八生人。"

"什么？"

"小女子今年虚岁十九。"她本想说自己生于先帝太康五年的，转念一想，李特等人既然已犯上作乱，自己如这样说，反而会引起罗氏的疑心，于是用了这个不带感情色彩的武帝称谓。罗氏道："哦，你这么一说，我就明白了。"顿了顿，罗氏又道，"你说的那些个年号我也不懂，不过，我还记得，那时候我们这些草民还能有碗饭吃。对了，任姑娘，你这年龄也早该出阁了，不知可曾许有人家？"

常琬摇摇头："小女子还未曾婚配。"

"许是你官宦人家，才学既好，心气又高，是以至今还待字闺中？"

"……"

"既然你父亲将你托付给了我们，那就一家人不说两家话了。眼下，我这里就有一桩喜事说与姑娘。不瞒姑娘说，我家始儿，今年虚岁二十有一。他相貌堂堂，作战骁勇，十八岁就成了他父亲手下的亲兵统领，如今独当一面，担任右将军，麾下兵将千人。我看呀，他与姑娘正好般配。"

李始？

常琬眼前顿时显出那晚在李特营帐之中那个满脸络腮胡、言语狠毒的面容来，心里不由一震，一种说不出的厌恶弥漫了全身。她再也不愿听下去，可是罗氏嘴里吐出来的每个字都像钉子一般清晰地钉在她耳朵里："说起咱们李家，其实祖上也是官宦之后，和姑娘也是门当户对。"

说到这里，罗氏站了起来，走到常琬身边，挨着她坐了下来，一面将手亲热地抚在常琬双手之上，一面将嘴巴凑到常琬耳边，悄声笑道："自从那天见了姑娘，我的始儿就像掉了魂似的，这两天刚在外面寨堡中安顿下来，就派快骑回来催问了我六七次，问我给姑娘说了没有，哈哈。"

常琬不知怎么回答，不由自主地想把身子往旁边挪挪。谁知罗氏却会错了意，见她沉默不语，以为她一个未出阁的女儿家害羞，于是将她的手攥得更紧，柔声说道："虽说婚姻须父母之命媒妁之言，但如今乃是乱世，咱又是非常人家，此事就这样定了吧？"

常琬大窘，她本以为今晚是李特召自己前来侍寝，心里面也下了"我不入地狱谁入地狱"的决断，谁知却遭遇了如此啼笑皆非的事情。一瞬间，她联想起这几天来的坐立不安，不知是该笑，还是该恼，是该摇头，还是该点头。她沉默不语，又听罗氏催问得紧，只得抬起头来，对她礼貌地一笑。罗氏顿时大喜，拍掌嚷道："好了好了……"话音未落，就听见帐外有人大喝一声："此事万万不可！"

常、罗二人大吃一惊，只见一个人掀起门帘，衣衫不整、脸色通红地冲了进来，"扑通"一声跪在罗氏面前，低声哀求道："母亲大人明鉴，任姑娘万万不可嫁与大哥啊。"两人定睛一看，原来却是李雄。

这几天来，对常琬的思念之情在李雄心里越来越浓，以致他中断了每天早晚各一百次的对那把神秘之弓的练习。有好几次，他已经在熹微的晨光中套上扳指，搭上羽箭，瞄准了百步之外的靶心，正要奋力引弓时，常琬那张脸却突然闯到眼前来——橘黄的灯光下，她就站在那里，脸白唇红，一头柔顺的黑发顺在颀长洁白的脖项两旁，弯弯的黛眉下，一双眼睛含烟凝水，似乎有着深深的心事要对人说，当她轻启朱唇，欲说还休，脸颊上就浮现出一对迷人的梨涡……他颓然地放下弓，心里涌起一股甜蜜而又苦恼的情绪，内心顿时伤感起来。

他从来就不认为自己是个儿女情长之人。相反，对于女人，他曾经还有着一种深深的、莫名的疏离感。

闹哄哄挤满了数万名民军的大营里，最受人尊敬和喜欢的，是老神医叶知。这个枯瘦得像一棵老树的老人不知在人间经历了多少日子，时光将他的须发染得像雪一样白。除了医术精湛，老神医还喜欢讲古。转战蜀中各地的日子，每当黄昏时分那悠悠的羌笛吹响之后，当青灰色的炊烟在各个营帐上空袅袅散去，老神医那湫隘的营帐里，总是高高低低地挤满了人。人群之中，身形瘦小的老神医像一块石头般巍然而坐。只见他手持一块竹板，在案几上轻敲几下，这些几个时辰之前还在两军之中厮杀的汉子们顿时安静得像一群初入塾中读书的孩童。竹板声声声清脆，老神医手捋胡须，声音洪亮：试问天下人，王侯将相宁有种乎？……讲到精彩处，老神医总是眼睛微闭，仿佛进入了一种微醺的状态。

老神医百讲不厌，李雄和众人也百听不厌的，是秦失其鹿之后，天下英雄风起云涌的故事。李雄最喜欢的是陈胜那句话，王侯将相宁有种乎？最佩服同时也最为瞧不起的，是那个力拔山兮气盖世的西楚霸王项羽。至于那个大汉天子刘邦，他固执地认为，那不过个疲赖狡诈之徒，从来就不屑于提起。李雄佩服项王只凭手中一杆虎头盘龙戟、胯下一匹闪电乌骓马，便横扫六合，震荡天下；然而同样是这个项王，当四面楚歌之时，还念念不忘那个虞姬，以至于彷徨失策，失去了最佳突围时机，导致英雄末路千古悲歌……这让他觉得，要成为真正的大英雄，就得离女人远一些，远一些，再远一些。

与汉地习俗不同，在氐羌之地长大的李雄对男女之事其实自幼就听闻得多了。尤其这几年，他跟着父亲东征西战，每当打下一座城池，更是亲眼目睹许多妇人或女子们哭哭啼啼地瑟缩在一堆，等待战胜者们分完了战马、粮草、布匹等战利品之后，再被他们一一扛回营中。

每当目睹一个个衣衫不整、目光呆滞的女子从眼前经过时，李雄总是把头扭到一边。有许多时候，他觉得这些女人的身体甚至连一匹马都不如。氐羌流军本来就缺乏马匹，每每从晋军手里抢得一匹训练有素的战马，从父亲李特到普通士兵，总是呵护有加。李特特地下令，对俘虏过来的战马，草料要选用上好的干草，还要把人吃的黄豆从军粮里匀一些出来；假如母马怀孕了，还要千方百计搞来一些蜂蜜，拌在料豆之中，细心地照料母马吃下，以免它们便秘。

其实，这些年来，也曾不止一次有将领把劫掠来的年轻女子像扛布匹一样扛到李雄营帐里，但他都冷冷地回绝了，以致军中竟有传言说他喜好男风。每每听到这些传闻，李雄也不解释，只是冷冷一笑，然后取下弓来，向着虚空处奋力一拉弓弦，仿佛是要一箭就把那天上悠闲飘荡的白云狠狠地射落下来。

然而有件事，甚至连父亲李特和他的手下的亲兵们都不知道。近半年来，李雄常常晚上睡不着，只要他一躺下，营房里似乎到处是那些女子的哀吟之声，他隐隐觉得，再这样下去，自己这群人早晚会遭到天谴——老神医不是常常说，上天有好生之德吗？这样的夜晚，他总是不由自主地走到马厩里。当值守的老马伕受宠若惊地要迎上来时，他一摆手，让马伕下去休息，自己则撩起战袍下摆，躬身用双手捧着草料，一一将其奉到热烘烘的马嘴边。然后他就倚在栏杆边，看着战马们那长长的嘴巴一开一合地咀嚼，鼻孔里不时喷出一股股温热的气息……很久很久，他心里才算慢慢淡去了那些女人们哀哀无告的面容。

常年的战争，让本来就疏离女人的李雄更加失去了对女人的兴趣。相比之下，他更喜欢把玩各种各样的兵器，尤其是弓箭。他觉得这就是自己的虎头盘龙戟。每当一支箭从他手中急速射出，穿破风的阻挠，发出"呜呜"的破空之声，他就抑制不住满腔的兴奋，仿佛那支箭就是他手臂的一部分，百步之外，取敌人统领首级如探囊取物一般，真是大快我心！

然而突然之间，这个叫任琬的女子来了。

不知为什么，自那晚灯下惊艳的一瞥之后，这个女子的面容就不由分说地住进了他心里，赶不走，更忘不掉，这是之前从来没有过的事。起初，他觉得自己有点可笑，不就是一个女人吗，何至于此？

然而，这女子却像一根针一样，扎得他心里一天比一天疼痛。那天他终于忍不住，装作漫不经心地问了问她的情况，谁料父亲竟一眼就看穿了他的心事，这让他有些尴尬，却也萌发了几分恼怒，仿佛内心的秘密一下子就坦露在了众目睽睽之下。他冷冷地盯着父亲，当他听到那句"就那个什么任姑娘吧？为父自有安排"的话时，感觉整个身心都像掉入了冰窖之中。他以为，父亲是要将女子收为己有，这样的话，自己从此也就只有把她深深藏在心底了，可是，他万万没有想到，父母原来是要将任姑娘婚配给大哥！

对于这个大哥，这几年他越发瞧不上了，不仅残暴，还纵容部下烧杀抢掠。因此，当他听见营帐里母亲那句喜不自胜的"好了好了"时，再也压抑不住内心的愤懑，旋风般冲了进来。这一下子，罗氏顿时惊呆了："啊？是雄儿，快起来，快起来！"

李雄却始终跪在母亲面前："雄儿恳请母亲大人收回成命。如不收回，雄儿就长跪不起。"

罗氏不知如何是好，对她来说，这三个儿子都是心头肉：李始是长子，生他的时候，陇西正值隆冬。不知怎的，自己乳房胀痛，却就是挤不出一滴奶水出来，饿得娃儿日夜啼哭，哭着哭着，声音就变得嘶哑起来，渐渐地只有出气的声音了。李特急了，硬是冒着没膝的大雪，从二十里外的邻村将医生叶知背了回来。老神医来时，始儿已脸色铁青，鼻孔里没有了温热的气息。自己抱着他，呆呆地坐在土炕之上。幸亏老神医医术高明，只用一根针，便让奶水从自己的乳房里汩汩地淌了出来，这才让始儿捡回一条命来。也可能受了这一番震荡，始儿直到三岁才能歪歪斜斜地支起身子走路，长大后脑子也有些犯浑，和别人拌嘴，往往说不上几句，便挥舞拳头，拳头赢不了，便用脚踢，用嘴咬……

生雄儿和荡儿时，自己就利索多了。这两个孩子也没费什么周折，很快就出落得高大魁梧。尤其雄儿，英武自不用说，遇到事情时，常常要先思索一番，说出来的话常常让人惊喜不已，以致李特常常当着众人的面，指着他说："吾儿，必当为枭雄也。"相比之下，老三荡儿就显得既柔弱又木讷，一句话憋在嘴里，常常半天也蹦不出来，打仗时也畏畏缩缩，因此不为丈夫所喜。

从内心来说，罗氏也是疼爱李雄的，而且就在李雄出生的当晚，她还做了一个十分奇异的梦。梦醒之后，她全身冷汗淋漓，既惊又怕，又喜又惧，不知为什么，她总隐隐地觉得这个梦对大儿子不利，于是，她老是像欠了李始什么似的，总想给予他更多的母爱。每当丈夫夸耀李雄时，她总要补上一句："别忘了咱始儿，他也是个英雄之才呀！"因此，当那晚任睿在中军营帐里侃侃而谈时，躲在帐后的罗氏只听了几句便欲起身悄悄回到后营。对她来说，军务之事自有丈夫和儿子们负责，只要李特父子平平安安，便万事皆好。可是，当那个少年突然露出了美艳之极的真容时，罗氏的脚步就迈不动了。接下来，她一直站在帐后，目不转睛地看着常琬。

　　她觉得，这个女子应当是自己给予长子李始的一件最好的礼物。其实，还有一层深藏在她内心的担忧她没有说出来，那就是生怕丈夫李特真的把这个小娇娘收为己有。因此，当晚宴还没结束，安排给常琬的房间已经清扫出来，布置妥当；晚宴一结束，当李特处理好军务之事，派人去召常琬时，罗氏身边的亲兵已经把常琬藏进了那深深的街巷之中。

　　第二天罗氏注意到李特居然破天荒来到后营，表面上漫无目标地溜达，一双眼睛却贼溜溜地四下乱看，仿佛在寻找什么；一问他，语气里却又淡淡的，只说很久自己没到后营来了，眼下大城即将得手，来看看后营做好准备没有。罗氏听他这一番话，也不说破，只看着他目光扫视半天，到最后一无所获，只得带着不甘的神情快快而去，自己则心中暗笑不已。

　　第三天，李特倒没有到后营来，而是吩咐李雄照例率兵到城墙上对大城上的晋军一番射杀，他自己则一直闷闷坐在营帐里。

　　第四天，罗氏主动来到中军，当李特终于忍不住向她询问常琬的下落时，罗氏不慌不忙地一笑："那个女子，始儿已经和我说过了，此生非她不娶。"这一下，李特傻眼了。他素知自己这个大儿子的脾气，一旦犯起浑来，那可是天王老子都不认的。他举起酒盏，将盏中的酒一饮而尽，想起常琬那一副精致的面容，心里冒出一股酸溜溜的滋味。然而李特毕竟是李特，罗氏走后，他转念一想，把那个叫任琬的女子给李始，也未尝不好，等自己进入大城后，再让左右给自己找几个鲜嫩嫩的小女子来。

　　他一边饮酒，一边安慰自己，这锦官城乃天底下一等一的富贵温柔之地，待进入大城之后，再找几个像任琬那样如花似玉的小女子还不是手到擒来？而眼下，如果因为区区一个任琬惹得父子反目，被人耻笑事小，耽误了进入大城，那才是大事。大丈夫生于世间，不做一番大事，岂不是枉活了一生？就像自己当年率领流民从陇西进入蜀地，路过剑门关时，看见那一夫当关万夫莫开的险峻之势，不禁叹息："刘禅有如此富庶的地方，居然败亡到面缚投降，真不愧一个庸才呀。"言毕，哈哈大笑……这样想着，盏中的酒已逐渐见底，他正要叫人斟酒，忽然听见帐外一阵马蹄声，正诧异间，罗氏身边的一个女兵急匆匆进了营帐，脸色有些慌乱，跪下道："禀告将军，夫人有急事相商。"

自举事以来，李特夫妇一掌军事，一管后勤，相互间配合得十分默契。罗氏精明强干，把后营治理得井井有条，让李特免去不少烦恼。一直以来，中军与后营之间，倒也互不相扰，如今罗氏竟然在深夜派身边亲兵急匆匆前来，李特心里顿时产生了几分慌乱。待他打马奔到罗氏帐中时，却看见儿子李雄跪在地上，罗氏抱着双手，站立在一旁，脸上除了三分怒容，还有七分愁容，更令他惊奇的是，那个叫任琬的女子也俏生生站立在一旁，神情里似有几分羞涩，又好像有些淡漠。

看见李特进来，罗氏将手一指李雄，气咻咻地道："雄儿他，他……"

"雄儿怎么了？"

"他，他竟然要和自己的大哥抢媳妇！"

李特顿时火冒三丈："雄儿起来！你好歹也是我益州大都督帐下先锋前将军，兄弟之间竟然为一个女人如此意气用事，成什么体统？"

让李特没有想到的是，听了他的话，李雄非但没有起来，反而将头转向他，依旧跪在地上，眼里已是泪水盈盈："父亲大人息怒，孩儿已对天发下重誓，此生也非任姑娘不娶。"他这话一出口，一旁的罗氏气得浑身发抖，而常琬内心更是微微一颤。她万万没有想到，只不过见了一面，这李雄对自己竟然就产生了如此深情，这不禁让她心里有了一种既骄傲又好奇的感觉，不由得对跪在地上的李雄多看了几眼。

她惊讶地发现，同样是李特的儿子，这李雄从里到外，好像散发着一种和李始、李荡都不太一样的气质。忽然间，李特的声音在常琬耳边暴怒起来："此事不容再议！这天底下，哪有大麦还没有黄小麦就先黄了的道理？我定了，三日后，为始儿举行婚礼！"

常琬身子一颤。

二

才晴了几天，天气又变得阴晦起来。从窗户里望出去，一群麻雀像雨点一样飞过阴沉沉的天空，旋即落到对面人家的屋顶上，在屋瓦上跳来跳去，啄食落在瓦缝间的草籽。啄着啄着，几只麻雀"呼啦"一声从屋顶上飞下来。它们伸出尖嘴，歪着圆圆的脑袋，细脚支撑起褐色的身子，在院子里旁若无人地跳来跳去。

不知什么时候，地面上已铺出了一层茸茸的草绿。

远处，一排排青灰色的瓦脊消失的地方，青黑色的箭楼巍峨而起，与天相连。大片大片的黑云从箭楼上空缓缓掠过，一场大雨似乎即将到来——箭楼外面，正是小城的所在。此刻，堂姐是不是也像自己一样，正站在黑云压顶的小城的某个窗边向大城这边眺望？常璩长吁了一口气，将目光缓缓收回来，心里充满了担忧。

从那天凌晨常琬和任睿一起离开大城算起，到此刻，已经整整九天了，还没有一点堂姐的消息。她现在，是生？是死？是被迫伺候了李特，还是在苦苦坚守自己的清白之身？常璩感觉自己心乱如麻。他一边往外迷惘地眺望，一边用手轻轻抚了抚心口，那里似乎还在隐隐作疼。那天从城墙上下来以后，看见路边那朵在料峭的春风中怒放的黄花，他顿时想到了刚刚丧生在流民箭镞之下的兵士们。春天来了，草木萌生出勃勃生机，可是这些兵士却再也感受不到春风的气息……从地上爬起来以后，他只感觉又疲惫，又惊惧，好容易才压制住一阵阵上涌的呕吐感，歪歪斜斜地向刺史府走去。

从衙里回来后，常璩再也支撑不住，一头扎到床上，昏昏沉沉地睡了过去。迷迷糊糊中，只感觉一个身影在身边走来走去，随即，自己的额头上被敷上了滚烫的帕子……待他悠悠醒转，就看见张妈那双焦虑的、充满血丝的眼睛。

从出生到现在，常璩一直生活在严父慈母的护佑之下，从未经历过如此惊心动魄的生死之险。在江原县，常家是个大族，虽说不上钟鸣鼎食，但放眼整个蜀中，确也算诗礼簪缨之家。从曾担任过洛阳京兆尹的先祖茂尼公常洽算起，历经东汉献帝、蜀汉先主刘备、后主刘禅，晋武帝司马炎到现在，一百多年间，家族里先后出现了常播、常勖、常忌、常骞等在士林享有政声的人物。他们进可为治理一方的大员，退则能悠然林下、潜心著述，守住自己那一颗儒生的心灵。到了父亲常耘这一代，表面看去，聚居在文井江边常氏堤下的家族依然庞大，然而有一年冬天，父亲和母亲在灯下对坐闲谈时，母亲却向父亲很突兀地说了一句："如今这常家啊，已然是吃饭的人多、做事的人少。"父亲闻言，皱了皱眉，没有言语，却把目光转向一旁正在书帖上描红的自己，说道："以后，别在璩儿面前说这些。"

想到父母，常璩的心又渐渐恢复了平静。眼下，最迫切的事就是要尽快到府衙里去，向刺史大人打听清楚小城那边的消息。他定定神，向门外喊道："张妈，张妈。"张妈在厨房里应声道："哎……"

"我要到府衙里去一趟。你在家多休息一下。"常璩边说边跨出门来，"这几天，太辛苦你了……"话未说完，却见张妈端着一小碗热气腾腾的米粥从厨房里走了出来："常公子，喝了这碗热粥暖暖身再过去吧。"

常璩赶忙接过碗，感激地看了张妈一眼。张妈笑道："外面风大。你这身子骨也刚恢复，到了府衙，和刺史大人说完事就赶紧回来休息吧。"

"张妈，你说，我堂姐她不会有什么事吧？"

张妈沉默片刻，伸手往他脸上拍了拍，笑道："你姐弟俩都怪惹人怜的。放心吧，琬姑娘不会有事的。我猜呀，她此刻和你一样，也正在喝粥呢。"常璩好奇地问道："为什么呢？"

张妈得意地一笑："这么多年来，我张妈熬的粥，还没有人不喜欢喝的。你堂姐现在一顿不喝粥，就一天都不自在。"

张妈猜得没错，常琬此刻确实是在喝粥。但这粥，却是罗氏亲自在伙房里熬出来的，选用的是江原县所产的小亭米，粒粒如珠，圆润洁白。当锅中的米开始"咕咕"地冒泥鳅眼时，她特地打开一个小罐，将里面储存的雪水倒了小半罐进去，这样冷热相碰，锅中的米既被熬得糯而不黏，又保持了小亭米特有的嚼劲。罗氏耐心地守候在灶前，当锅里再次沸腾起来时，她又将一把切得细碎的巢菜丢进去。青绿的菜叶浮沉在其中，衬托得米粥益发雪白。熬粥需用文火。当火大了，罗氏就吩咐立刻用柴灰将其掩上，锅底下，始终只闪烁着一小朵火焰。

这一小盆粥，足足熬了两个时辰，缓缓地，将一个硕大的树疙蔸燃成了一堆白色的灰烬。

站在锅前的时候，罗氏本想把常琬一起叫来，手把手地教她如何看火，待锅里沸腾起来，用手轻轻一捻辨识米的软硬度等，转念一想，又打消了这个念头。她想："这姑娘毕竟是读书人家出来的，待她和始儿成了亲，习惯了军营生活，再把她安排到后营也不迟。眼下，得先稳住她的心。"

那天晚上，当李特亲口确定下婚期，李雄从地上一冲而起，咬着牙，大踏步冲出了帐篷；而站立在一旁的常琬却默默地低着头，始终不发一言，这让罗氏大喜。于是一连几天，她都亲自下厨，给常琬熬粥。在她心中，希望常琬将来能跟随自己，在后营里练就一手好厨艺。

当罗氏兴冲冲地将亲手熬就的粥递到常琬手中时，她满意地看到，常琬脸上露出了一丝感激之色。屋子不大，罗氏站着，对着常琬莞尔一笑，柔声说道："任姑娘，始儿今天已从驻地动身。明天就是你们大喜的日子。始儿是我长子，这次的婚事，本来该给你们安排在大军进入大城之后，只是始儿这孩子心急，真是委屈你了。"

常琬淡淡地道："这粥真香。对了，我……我爹爹他，回来吗？"

罗氏道："你是说任先生啊，本来他今天也要和始儿一起回来的，只是他要押送各寨堡送来的贺礼，因此，要迟一天才能回来。那时候啊，始儿恐怕已经和你入了洞房，哈哈……"常琬顿时红了脸，不再说话，只是低了头，默默地将一匙米粥往嘴里送。罗氏见状，以为她害羞，就不再多言，转身跨出门来，准备去看看洞房布置得怎么样了。她刚要迈出院门，就听见屋里"噼啪"一声，吃了一惊，急忙又返身回来，就见洁白的米粥泼了一地，常琬正蹲在地上，手忙脚乱地捡拾瓷碗碎片。见罗氏进来，常琬站了起来，尴尬地解释道："这粥真香。只是，没想到我手一滑……"罗氏摇摇头："算了，让那个丫鬟来打扫吧。"说完，转身走了出去，心里骂道："贱坯子！终究是读书人家出来的娃，和咱还没有一条心。等着吧，看以后老娘咋个拾掇你。"她这样想着，双腿在马肚上狠狠一夹，不大工夫，就看到了那座被选为婚房的院子，心情又重新变得愉快起来了。

罗氏没有猜错，那碗粥，确实是常琬故意掼在地上的。

罗氏走了之后，常琬再也压抑不住，也不去管那个正手忙脚乱地打扫的傻丫鬟，撩起裙摆，"噔噔噔"就上了楼梯，一头扑到床上，放声痛哭起来。也不知过了多久，她才止住哭声，各种念头在心里转来转去，却始终想不到一个脱身之计。

此刻已是黄昏时分，窗外，一弯月牙在浮云中时隐时现。那傻丫头送来的饭菜放在梳妆桌上，已经冰凉。常琬抹了抹眼泪，一咬牙，坐到了桌前，几口就把饭菜扒拉进嘴里，塞得腮帮高高鼓起，嚼着嚼着，她忽然一伸手，将桌上的碗碟都扫落在地，门外的傻丫头吓了一跳，急忙将头伸了进来。常琬冲她一瞪眼："出去！"说完，猛地将门关上，转身就要去关窗，忽听"咻"的一声，一支黑黝黝的羽箭从夜空中穿过来，"啪"一声落在屋子里。她骇了一跳，不自觉地往后退了两步。许久，常琬才大着胆子向前，依稀辨出那是一块树皮。她捡起来一看，只见箭镞上缠着厚厚几层布条，箭杆上则穿着一块树皮。树皮的白茬面上，歪歪斜斜地写着一个字：走。

常琬疑惑地走到窗边，往外一瞧，月亮已到中天，四下里寂静无声，无边无际的夜色如同一张大网，正笼罩在天地之间。常琬心里一动，将双手拢到嘴边，对着苍茫的夜空大声喊道："喂，是你吗？"回答她的，只有呼呼的夜风。常琬不甘心，又喊道："是你吗……"

这一次，远处传来了喧闹的人声。黑黝黝的街巷里，除了人声，还有一串灯火在一座院子里醒目地亮着。常琬有些奇怪，接着明白过来，"砰"的一声关上了窗子，一屁股坐到梳妆桌前，瞅着镜中的自己，口中喃喃地道："是你吗？是你派人来救你的小意儿吗？"说着说着，两行泪水又流了下来。

常琬猜得没错，那灯火闪亮的地方，正是李特与罗氏为她与李始成婚精心挑选的洞房。此刻，李始正满嘴酒气，大声吆喝着手下的亲兵们往门上、窗户上张贴男女交媾的各样图案。这些图案，大都由染红的绢布剪成，灯光一映，人物栩栩如生，满院的兵士们兴奋得大呼小叫。李始更是按捺不住，不停地呼叫左右拿酒来。一群人闹得正欢时，罗氏走了进来，看见这场面，不由得眉头一皱："始儿，别胡闹了。"李始呵呵一笑："母亲，孩儿们不过是照族中规矩来，有啥责怪的？"原来氐羌习俗，对男女之事向来不事掩饰，尤其族中有青年男女大婚之时，更将其大事张扬，让未婚男女们借机了解此中风情。

罗氏走到李始面前，看着这个已经喝得脸红脖子粗的儿子，语重心长地说道："始儿呀，此番不同。"

李始眼睛一瞪："有啥不同？"

罗氏叹口气，扭头对一同进来的李特说道："我就知道，没有我，这个家就得乱套。"

李始还要说什么，李特眉头一皱，说道："始儿，听你母亲的。"罗氏随即将手向后一招，她手下的女兵们走了进来，将张贴的那些图案一一揭去，重新粘贴上了"龙宛转""凤将雏""鱼比目"等寓意含蓄的图案，又命人在院门外挂上八盏绣有鸳鸯图案的灯笼……李始瞪大眼睛，嘴里兀自嘟囔着什么。罗氏道："始儿呀，这任家姑娘是汉地书香世家的女儿，如果还是按咱们族里的规矩来，会惹人家耻笑的。"

李始急了："谁敢笑俺？让他吃俺一剑！"

李特闻言不禁笑了起来："始儿呀，按为父的意思，本来是想进入大城后再给你举行婚礼的，只是你这小子猴急得不行，也罢，为父就圆了你这个心愿。刚刚任先生差人来报，各寨堡送来的礼物已经备好，明天即可一起押到。"说到这里，他压低了声音，对罗氏和李始耳语道："后天三更，大城中将有人悄悄开门，迎我大军入城。真是天助我也！到时候，始儿你可别贪恋热被窝啊。"一番话说得罗氏和李始都笑了起来。

窗外，雀鸟们成群结队地从空中掠过，一起没入了暮色掩映的树丛中。随即，纷纷攘攘的鸟叫声在窗外响起，然而却看不到雀鸟们的身影。常琬听得心烦，索性拿手蒙住了耳朵。这个白天如此漫长，让她竟产生了幻觉：午后，当罗氏带领一群妇人踢踢踏踏地走进屋子来的时候，听见妇人们的声音时，她差一点脱口喊"张妈"。话刚到嘴边，她立刻就清醒过来——自己这是在李特大军所占领的小城之中啊。妇人们在罗氏的指挥下，很快就把常琬打扮起来。常琬也不挣扎，只是木然地任凭她们摆弄。

打扮完毕，罗氏满意地看了看满头珠翠、唇红齿白的常琬，点点头，对妇人们说道："你们留在这里，好生伺候任姑娘。等吉时一到，就把她送到门外。"说完，又转过头对常琬柔声说，"媳妇儿啊，为娘先回大营去了。"见常琬没有回答，眉头一皱，心中骂了一句："真是狗坐箢箢不受人抬。"转身走了出去。

妇人们把常琬放在一边，七手八脚地忙碌起来，很快，屋子里就张贴起了象征着男女合欢的鱼水图案。梳妆桌上也摆上了一对从小城府衙中搜出来的造型精美的青铜烛台。

当暮色从窗外涌进来时，四根通红的蜡烛便燃了起来。常琬只呆呆坐着。不知不觉，烛火上结起了一个大大的灯花。有个妇人反手取下簪子，正要去挑，却被另一个妇人伸手轻轻按住："这是喜花，不能挑。"听到这句话，常琬抬起头来，盯了那妇人一眼，妇人会错了意，笑容满面地说道："灯花结，贵子到，恭喜姑娘。"常琬没好气地哼了一声，站起来，走到窗边，期盼着看向窗外。不知什么时候，雀鸟们的叫声已经停止了。这该是月牙东升的时候，可是厚厚的云层把夜空遮得严严实实，只有几颗星孤独在挂在天上，微火般若隐若现，但地面上却热闹得紧，两排数十盏灯笼将整条小巷照得明晃晃的。院门外，几匹矮马脖子上系了红布，正呼呼地喷着响鼻。

时辰到了。妇人们不知从何处拿出来一幅精美的红绸，常琬还没反应过来，红绸就盖在了她头上，眼前顿时一片漆黑。模模糊糊中，那几个妇人将手伸到她腋下，半是搀扶半是挟持拖着她，噔噔噔下了楼梯，来到正房，就听见有人喊："吉时到，新人上马。"外面随即有人呼应道："吉时到……"

随着呼声，罗氏身边的女兵们将马牵了过来。

一共六匹马，皆腿短头大，肚腹微微向外凸起，鬃毛又长又红，从马头上纷披下来，一直覆盖到背脊处，在院门外安安静静地排成一列。微寒的春夜里，矮马们鼻孔里喷出来的缕缕白气像丝线一样袅绕在半空中。这是罗氏命人从马营中专门挑选出来的，它们原本产自西南夷人所居的安宁河畔。当年诸葛亮收服孟获后，这些马就跟随着班师回朝的蜀军，大量来到了蜀地。矮马们脚力强健，耐性极强，常被蜀人用来在山地驮重。因其体形矮小，骑在上面可以慢悠悠地行走在果树下，所以蜀人又给它们取了个名字，果下马。常琬恍恍惚惚地被人扶上第三匹马，刚一骑上去，就感觉有点异样。原来，这匹马竟然没有安装马鞍，只罩了一幅红布，可是人骑在上面，却像稳稳地坐在一块平整的石头上。她伸手摸了摸，发现这匹马的马背上竟然生长着两道马脊，心中正暗暗称奇，这时，骑在头马上的女兵伸手拍了拍矮马的脖子，双腿一夹马肚。头马兴奋地叫了一声，昂起头来，迈开四蹄，踢踏踢踏地向前走去。

马队离开灯火通明的院门，经过黑暗中的一条条街巷。远处，隐隐可见一串闪亮的灯火，高高低低的人们正在灯影里往来穿梭。

马队稳步向前，隔着一层绸布，朦朦胧胧间，常琬觉得那远处的灯火越来越明，只感觉脑中一片空白。转眼间，马队走到了一条漆黑的巷子口，往前约百步，向左拐过一条街，就到了灯火通明的婚房面前。已经可以清清楚楚地听见男人女人们的喧哗声了，护送常琬的女兵们都放松下来。头马上的那名女兵吁了一口气，双腿松开了马肚。就在这时，从巷子深处忽然冲出来一匹大马。这匹马来得飞快，眨眼就冲到了常琬面前，马背上伸出一只大手，一把就将常琬从矮马背上揽到怀中，随即双腿一夹，大马四蹄翻飞，向黑暗中疾驰而去。一瞬间，女兵们呆住了，待她们手忙脚乱地拔出剑来，只见街巷里已空空荡荡，只有常琬所乘坐的那匹双脊果下马正茫然地抬着头，在原地打转。领头的女兵又惊又急，把剑高高举起，厉声喝道："追！"说完狠狠一夹马肚，率先追了下去。

大马跑得很快，而且似乎马蹄上还包了一层厚布，街巷里竟然听不见半点马蹄声。女兵们把矮马驱赶得大汗淋漓，转眼就追到了一个十字街口，大家顿时愣住，不知该选哪个方向，急得手挽缰绳，把胯下的矮马们勒得团团转。那领头的女兵是罗氏帐下最受信任的统领，此时已脸色煞白，额头上竟密密地沁出一层汗来，她思索片刻，将手向四方一指，喝令大家分头追赶，然后调转马头，向婚房那边疾驰而去。

常琬只听得耳旁风声呼呼，感觉就像在腾云驾雾一般。这突如其来的变故起初让她不知所措，但她随即就反应过来，马背上的这个男人正在带自己远离那令人厌恶的婚礼。一想通这点，常琬顿时转悲为喜，不由得也紧紧地抱住了那人。那人似乎也感受到了她内心的喜悦，大手一箍，将她温热的身体搂得更紧了。两人身体紧紧相贴，常琬只感觉一种粗犷的男人气息扑面而来，黑暗中却瞧不清此人面容，正胡乱猜度间，那人闻着常琬身上散发出来的缕缕幽香，忽然一把扯去她头上的红绸，在她脸上狠狠亲了一口。

常琬又惊又怒，喝道："你……"正在这时，只听四下里响起了急如骤雨的马蹄声，同时还伴随着凶暴的呼喝声和枪矛的撞击声。那人笑了笑，低声道："坐稳了！"说罢，常琬只感觉身下那匹大马豁地腾空而起，一股田野间的清冽空气直透进肺腑。就在电光石火之间，两人不觉已驰出城来。

大马鼻孔里呼呼地喷出股股白气。那人将手从常琬腰上挪开，拍了拍马颈。大马会意地嘶鸣一声，昂起头来，泼剌剌撒开四蹄，纵身向一处林木茂盛的高丘驰去。

这时候，小城里已经乱成了一锅粥。闻听有人在半路上猝不及防地将即将入洞房的"任姑娘"掳走，正喝得眉开眼笑满脸通红的李始顿时双眼充血，一把扯掉身上那件绣了鸳鸯图案的袍子，"哗"的一声从旁边一名亲兵的腰中抽出剑来，几步冲到门外，随手拉来一匹马，翻身骑了上去，朝着黑暗中狂奔。他的亲兵们也纷纷拔剑上马，四周顿时蹄声如雷。罗氏和李特呆立片刻，猛地醒悟过来，异口同声地叫道："老天爷！"罗氏双手不停地捶打胸膛。李特则脸色铁青，大踏步跨出门来，带领左右朝李始驰去的方向追了下去。他一边不停地用鞭子抽打着马屁股，一边喃喃骂道："狗崽子，真是反了，反了……"

靠近林木时，大马放慢脚步，竟然矮下了身子，四蹄亦轻提轻放，仿佛怕惊醒了林中的鸟虫，这显然是受过极好的训练。那人依旧紧紧地将常琬搂在怀中，一手轻提缰绳，随着他手中缰绳的方向，大马在幽暗繁密的林木中左弯右拐，缓缓走到了高处的一片空地上。地上长满了刚出土的青草，大马停下来，静静低下头来。那人忽然将手一松，从马上一跃而下，站在马前，两道英气勃勃的剑眉下，一双又黑又亮的眼睛深情地凝视着常琬。

常琬不由得失声叫道："是你?!"

夜色幽暗，那人轻轻叹了口气："是我。"然后又温柔而坚定地补了一句，"那天你也听见了，我向老天发过誓的，此生非你不娶。"

第五章　最是人间行路难

一

四周一片安静，仅隔了一片野树林，整个世界就都被挡在了外面。时令正是立春与雨水之间，林中听不见半点虫鸣，只听见大马安静啃草的声音。这个季节，地面上刚拱出一层薄薄的草芽，咬在嘴里又涩又苦。大马吃惯了香喷喷的草料，显然对这样的草芽很不满意，可是刚才那一阵疾跑，肚子里早已空空如也。它强忍着，低头默默地嚼了一阵，还是忍不住张开嘴，吐出了绿色的汁液，然后抬起头来，一双大眼幽幽地望向主人。

李雄笑了笑，一抬手，将背上那张黑黝黝的铁弓朝后拉了拉，然后走到马鞍旁，从吊着的袋子里掏出一把炒熟的黄豆来，伸手喂到大马嘴边。大马感激地看了主人一眼，舌头一卷，宽阔的马嘴顿时上下左右地嚼动起来。

常琬依旧骑在马上，半晌，才声音颤抖着回道："李将军，你……你莫拿奴家开玩笑。"

"我李雄此言，上可对天，下可对地。"

"我……"

李雄不待常琬说下去，伸出一双大手，将常琬柔若无骨的小手紧紧握住：

"我李雄虽然在军中长大，却从来不干那奸淫掳掠之事。你知道这是为什么吗？"

常琬没有回应，却抬起了头，目光如水静静地望着李雄。

"无他。只因为蜀地百姓和我们一样，都是父母所生，天地所养。"

常琬点点头，不再试图将手从李雄的掌中抽出，柔声道："琬不过是一个小女子，可是一见到将军，就觉得和那些人确也不太一样。"

李雄轻轻一笑："是吗？"他放开了常琬的双手，沉声说道，"这些年我跟随父亲四处征战，见过许多的死伤离散，觉得处于乱世之中，人命还比不上一根草。"他双目炯炯，"任姑娘，不瞒你说，我原本想做一个天地间无牵无挂之人，可是……

"可是那晚一见你，我才明白，自己在这人世间，再也不能孤零零一个人走下去啦。"

李雄说到这里，一双眼睛热烈地盯着常琬，眼神里充满了询问和期待。常琬脸色绯红，一颗心咚咚直跳，长这么大，她还是第一次听见一个青年男子如此热烈直率的表白。虽然她早已经把自己的处子之身交给了罗尚，可是每一次她面对罗尚的时候，总感觉两人之间好像始终少了一些什么，然而每当那种怅然若失的感觉在心里浮起来的时候，她总是安慰自己："刺史大人公务繁忙，他怎么会有时间和闲情来和我一个小女子谈那些儿女情长的话呀……"一时间，她不知道该怎么回应李雄的话，只得低了头，拿手在马鬃上抚来抚去。

大马是李雄两年前在攻打广汉时，一箭射死了骑在这马上的一名晋军将领，然后俘获过来的。这是一匹蜀地难得一见的草原马，高大威猛，毛发闪亮，从马头到马腿如同木炭一般漆黑，可是四蹄近掌处却如霜雪一样白。李雄极为喜爱，给它取了个名字，叫雪里飞。

此刻，雪里飞感觉自己的鬃毛被常琬抚在手里，本来正逐渐进入梦乡的它突然兴奋起来，前蹄一提，热烈地喷了个响鼻。正心神不定的常琬猝不及防，身子一歪，眼看要从马背上摔下来，李雄快步向前，一把将她搂下马来，热烈地抱在怀中，在她耳边喃喃念道："任姑娘……任姑娘……"

常琬本想挣扎出来，可是不知为什么，自己竟全身无力，任由李雄把自己紧紧拥在怀中。

一股热烈的男性气息在耳边厮磨着，常琬只感觉自己心荡神摇。她不知道该如何应对，索性闭上眼睛，努力平息越来越快的心跳。两人就这样紧紧相拥着，也不知过了多久，常琬睁开眼来，发现李雄依然目光热烈地看着自己，心中忽然一动，说道："将军，你今晚可是闯下了大祸啦！"

李雄呵呵一笑："我早就闯祸啦。"

常琬不解地望着他。朦胧的夜色里，她听见李雄缓缓说道："还记得那个字不？"

"你是说……"

李雄点点头。常琬只感觉一股温暖的情愫从心底缓缓升起。她将手从李雄的掌中抽出来，踮起脚尖，轻轻抚摸着李雄的脸庞。夜凉如水，李雄的脸摸上去也冰凉冰凉的，常琬的小手在他脸庞上缓缓地游走着：英气勃勃的眉梢、凸起的颧骨，因长年征战而瘦削的脸颊……当常琬的手走到李雄嘴边时，李雄忽然伸出双手，把她的手按到了自己的嘴唇边。常琬一惊，正要将手抽开，却被李雄握得更紧。她抬起头，借着夜色，看见李雄的眼睛里分明有晶亮的东西正一闪一闪。

常琬再也控制不住。她终于相信，眼前这个男人在粗犷而坚毅的外表之下，确实跳动着一颗温柔的心。她一下子抱住了李雄，热泪扑簌而下，只感觉内心有一条冰封已久的河流要"哗哗"地，不可抑制地向外流淌……

当大马"雪里飞"从迷迷糊糊的梦中醒过来时，只感觉四周异常静谧。它不安地摇了摇尾巴，抬起头，寻找主人的身影。一会儿，它抬起前蹄，向前"踏踏"地走了两步，又退回来，向左拐向一棵粗大的桤木，蓦地，树后伸出一只热气腾腾的手，落在它的鼻孔上。它欣喜地朝前拱去，却被主人在脸上轻轻拍了几下，于是会意地退了回来，鼻孔里呼出温热的气息，安安静静地站在了原地。

厚厚的阴云已散去。躺在地上望去，头顶的夜空里，一大一小两颗星星闪现出来，大的亮如灯笼，小的光如萤火。那两颗星相距不远，风吹云动中，小星始终紧跟在大星后面，在茫茫夜空中艰难地向前跋涉。

常琬将脸依偎在李雄滚烫的胸口，甜蜜地听着他的心跳。李雄仰面朝天，不知在想些什么。常琬也抬起头来，静静地注视着两颗星，看了一会儿，禁不住叹息一声。李雄忙问道："怎么了？"常琬将手一指天上，说："你看那两颗星，像不像此刻正在人世间苦苦跋涉的我们俩？"

李雄将手环过来，看着那两颗星星，轻轻地抚摸着常琬的头发，说道："不像。"

常琬抬起头，诧异地看了李雄一眼，见他神色如常，不像是在说笑，心中突地一跳，说道："江河行地，日月径天，夜空虽然浩渺，每一颗星子却自有它们要去的方向。可这人世间呢？"迟疑片刻，常琬又道，"再过几个时辰，天就要亮了。我们该何去何从？"李雄柔声应道："暂且在这里歇上一晚，等天亮了我带你回到营中。从此以后，咱俩就可以正正经经地做一对夫妻啦。"常琬"啊"的一声，两手在地上一撑，站了起来，拿手指着李雄，却说不出话来。见常琬反应如此剧烈，李雄吓了一跳，连忙站了起来，问道："你不愿意？"

"你闯了这么大的祸，还能安安稳稳地回去？"

一听这话，李雄哈哈大笑起来，急得常琬脸色通红，一双杏眼里珠泪欲滴，眼看她哽咽出声，李雄伸手轻轻揽着她的肩头，轻声说道："你有所不知。只要我和你平平安安过了今晚，回到大营中，就再也没人敢拆散咱啦。以后呀，你就安心待在后营里，等攻下大城，我们再选一所好宅子，好生安顿下来。"

见常琬一脸不解的神情，李雄又说："你们汉人的婚姻讲究门当户对，还要父母之命媒妁之言。我们却没有那么多的规矩。战乱之前，我们村寨里每年三月初三都有对歌会，青年男女们不论家境贫富高低，都纷纷走出门来，在山野间以歌相会。只要相互喜欢了，便可以手牵着手到林间自由自在地幽会。两个人情投意合了，男家再上门提亲。"

常琬"扑哧"一笑，叹口气，幽幽说道："其实，我们汉人以前也是这样的……"李雄奇道："汉人也是这样？"

常琬叹了口气，对李雄说道："先前我们汉人的男女之间也没那么多拘束，但不知不觉间，不晓得我们的婚姻里为啥就有了那么多规矩。只是呀，我觉得那些规矩都是用来管女人的。"

李雄也不禁笑了起来，伸手朝她鼻子上一刮："其实不管是汉人氐人，男女之间的事总归是天性使然。比如我们，除了对歌定情，还可以抢亲。"

常琬一愣："抢亲？"

"对，如果有人喜欢上了一个姑娘，只要姑娘还没有和别人正式成亲，他就可以把她抢过来，但前提是，得凭自己的勇武和智慧。还有一点，如果姑娘誓死不从，那这个抢亲之人非但不能强迫，还得以自杀来谢罪，而那个被抢了亲的姑娘不但不会受到歧视，反而从此身价倍增。如果姑娘也心甘情愿，那两个人只要过了一晚，就可以正大光明地回到村寨里，做一对夫妻。村寨里的人也会满怀真诚来祝福他们。"

常琬瞪大了眼睛，李雄这一番描述简直匪夷所思。从小生活在讲究家风门规的环境里，她听见的都是男女授受不亲之类的训诫，偶尔也会听到家族里的一些传闻，什么几个堂哥公然在外挟妓燕饮呀，什么某个成天把子曰诗云挂在嘴边的叔伯瞒着族人，在江原城中悄悄养了个外室啊……她万万没想到，这世上竟然还有这样的地方，那里的青年男女之间仅凭了一腔真挚性情，便可以如此洒脱自在地生活，不由得心驰神往，然而猛然间，外室这个词让她的心情黯淡下来，随即，一股针扎般的疼痛涌上心头。

一个时辰前，当李雄把她紧紧地拥在怀里的时候，常琬的心情是既惊且喜的。她满心以为李雄会骑着那威武的大马，把她带到一个没有战火，更没有亲朋熟人的地方去，哪怕穷村陋巷，哪怕粗茶淡饭，只要两个人可以安静生活就行。可是一番话说完，她心头那一缕甜蜜和炽热就被一瓢冷水毫不留情地浇灭了。

似乎有小虫在悄悄地鸣叫，可一细听，四周如死一般寂静。

毕竟还只是春夜，三更一到，寒意便渐渐从树丛与草地上沁发出来，开始往人身上钻。听着耳边李雄轻微的鼾声，常琬只感觉整个人从里到外都凉透了。她躺在李雄身边，目不转睛地盯着夜空深处那似乎正在缓缓行走的一大一小的两颗微茫星子，想那夜空虽然浩渺，孤独的星子却也有自己的走向，而飘零在人世间的自己，今后却不知该何去何从。不知不觉间，常琬脸上淌下了两行清泪。她也不去擦，只泪眼蒙眬地呆望着天上，渐渐地，那两颗星子的光芒越来越亮，片刻之间，这光亮竟散开来，把夜空照得又红又亮。常琬以为自己看花了眼，使劲揉了揉眼睛，再仔细看去，那光亮已经映照得天边黑黝黝的云层像着了火一般。她把李雄环在自己腰上的手轻轻拿开，手掌使劲往地上一撑，站了起来，又惊又惧地辨认着光亮的方向。

二

李雄是被"雪里飞"热气腾腾的马嘴拱醒的。长年的征战生活让他即使在天寒地冻的野外也可以酣然入睡。和常琬说了一番话后，一股甜蜜的疲惫很快便袭上头来，蒙蒙眬眬中，他缓缓沉入了梦乡。

其实，李雄对常琬说的那番话乃是半真半假。在李雄家乡的村寨里，抢亲这个风俗和他说的大体相同，但那仅限于在异姓之间，倘若同族兄弟间发生了这样的事，抢亲者固然可以和女人一起生活，但也会被族中长老们逐出家门，遑论亲兄弟之间了。尤其是，像李始这样的性格，还不得闹出泼天的事来？

然而，女人的温柔一旦锋利起来，哪个男人能抵挡得住？

那天晚上，当父亲狠狠地撂下那句"大麦都没有黄哪来小麦先黄"的话后，李雄只感觉一股愤怒的热血直往头上涌，他冒着满天星光，一路疾跑，回到营帐后，在黑暗中呆坐到天明，当第一缕阳光升起时，他决定忘掉常琬。然而出乎他的意料，就在当天傍晚，当月亮刚刚升到树梢，他就悲哀地发现，常琬又来到了他心里。这一次，那张俏生生的脸让李雄内心益发生出了止不住的怅惘。下了抢亲的决心后，有好几次，他看着紧紧跟随在自己身边的王能，差一点就要说出内心的这个秘密，可是，望了望亲兵统领的眼神，想起了那个傍晚他在武库大门外对自己所说的那一番大英雄当视人命如草芥的话，就抿了抿嘴巴，把目光投向了别处。

不能让王能知道这件事，否则，依大哥的性格，会乱箭齐发，把他射成一只刺猬。

当暮色初起，厅堂里按照汉地的习俗燃起一对喜烛时，趁着众人闹哄哄的当儿，李雄借口"如厕"，丢下身边的亲兵，提前离开了酒席。一路无阻，他回右军营中背上那把铁弓，然后踏着夜色去了马棚。支开老马伕后，他从马棚里牵出了"雪里飞"。大马已经好几天没见到主人了，一见到李雄，立刻兴奋地把头在他身上挨来擦去。李雄怜惜地拍了拍大马长长的颈脖。"雪里飞"更加兴奋，后蹄朝后一蹬，尾巴高高甩起。看它如此欢喜，李雄叹息一声，一咬牙，挽起战袍下摆，"嚓"一声撕下来，然后又将其分成几段。当他把"雪里飞"的四个蹄子都包好后，马棚上空，往日那一轮散着清辉的月牙已被厚厚的云层盖住。他翻身上马，双腿轻轻一夹，一人一马便悄无声息地走进了漆黑一团的巷子中。

和常琬紧紧相拥的那一刻，李雄心里就像一锅水热烈地沸腾起来。那一瞬间，他其实已经打定主意，要带着常琬远走高飞，可是一想到跟随他多年的王能等亲兵们，便又改了口，把那抢亲的习俗半真半假地说得温情脉脉。看着常琬听得入神的惊喜眼神，他心中又甜又苦。他暗暗决定，天亮之后，无论如何也要带着常琬回到小城里，先把她藏起来，然后自己一个人到父母面前负荆请罪，保住王能等人的性命之后，再帮助父亲顺利进入大城，等父亲登上大位，自己就带着常琬解甲归田，寻一处偏僻之地，过那安安静静的村夫村妇的生活……他寻思眼下正是用人之际，父亲即使暴跳如雷，也不会把自己怎么样。至于大哥李始，李雄心头再清楚不过，就算大哥如愿得到了常琬，过不了几天，他又会把目光转向其他女人。一旦进入大城，那花花世界里可到处都有偎红倚翠的美人儿。

搬开了心上的石头，这一觉李雄睡得又沉又甜。后来他梦见常琬一遍又一遍地将红润的朱唇印到他脸上，蹭得他酥酥的，于是心花怒放地笑了。这一笑，他便醒了过来，只见天色已经大亮，树林深处隐隐飘着白雾。这白雾在金光闪耀的朝阳照射下，很快就飘散了。他揉了揉眼，这才发现，原来一个劲在他脸上舔着的，是"雪里飞"那热腾腾的舌头。

这调皮的家伙！李雄不由得笑了起来，双手成掌，朝脑后一撑，一个鲤鱼打挺跃了起来，像一棵树般立在当地。这时候，他才发现，这偌大的林子里，竟然只有他和"雪里飞"！他不假思索地将双手拢到嘴边，向四周大声喊道："任姑娘，任姑娘……"

四下里静悄悄的，回应他的，只有林中几声啾啾的鸟鸣。

他又大喊："琬姑娘——琬姑娘——"

喊声如雷，惊飞了林子深处一只正站在枝头低头梳理羽毛的大鸟。那大鸟抬起头来，瞅了树林外的这个大喊大叫的汉子一眼，双翅一展，从枝丫上飞起来，从李雄头顶"扑腾腾"掠过，旋即落在离他数十步之外的一个草丛里，收拢栗黑色的翅膀，优雅地扬起头顶一羽黑白交织的凤冠，在地上迈着碎步。一边走，一边拿眼瞟着李雄。

李雄心中一喜，差一点脱口而出："花蒲扇。"在陇西的村寨里，夏天才能见到这种鸟。看着"花蒲扇"头上那顶形如扇面的羽冠，李雄忽地心念一动，把头转了过去，然后将手在"雪里飞"鼻子上一点，"雪里飞"会意，转过身，李雄又在它屁股上轻轻一拍，"雪里飞"绕到一棵树后，悄无声息地隐没在了树林深处。李雄又把嘴合拢，对着树林里喊道："琬儿——琬儿——"一面悄悄解开系在胸口的披风。这又名戴胜的"花蒲扇"生性胆大，见李雄背对自己，便放下心来，伸出又长又细的尖嘴，在地面啄来啄去。

草色绿汪汪的。"花蒲扇"低下头，很快就从露水濡湿的泥地里叼了一根蚯蚓出来，妙的是，它并不立刻吞咽，而是尾巴一翘尖嘴一甩，将蚯蚓抛到半空，然后往前紧跑半步，张开大嘴，稳稳地将蚯蚓接入口中，然后心满意足地张开大嘴，"扑——扑扑——扑"地叫了起来。随着这两短一长的叫声，它头上的羽冠一起一伏，舒展得更加五彩斑斓。正当这只"花蒲扇"悠然自得时，"轰"的一声，一匹大马旋风般扑到它面前，它大吃一惊，急忙振动翅膀，想从斜刺里飞起，谁知那大马灵活无比，身子微微一扭，就堵住了它的方向。"花蒲扇"一怔，立刻调转方向，向后飞去。它抬起头，看见了头顶那无垠的晴空，感觉一股清风正从双翅下穿过，正要加紧扇动双翅，忽然眼前一黑，然后重重地跌了下来。

这个春天的早晨，成都城郊外的这只"花蒲扇"还没有反应过来，就被一双大手捏住了翅膀。和村寨里的老人们不一样，李雄对于这种被他们厌恶地称为"棺材鸟"的鸟儿，打小便有一种喜爱之情。他为之眼羡的，不仅仅是它行走时顾盼四方的王者姿态，更有那顶在头上的威风凛凛的羽冠。也因此，打第一次在陇西的山林间见到它时，他便一直叫它的另一个名字：花蒲扇。李雄蹲在地上，隔了一层披风，只感觉手中热乎乎的，心中大喜。他暗暗想道："待会儿看到这五彩斑斓的凤冠，琬姑娘应该会很欢喜吧？"他小心翼翼地捏着"花蒲扇"的双翅，正要站起来，忽然觉得颈后一凉，就听一个声音冷冷道："流贼，别动！"

锋利的剑锋抵在后颈上，一种彻骨的寒意从心底缓缓升起。李雄一动也不敢动。那声音又喝道："解下你的剑!"李雄只得缓缓将披风下的"花蒲扇"放了,右手伸到左边的腰间绦带上,连剑鞘一起解了下来,一扬手,把剑远远地扔到了数步外的草丛中。那人却仍旧不收剑刃,只是喝道："伙计们上来,将他兵刃收了,把那匹马也牵过来。"随即就听见人走在草丛里窸窸窣窣的响动,然后又听见雪里飞前蹄猛力地踏在地面上的声音和"呼呼呼"的鼻息声。身后那人笑道："李胡子,这可是匹好马,心急不得。"

李胡子应道："少堡主,不是我吹牛,再烈的马一落到我手里,就像寡妇遇到壮汉,立刻就软了性子,保管服服帖帖的。"四周登时一阵哄笑。仿佛要印证李胡子的话,雪里飞轻轻嘶鸣两声,竟缓缓安静了下来。李雄暗暗吃惊,这片刻工夫,四周竟然聚集了这么多人,听他们的口音,显然是成都附近寨堡里的人,而且语气悠闲,仿佛出村打猎一般,并不曾处于战火的纷扰之中。可是,大哥和三弟的部将和属下的兵士们不是正驻扎在那里吗?难道……他不敢再想下去,只感觉背上慢慢沁出了一层冷汗。那少堡主见李雄身上已无兵刃,那匹雄壮大马的缰绳也被李胡子稳稳地挽在了手中,这才把剑锋收起。李雄正要松口气,忽然又感觉背上被重重地敲响了几下,四周立刻响起了绵延不绝的"嗡嗡"声。原来那少堡主见这流民身上的那把黑黢黢的铁弓,还意犹未尽,像猫戏老鼠一般,又将剑身在铁弓上敲击了几下,不料这一敲,竟敲出了一阵奇特的响声。他吃了一吓,厉声喝道："好你个流贼,站起来!"

李雄慢吞吞地站了起来,缓缓转过身,就见七八个甲衣装束的蜀地汉子手执兵刃,散立在他身后。为首的汉子二十五六年纪,身披锁子甲,头戴一顶晋军将领常戴连带了护耳甲的青铜盔,盔顶上,系了一朵冲天而起的大红绒花,背上则斜背了一个箭袋,露出一把铁弓、数十支箭。一双又细又小的眼睛从头盔下露出来,恶狠狠地打量着自己。李雄向"雪里飞"瞥了一眼,就看见一个下颌留了一绺花白胡须的中年人正一手挽了缰绳,一手在它修长的颈脖上轻轻地抚摸着。看见李雄的目光,"雪里飞"又开始焦躁起来,左前蹄抬起,狠狠往地上一踏,慌得那个李胡子急忙把手抚到它颈上,口中还"吁"了一声。李雄正思忖呢,那少堡主喝道:"你这流贼,从哪里来?为何歇在这琴台之上?"

李雄闻言,先是吃了一惊:"原来此地就是那司马相如抚琴之处?"顿时联想起司马相如与卓文君的故事,又想起无端离开的"任姑娘",心下不禁一痛。

他定定神，瞄了众人一眼，嘴角露出一抹笑容："不瞒各位，在下先前确是那流民的一员，但如今却已是蜀民了。"

少堡主眼里凶光稍敛，仍厉声道："你这厮此话何意？"

"因犯了军法，被逐出小城，是以歇息于此。"

"因何犯了军法？"

李雄扯了扯背上的铁弓，不慌不忙地说道："自朝廷宽恩，于三年前开了剑门，放我等于蜀地就食以来，蜀民们家家以仁慈胸怀，人人怀菩萨心肠，从自己嘴中挖出一份口粮，养活我流民老少无数，我无不感恩在心。"说到这里，他长叹一声，"只可惜，一年前，因朝廷听信了奸臣的谗言，非要在小麦收割之前令我们限期返回陇西，试想我等数十万人扶老携幼，手中并无一颗余粮，如何能在春荒之际走完那漫漫长途？奈何朝廷苦苦相逼，我等不得不反。于是兵火燃起，蜀民与我等顿时由睦邻而生仇隙……"他边说边向树林边缓缓移动。那少堡主起初还认真听着，眼见李雄离树林越来越近，顿时看出了李雄的意图，立即快步上前，将剑一指："你这家伙废话太多，且吃我……"话音未落，便只觉眼前人影一晃，手中长剑已被李雄那把铁弓搅住。少堡主急忙往后一退，就见铁弓左右搅动，随即手腕一阵巨痛，"铛"一声，长剑已掉落在地。围绕在身后的李胡子等人还没反应过来，李雄已欺身上前，一把扯过少堡主的箭袋。电光石火之间，众人就发现冷冰冰的箭镞指向了自己面门，不由得面面相觑，手中高举的兵刃缓缓垂了下来。

那少堡主一双眯眯眼已吓得神采全无。他家所处村子原本位于沱江边一处竹林环绕、黑土如油的坝子里。这一片坝子，沙地种菜，水田出稻，田埂上还逶迤着数十棵桑树，一到暮春，虬结的枝条上便绿叶铺展。这数十年间，在他祖父、父亲的苦心经营下，坝子里的数百亩田地十有八九渐渐地变为他家所有。他不好读书，又仗着是个独子，平日里一逮着闲暇，便和村里一帮汉子舞枪弄棒。那些汉子本来就是他庄上佃户，当中即使有几个力道刚猛的，也不敢与他见真章。常常只敷衍得三五招，便作势败下阵来。这益发让他顾盼自得，大有打遍沱江两岸无敌手的意思。

战火一起，男丁们在他父亲带领下，日夜不歇地从田坝里取土，不到一月，村外便夯筑起了一座高大的土围子。他父亲到底在人世间多经历了一些事情，黄昏时分沿土围子走了一圈后，便将家中金银细软并村中的妇孺老少连夜送到了一处僻静的山凹里。围子后面，只留下了一干精壮男丁。这少堡主将男丁们编成五人一队，每天率队巡逻，只盼李特大军前来，好在阵前杀敌扬名。谁知今日一碰到李雄，连一招都没走完，便连人带剑输了个精光，这一下所有雄心壮志都被滚滚向前的沱江大水冲刷得干干净净。然而他性格里却有几分蜀人骨子里特有的倔强，眼见着被李雄箭指面门，只紧紧地闭了嘴，一声不吭。

李雄见他这番模样，心下倒暗暗赞许，也不去难为他，目光冷冷扫向众人，沉声问道："尔等是何人，为何来到这里？"

众人起初见李雄蹲在地上逮鸟，以为就是氐羌流民中的一个寻常军汉。及至他突然身形暴起，电光石火之间一招制敌，然后弯弓搭箭，目光炯炯，高大的身躯顿时散发出一股英武之气，才心下都怵了，唯恐那箭下一刻就直入自己面门，于是纷纷向后退避。

李雄厉声喝道："尔等为何来到这里？"他已隐隐感觉不安。众人愈是沉默，他愈是焦躁。这一声大喝声色俱厉，只听"铛"的一声，有个人竟吓得剑掉在了地上。这一声突如其来，惊得众人更加骇怕。也不知谁先拔了腿，众人将手中兵刃一抛，转身就往树林里跑去。

李雄勃然大怒，手中箭如流星般射了出去，只听"哎呀"一声，那名掉剑的汉子扑倒在地，双脚在地上乱蹬，嘴里嗷嗷直叫。这一箭李雄心存仁厚，只瞄准了他屁股。饶是如此，仍疼得那汉子龇牙咧嘴。

李雄又弯弓搭箭，暴喝道："都给我停住，谁再乱跑，这就是下场！"众人立马停住脚步，你看看我我看看你，心里直如油烫一般，却也只得背对李雄，不敢稍动。

那善于驯马的李胡子终究见识多些，他定定神，开口道："好汉息怒，我等本是沱江边王家堡的村民，奉任大人之命……"

"哪个任大人？"

"任睿任大人。"

"哦？"李雄心里"咯噔"一下，"什么命令？"

李胡子牙关打颤："回好汉，我等……我等昨晚奉了任大人之命，前往成都助战，剿灭李特流寇……"话音未落，那少堡主忽然从地上一跃而起，紧紧抱住李雄双臂，大声疾呼："此人乃李雄是也！大伙儿快跑……"他不说还罢，此言一出，众人反而浑身冰凉，腿脚僵硬。那少堡主虽武艺不济，却生得膀大腰圆，膂力沉雄。李雄被箍得差点喘不过气来，眼见情势危急，他将身子狠命往下一蹲，然后身形一转，提起右膝，顶在少堡主那一排肋巴骨上，只听得"噼啪"声响，少堡主顿时萎顿在地。

李雄再次将箭对准了李胡子，缓缓说道："不错，我就是李雄。"

那李胡子已心胆俱裂，大张着嘴，一句话也说不出来。李雄冷笑一声："这么说，我父亲数万大军已被你等剿灭？"

李胡子急忙点点头，又急忙摇头。李雄厉声喝道："尔等还不从实招来！"李胡子面如死灰，喃喃说道："昨晚三更，刺史大人已派大军攻入小城。少堡主接到任大人飞骑传信，说是大军已斩杀了李特等人，命我等火速赶往成都……"

李雄只觉眼前一黑，差一点昏厥过去。忽然他感觉眼前似乎有人影晃动，那李胡子等人正要趁机溜窜，于是猛地大喝一声，双臂一展，"嗖嗖嗖"连发六箭。眨眼间，六支黝黑的箭便从李胡子六人后心射入，又从前胸冒出。六人一起扑倒在地，还来不及发一声喊，便悄无声息地送了命。李雄杀掉六人，意犹未尽，他反手一摸箭袋，箭袋里却已空了。他扔掉弓，从草丛里捡起那少堡主的剑，大踏步走到林边，将那屁股上中箭的汉子一剑刺死。然后转过身，大睁着眼，看着阳光下少堡主那张惨白的脸，一步一步走到他面前。那少堡主也睁了眼，脸上露出恐怖的神情，李雄看了看他，摇摇头，缓缓将剑刺入了少堡主的胸膛，然后猛地拔出，一股鲜血直喷出来，溅得手上脸上到处都是。

太阳已经快升到头顶。一股挡不住的春天的热力开始从草丛、地面散发出来，空气里热烘烘的。李雄将右手沾满了鲜血的两根手指伸进嘴里，呼哨一声，躲到林中吃草的"雪里飞"从树后飞驰过来。李雄将手中的剑扔到地上，翻身上马，向树林外疾驰而去。

幽暗的林中已有阳光一束束地射入，染绿的风一阵阵扑面吹来。李雄双腿狠狠一夹，"雪里飞"似乎感到了主人的心急如焚，它左冲右突，眼看就要奔出林外，谁知突然间颈下缰绳一紧。它不明白主人的意思，但也只得调转头来。这一转又急又猛，差一点就撞到一棵大树上，幸亏"雪里飞"及时将头一偏，那剽悍的身躯从大树边堪堪擦过，转眼又奔到了横七竖八地躺满了尸体的空地上。还未等它明白过来，李雄已飞身下马，直奔地面的一幅黑布而去。

那幅黑布静静地躺在地上。李雄蹲下身，思忖片刻，猛地将黑布拉开，看见那只"花蒲扇"已敛了双翅，一双眼睛惊恐不安地注视着四周。片刻之后，"花蒲扇"见李雄一动不动，便试探着向前跳了两步，然后"扑哧"展开双翅，飞向了林中。

李雄迷惘地望着"花蒲扇"远去的方向，叹口气，扯过披风，擦了擦脸和手，然后抬头望了望头顶碧蓝如洗的天空，喃喃道："任姑娘，任姑娘，你父女俩骗得我好苦。"说罢，他疲惫不堪地骑上马，一人一骑，歪歪斜斜地重新走入密林之中。

第六章　雾障

一

三个人被反绑了双手，分别捆在刺史府衙前的三根木桩上。这是三根特地从密林里寻出来的野皂角树，树干比碗口粗，比女人的腰身细，褐红色的树皮上密密麻麻地铺着向上斜挑着的月牙形尖刺。皂角生长极慢，长到一定年头，便会旁逸出粗细不一的横枝斜枝来。也许是兵士们砍得匆忙，这些枝丫皆露出白生生的锋利茬口。茬口旁还悬挂着新长出来的嫩叶，风一吹，空气中弥散着一股淡淡的清香。

木桩根部，缠绕着用冷水浸泡过的去年的老篾绳，紧紧地捆绑在拴马桩上。那三个人刚被兵士们七手八脚地挂上去，浑身就被刺出了血泡。他们疼得牙龇嘴咧，身子不由得向外一挣。这一挣扎，一根根篾绳立刻就往桩石上勒，发出"嘎吱嘎吱"的声音。这样一来，三个人只好低垂着头，像石头镶在木桩上一样。又过了约莫一盏茶工夫，挂在右边的那个年轻人终于痛得忍不住了，破口大骂起来："狗日的罗尚，你有种就杀了小爷……"

没有人搭理他。守在木桩两头的几个晋军相互对视一眼，随即胸膛一挺，将目光笔直地望向前方，手中的长矛在阳光下闪闪发亮。

087

声音继续回荡着："你狗日的来个痛快，二十年后，小爷又是条汉子……"

见儿子如此没威没品，李特眉头一皱，厉声道："够了！成王败寇，始儿你何必多言。"

李始一怔，绑在李特左边木桩的上的罗氏却哈哈大笑起来。她身上衣衫已被撕扯得七零八落，雪白的颈脖和肩膀上露出一道道殷红的血痕，却似浑然不觉，反而将头抬起来，一双凤眼对视着天上那轮金灿灿的太阳，清脆脆的笑声一阵接一阵，在天地间响个不停。

李特一愣，正待发问，那如涛如浪的笑声忽然止住，随即一声叹息传来，罗氏一句话幽幽地落到他耳边："锦官城风流富贵，剑门关一夫当关。将军呀，你可还记得当初入剑门关时，对妾身所说的那番话？"

一股冲天的怒气顿时从李特心中升腾起来。他一咬牙，正要厉声叱骂罗氏，却忽然睁大了双眼，似乎不敢相信眼前的情景，随即又闭上眼，然后缓缓睁开来，难以置信地看着眼前这一幕，只感觉一颗心像被人用手狠狠地揪住一般，如刀剜一般疼痛。

此际已临近正午。天上万里无云，阳光大片大片地铺下来，晒得人身上热烘烘的。这时候，从四面八方的巷子里涌出来无数氐羌民军俘虏。他们有如被绳索串着的蚂蚱，一个接一个地被铠甲闪亮的晋军兵士从周边的街巷里推搡出来，溪流般汇集到府衙前的广场上。因为是在黑暗中被猝不及防地劫了营，他们中的大多数人都丢盔弃甲，衣衫不整，有的还赤着脚，有的包脚布掉了，只蹬了一双麻鞋，脸颊、手臂、后背及大腿等处布满了血污。这些人虽然败了，但他们的目光里却大都闪耀着愤愤不平的神情。有胆大者甚至睥睨着周遭的押送者，嘴角露出嘲讽的笑容。战败者们这种明显地带着挑衅的表情激怒了战胜者一方，于是行列中不断有人被带出来。这些人也不辩解，只是瞪圆了眼睛，在街边被晋军兵士用长矛一一当胸搠穿。

俘虏们正走着，忽然有个声音吼将起来："兀那老贼，竟敢身着我天兵号衣，小的们，把这厮给我张森揪出来。"就听一个苍老的声音哀告道："大人明鉴啊。我确是……"不等他说完，几个如狼似虎的晋军已一拥而上，像老鹰捉小鸡一样，一把揪住他的衣领，抡起拳头就要劈头盖脸地打去。那老兵忽然惊喜地喊道："林忠，忠娃儿，我是王胡子呀。"那被唤作林忠的兵士瞪眼一看，忽地笑了起来："王胡子，你他妈不是死了吗？"王胡子讪笑着，一把扯掉头上包着的民军头巾，不好意思地答道："我这不是还活生生的吗？"随即转过身，朝俘虏们狠狠啐了一口，又转过身朝林忠眉开眼笑地说道，"晚上，咱哥俩去喝一口？"林忠瞄了他一眼，笑道："谁说要跟你去喝酒？你这把老骨头……"脸上露出嘲讽的表情。那几个晋军见这老兵原来是被民军们俘虏过去的自己人，顿时失去了兴致。他们松了手，将王胡子弃在一旁，又虎视眈眈地盯着缓缓前行的俘虏们。

这么多俘虏，起初的脚步声像疾雨一般在街巷间杂乱地轰响，但当他们终于汇聚到一起，看见被绑在木桩上的三个熟悉的身影，尤其是中间那个犹如铁塔般的人时，突然像汩汩的溪流进入一个阔大深沉的渊潭一般，毫无预兆地安静了下来。

这一来，四周得意扬扬的晋军反而有些手足无措了。他们挥舞着手中的长矛，嘴里不停地发出恫吓之声，胁迫着俘虏们向中心地带汇集，可是俘虏们却犹如破开堤坝的波浪一般，冲得他们连连后退。眼看情形不对，四角的几个牙将大声吆喝着，高高举起手中的司马刀，一排排弓弩手迅疾奔上前来张弓搭箭，沉默而汹涌的人潮才不甘心地停歇下来。

李特眼睛里顿时涌上来缕缕血丝。这片黑压压的人群，都是他从陇西带出来的生死兄弟呀。昨天晚上，当他被那支箭指向眉心时，心里就明白此次已一败涂地，但他还是没有想到会有这么多兄弟落入罗尚手中。夺目的阳光下，李特觑了眼，仔细打量着眼前涌动的人群，竭力辨认其中熟悉的面孔，片刻之后，他心中一块石头落下地来："看来娃娃们还是护着荡儿他们冲出去了……"心里为之一喜，随即又想起下落不明的李雄来，嘴角不禁露出一丝苦笑。这时，昨天晚上那惊心动魄的一幕幕才开始清清楚楚地浮现出来。

昨晚黄昏，当李始怒气冲冲地打马离开之后，李特才猛然反应过来。他仰天大吼一声，随即也翻身上马，带领亲兵们去追赶和搜索李雄。夜空阴云漠漠，一阵又一阵急促的马蹄踏遍了小城内的大街小巷，然而李雄的身影就如同暮色中的飞鸟入林一般，始终渺无踪影。

怏怏地回到营帐，已然月过中天。李特心中又闷又躁，进得帐来，大声喊道："拿酒来。"半晌，却没人回答。李特不由得暴躁起来，怒喝道："人呢！

人呢！都他妈死绝了吗？"他一边叫嚷，一边将佩剑解下来，"哐"的一声扔到了角落里。就在这时，有人掀开帘子走了进来，却是罗氏和李始。罗氏脸上瞧不出悲喜，李始却衣衫散乱，一脸沮丧。看见李特搓手顿足的样子，罗氏缓步上前，柔声道："将军消停些。今晚上大伙儿都累了。你身边的人，是我打发他们歇息去了。"李特将头一歪，像从不认识一般，上下打量着罗氏，冷笑道："没想到雄儿来了这么一出，好啊，好啊……"罗氏却忽然笑了起来："我没觉得雄儿哪里不对呀。呵呵，不管如何，眼下这任家女子不还是咱老李家的人吗？"

此言一出，一旁的李始顿时脸涨得血红。他本就喝多了酒，一番奔逐下来，却只闻到空气里残留的常琬身上的缕缕幽香，心中越发恼怒，此时再也按捺不住，抢起拳头，"嘭"的一声将案桌砸了个大洞。他还不解恨，又抽出剑来，恶狠狠地劈向空中。李特猛地喝道："始儿！"李始不服气地抬起脸，一股浓烈的酒气从他嘴里呼呼喷出："入娘贼……"李特叹口气，声音不觉温和起来："始儿，事已至此，多说无益。那大城里美娇娘多的是，待进城后，为父重新给你寻门亲事……""李雄这个狗日的……"李始红着眼，喃喃骂道。

罗氏将脂玉般的右手轻轻攀在李始手腕上，劝解道："你父亲说得对，打进了大城，如花似玉的美人儿任你挑选……"一面说，一面将剑从他手中轻轻夺下，随手搁到地上。李始打了个酒嗝，呼呼地喘着气："我不要什么美娇娘，我只要那娇滴滴的任姑娘。"罗氏嗔怒道："你忘了咱们村寨里的习俗？"李始一愣，一把扯开胸甲，露出黑黝黝的胸毛，咬牙道："好呀，好呀。"说完，大踏步走到帐后，随即抱出一大坛酒来，对着李特和罗氏喊叫道："喜酒都喝了，为什么会变成这样啊……"眼中竟滴出一串泪来，仰起头，一线白酒箭一般朝嘴里灌去。

那白酒香冽无比，李始转眼就喝得醉眼迷蒙。李特和罗氏不敢上前劝解，只得你看着我，我看着你，正不知如何是好时，忽然听见帐外有人大声呼喊："将军，将军，李特将军……"

李特道："是谁？"

"将军，是我，任睿呀。"

帐外，任睿又补充道："我押了各寨堡的金银贺礼回来，请将军移步到帐外清点。"

这时候，李始忽然将手中的酒坛一抛，人一歪，软软地倒在了地上，随即发出了如雷的鼾声。李特和罗氏相对苦笑一下。罗氏道："你去吧，我来照料始儿。"李特一拱手："有劳夫人了。我去瞧瞧任先生。"说完，迈步向帐外走去，走了几步，低头把李始的佩剑从地上捡起来，随手一扔，便把那把剑稳稳地插入了帐中一柄剑鞘里。罗氏正低头七手八脚地往李始身上盖着衣衫，看见丈夫潇洒地露了这一手，不由得莞尔一笑。李特眼角的余光瞥见了罗氏的笑容，心情也不由得欢快起来。他此时也豁然开朗了——雄儿把那任姑娘抢了去，虽说让人败兴，也惹得始儿大为光火，但总归没落到外姓人手里，到了明天，这任姑娘还不是得乖乖地随着雄儿回到营里，只是，只是……他脑海中忽然没来由浮起常琬那张唇红齿白的脸来，心中不禁一阵别扭。这么胡乱想着，李特伸手撩起了帘子，一片冰凉的月光忽地跃入眼中。他猛地发现，十步之外，一支黑黝黝的箭正对准他的眉心。箭锋后面，矗立着一员武将。月色澄明，将那武将的面容映照得清清楚楚——正是几日前在大城城楼上与李雄斗箭落败的那名都骑校尉。

李特浑身一冷，脑海中忽然没来由地闪过刚才罗氏在营帐中的莞尔一笑。这时候，一个熟悉的声音在他耳畔冷冷地响起："李特，大晋益州刺史、上将军罗尚麾下兵曹从事任睿已候你多时。"

二

按照罗尚最初的想法，擒到李特等人之后，就立即将其剐心、枭首，然后把头颅、躯体及手脚分挂在成都各城门上示众，一则以此威慑溃散在各处的氐羌败军，令其群龙无首，丧失斗志；二则……想到这里，他抬起头，望着轻纱似的白云间缓缓移动的太阳，感觉脑中又像针刺一般剧烈地疼痛起来，不由得叹口气，苦笑着，屈了手指，微闭双眼，在太阳穴两边一轻一重地揉按起来。

这是任睿告诉他的办法。那是他被李雄一箭逼下城楼的那个黄昏，当一弯月牙从稀疏的星星中缓缓升起时，他站在书房的台阶上，正准备和任睿拱手告别，突然间感觉一阵眩晕，急忙用手扶住门框，随即一阵剧痛袭来，太阳穴两边似有两团火在猛烈地灼烤。

望着他铁青的脸色，任睿缓缓说道："下官观将军此疾，表面上和当年曹丞相一样，似风疾入脑，其实是思虑所致。此病恐无法根治，须从今日起，轻揉以舒筋，重按以缓痛……"罗尚瞅了瞅他，没有答话，只是轻轻地哦了一声。也就在那天晚上，他头痛频繁发作，抱着死马当作活马医的态度试过几次后，终于在天亮时渐渐睡去。此后，一当头痛发作，他便以此法进行缓解，倒也颇为有效，然而今天上午，他反复揉按了多次之后，烦人的头痛不但没有丝毫缓解，心里的疑虑也越发杂乱了。

又揉按了几下，罗尚索性停了手，睁开眼睛，冷冷地凝视起庭院当中那根用来记时的木桩来。

这是刺史府衙后院除书房之外另一处花木葱茏的小院。罗尚喜这里幽静，一大早就躲到了这里，苦苦思索。

温煦的春阳下，木桩投射在地上的影子正一寸一寸地变短。

罗尚心里哀叹了一声。捉住了李特，标志着数年来的征战终于大功告成，然而他心里就是高兴不起来。他瞅着木桩那越来越短的影子，心里盘算着。自惠帝永宁元年李特率氐羌流民造反以来，三年来，双方十多万兵马征战于绵竹、广汉、郫邑等地，往日膏腴的蜀地弄得满目疮痍。让人不安的是，经过数年兵火，成都一带的大户们纷纷结寨造堡，操练私兵，朝廷的法度与权威在这些人心目中，已然跟儿戏似的。这样下去，恐怕杀了一个李特，还会冒出些什么王特、张特之类。

罗尚自幼在蜀汉军营中长大，深知巴蜀乃四面闭塞之地，且边地皆与蛮夷相接，一旦朝廷力有不逮，根本就不知道哪些家伙会心怀异志。

想到这里，他突然打了一个寒战。

"恢复民生倒还在其次。眼下，人心已坏……"罗尚攥紧拳头，他隐隐地觉得，此次不仅要借李特之头来杀鸡吓猴，还得趁机将任睿邀来助阵的蜀中豪强的子弟们扣押起来，必要时，甚至可以杀掉几个。

这个念头在心尖上热烘烘地打转，好几次他都忍不住要向等候在一旁的任睿开口，却又硬生生压了下去。

时间已经不早了。终于，庭院正中立着的那根木桩的影子与木桩完全重叠在了一起。一直沉默的任睿也沉不住气了，提醒道："将军，午时已到……"罗尚转过脸来，笑呵呵地道："搁在案板上的肉还飞了不成？不急，不急。"

任睿也笑了起来："那倒是。"

"我在想，如果按先生的意思，只将李特、罗氏、李始三人收监，其余流民皆赦免其罪，然后押送出境，蜀民心中会不会不服？"

"这几年来蜀地杀伐太多，不管是蜀民还是流民都苦于兵火，早已疲惫不堪，巴不得早日返回家园。如今首恶既已被擒，将军此举，既可使俘虏们感念朝廷不杀之恩，以免流散在外的败军们狗急跳墙，也可让蜀民就此休养生息。此诚为蜀境长治久安之策也。"

"哦？"罗尚一伸手，从案桌上拈了一块米糕，轻轻掰了一角放进嘴里，"如果我杀了李特呢？"

任睿急了："李特谋反，实乃大逆不道罪不可赦，但依下官看来，目前当以怀柔人心为要。别忘了，那李流和李雄、李荡叔侄三人还下落不明呢。"

罗尚一双眼睛眯了起来，腮帮子一上一下地鼓动着，仿佛在久久地品咂着那米糕散发出来的酥脆甘香："李雄？"一瞬间，他心里已拿定了主意，淡淡地说道，"那李雄不过匹夫之勇而已。"随即将脸凑近任睿，关切地问道，"听说，先生此次去青城山中，吃了个闭门羹？"

任睿脸色一红，正色道："长生先生乃世外高人，不愿族人卷入兵火之中，也是情有可原。"

"我怎么听说，这个范长生不但囤积了大量粮草，还将其族人操练起来，仗着山高谷深，丝毫不将朝廷法令放在眼里呢？"

"将军千万千万别误听小人谗言。长生先生如有异心，在邓艾兵临成都那会儿就举兵了，哪会数十年来都隐居在青城山中呢？"任睿一边说着，一边下意识地将右手向外一摆，心里思忖着要不要将袖中那根竹签呈给罗尚。自从在范长生处得了这根竹签，这几天来，他心中一直为上面所写的那几个字惊疑不定："膏腴自怀璧，天弓佑民安。"

他苦苦地思索着，这两句话是什么意思呢？

是谶言？

还是预言？

罗尚这时却意味深长地盯了任睿一眼，然后哈哈笑了起来："好了好了，就依先生你的意思办。现在呀，咱们出去瞧一瞧李特。"说完，将剩下的米糕朝嘴里一塞，就要来挽任睿的手。任睿急忙一躬身，快步走到书房门口，向外喝道："传令下去，将军要移驾前去抚慰氐羌降众。"话音刚落，就听见一阵脚步声，随即一串声音急促地响到两人耳边："大人，大人，常璩如今在哪里？"

两人吃了一惊，只见一个青衫少年从回廊那头奔了过来，满脸都是焦急之色，紧跟在少年后面的，是满脸汗水的罗安。罗尚眉头一皱，一挥手，罗安立即停住脚步，躬身退了下去。

任睿急忙拱手："道将贤侄，我正要派人去找你。"

常璩远远喊道："任先生，我姐姐呢？"

任睿瞟了罗尚一眼，见刺史大人脸色铁青，面沉如水，不禁有些尴尬："贤侄莫急。我已经派人四处寻找，相信不久即有喜讯传来。"

"喜讯？"常璩再也顾不得礼仪，大步跨了过来，一把扯住任睿宽大的衣袖，急切地说道，"乱军之中，她一个女子，如何能保全自己？"

经过城楼上那一番死里逃生，常璩感觉自己一下子像老了十岁。他现在才深切地明白，为什么父母和老辈人嘴边老是爱念叨那句乱世人，命如草。这几天，他只要一躺下，眼前便是城楼上那一片鲜血淋漓的场景。当他一次次从噩梦中惊醒过来，便再也难以入眠，只得望着窗外的月光，在心底一遍遍默诵着，算是安慰那群死于箭雨之下的亡魂：

关东有义士，兴兵讨群凶。
初期会盟津，乃心在咸阳。
……

月上中天，夜凉如水。当他念到"铠甲生虮虱，万姓以死亡。白骨露于野，千里无鸡鸣。生民百遗一，念之断人肠"时，已泪如雨下。这一首《蒿里行》是父亲从狱中回来后，躺在病床上一字一句教给他的。那时他并不理解甚至还有点厌恶魏武帝这首诗。因为少年心性，他喜欢的是"青青园中葵，朝露待日睎"，还将那一句"少壮不努力，老大徒伤悲"用刀刻在了随身携带的一枚竹简上。

一夜之间，常璩便明白了父亲苍凉的心境，也因此对堂姐生发出了深深的歉疚。他开始后悔自己劝说常琬只身随任睿前往李特营中的举动，而且越是后悔，就越觉得自己太过自私，越发为常琬担忧不已。今天清晨，当他得知李特已被大军一举擒获，第一时间想到的，就是常琬。然而一直等到日上三竿，又眼巴巴地挨到午时，那熟悉的身影依然踪迹全无。张妈在门外望得眼睛又涩又痛，就先回房歇息去了。他左思右想，便往刺史府衙奔来。

面对常璩的质问，任睿无言以对，额头上沁出了细密的汗珠。事实上，自从昨晚和都骑校尉一起出其不意地擒住李特之后，他也一直在寻找常琬的下落，可是问来问去，李特要么一言不发，要么就只是对他轻蔑地瞟上一眼，问得多了，李特脸一沉，不耐烦地答道："我李特也是堂堂益州牧、大将军，都督梁益二州，让罗尚来见我。"气得那都骑校尉脸色发青，就要抢起手中的鞭子，幸得任睿急忙劝住。罗氏态度倒是和气，一问起，就莞尔一笑："任先生，咱们现在可是儿女亲家了，你放心，我那雄儿会好好照顾她的。"一边说，一边冲着任睿神秘地眨了眨眼，弄得任睿哭笑不得。

一旁的李始听了罗氏的话，气得哇哇大叫，恼得都骑校尉终于按捺不住，狠狠在他背上抽了几鞭。

任睿是知道常琬与罗尚之间那层特殊关系的。起初，他对常琬还有些反感，然而当常琬大义凛然地答应随他到李特营中后，他却喜欢上了这个性格既韧且柔的女子。任睿已年过五旬，夫妻二人虽琴瑟和谐，却一直膝下无子，不觉之间，他心里已把常琬当作了自己女儿一般。眼下，常琬下落不明，任睿也是心急如焚，可是，连续派出去三拨人，俱回复是毫无音信，弄得他也不知如何是好。

"世兄莫急。据李始交代，常琬姑娘是被李雄掳走了。眼下没有消息，说明她应该性命无忧……"

这时候罗尚发话了："道将贤侄，这几年来，我待你姐姐就似自己女儿一般。她这次舍身前往贼营，乃是为了救全城百姓于倒悬，下官心里也是感佩不已。"顿了顿，罗尚从腰上解下一块令牌，递到常璩手里，说道，"你拿着这块令牌，去营中讨一队兵马，随你各处搜寻。任先生……"

任睿急忙一躬身："下官在。"

"眼下兵务繁杂，寻找常琬姑娘之事也不能耽误。咱们兵分两路，常贤侄先带人四处搜寻，你随我前往府衙前处置李特，待诸事完毕，再相助常贤侄。"

任睿一抱拳："得令。"

常璩接过令牌，见上面黑漆漆地描了一个虎头，虎头下凹刻着一个尚字，连忙拜谢道："多谢将军。小人这就赶去营中。"罗尚朝常璩微笑着点点头，转过脸，又向任睿伸出手去。这一次，兵曹从事没有闪躲。刺史大人挽着他的手，将帅二人像一对兄弟，一起迈向门外，走进了温煦阳光之中。

第七章　益州有大捷

一

　　这时候，聚集在府衙广场上的氐羌俘虏们中的大部分人已经安静了下来。说来也奇，这些汉子一旦放下手中的兵器，满脸的狂暴立刻就又恢复成了那种整日埋头与土地打交道的庄稼汉们才有的淡淡的疲倦神情。此刻，春日正午的阳光照耀在他们古铜色的脸庞上。他们一脸平和，静静地望着前方。这情形，就好像他们刚结束了一天的劳作，准备牵着自家的老牛，缓缓穿过田埂，向夕阳下的村庄慢慢走去。可是再仔细一瞅，就会发现，那众多平和的表情里，会冷不丁地闪过一种愤懑与不甘。

　　那是他们瞟向那分布在四周的晋军弓弩手的时候。

　　四周的晋军兵士"嗬嗬嗬"地大叫起来，他们一边叫，一边将手中的枪矛用力朝地面顿着，半空中随即弥漫起一片烟尘。俘虏们急忙用手掩住口鼻，此起彼伏的咳嗽声响成一片。这时候，一个声音穿过烟尘，在他们耳边威风凛凛地响了起来：

　　"天网恢恢，疏而不漏。李特！你聚众造反，致使我蜀地无数好老百姓家破人亡，你罪行累累，可谓罄竹难书。今日朝廷天威怒发，你既已束手就擒，还不乖乖磕头认罪？"

"哈哈……"回答罗尚的，是李特嘲弄的大笑，"普天之下的人都知道，我等氐羌流民乃是因天灾入蜀就食，如非你等敲骨吸髓苦苦相逼，我等怎会举事？如论有罪，乃是你这样的奸佞小人！"

"哈哈，看来你是不见棺材不掉泪！"说着，罗尚将手中的令旗高高举起，朝俘虏们高声喊道，"尔等原属陇西人民，入蜀之后，被李特等逆贼裹挟，犯下十恶不赦之罪。我原本想奏明朝廷，放尔等一条生路，今天李特既然拒不认罪，尔等就在奈何桥上，向李特讨还性命吧！"猛然间，他将令旗往斜刺里一劈，声嘶力竭地吼道，"杀尔等者，非我罗尚，乃李特也！"刹那间箭如雨下。俘虏们还没反应过来，身上已如同刺猬一般，倒下了一大片。紧接着，第二波箭雨又凌空呼啸着扑来，"哧——哧——哧"地穿进一排排身躯。随即，四周的晋军手执长枪，从东西南北四个方向排山倒海地冲进广场。阳光跳跃在他们手中一根根闪闪发光的枪尖上，殷红的血花一朵接一朵地绽放，他们脸上呈现出一种狂暴而迷醉的亢奋。

李特已痛得龇牙怒目，眼睛里升腾起点点血花："罗尚！罗尚——"他怒吼着，可是喉咙里干涩得发不出半点声音。李始嚎啕大哭。罗氏则不忍再看，闭上了双眼，这时候，她脑海中忽然如电光石火一般闪过李雄出生当晚那个奇特的梦，顿时瞪大了眼睛，像见了鬼魅一般地凝视着大儿子李始，心道："天哪，难道冥冥之中真是一切自有天意？"

那个梦，罗氏其实也对李特说过的，但李特当时正忙着要去和村里一帮汉子吃酒赌钱，刚听了两句，就不耐烦地打断了她："什么双虹冲天，一虹中断，这贼老天要个把戏，你就吓到了？咱这两个孩子不都活得好好的？"说完，他将兄弟俩唤到面前，令他们闭上双眼，然后猛然将背在身后的拳头伸出来，喊一声"睁眼"。两兄弟一张开眼睛，就瞧见父亲掌心里躺了两枚大钱，顿时惊喜得尖叫起来。李特哈哈一笑，将两枚大钱分给了兄弟俩……想到这里，罗氏嘴角浮上来一缕苦涩而又甜蜜的笑容，她仿佛看到丈夫正在那个初冬的黄昏拉开房门，迎着呼呼的北风，嘴里哼着酸曲，大步朝村头那座灯火通明的院子走去……

与此同时，站立在罗尚身旁的任睿张大了嘴巴，目瞪口呆地看着这一切，仿佛那如雨的箭矢也从远方穿过来，进入了他的身体。任睿做梦也想不到，罗尚竟然会下令杀俘——就在刚才，他不是点头纳了自己的谏言吗？

罗尚却嘴角上扬，露出了一丝欣慰的笑容。

血花还在阳光下怒放。当第一波箭雨铺天盖地地覆盖过来时，刘二、王龙、赵虎等人躲闪不及，一头栽倒在地。王能左肩上也中了一箭，可是他提起一口气，在人群中摇摇晃晃地站立着，片刻后箭雨停止，一杆长枪突然搠到他胸前。王能侧身一躲，随即将枪杆朝怀里一拖，手中短剑向上一翻，刺入那晋军喉咙之中，然后他大吼一声，将那杆长枪甩将起来，四周顿时呼呼生风，晋军像被分开的波浪一般向两边退去。王能立时如大鱼般跃出，转眼就奔到了石墙之下，将手中长枪朝地上一戳，半个身子就腾在了空中，一伸手，将那块片石牢牢抓在了手中。眼见得王能即将翻过墙去，伺立在罗尚身边的都骑校尉勃然大怒，反手从箭袋里抽出一支箭来，就要将他射落下来，罗尚却举起手来，喝道："且慢"。都骑校尉一愣，只得眼睁睁地看着王能像只落单的飞鸟一般，孤零零地掠过墙去。

罗尚扫了都骑校尉一眼，缓缓道："那厮如此奋不顾身，显见得是城外有同伙接应。待此间事了，大军即开出城去，务必要将那溃兵和与之勾连的反贼们一网打尽。"

一听这话，任睿突然全身打个冷颤，整个人也从迷茫中惊醒过来。他抬眼望去，只见广场上的俘虏们已横七竖八地倒成一片。阳光普照之下，无数条血河从高处汩汩涌出，又源源不断地向低洼处流去。晋军兀自不解恨，三五个人结成一队，端着枪，也不顾得满脚都是血痕，低头在尸体堆里挨个翻找着，遇到那不曾死透的，就朝心窝补上一枪。

春风依旧柔柔地吹着，但涌入鼻中的却不再是郊外田畴和竹林间飘来的淡淡花香，而是一股又一股腥甜腻人的气息，间杂着东一处西一处的呼号与呻吟。李特这时终于说得出话来："罗尚，罗尚……你好狠的手段……"罗氏睁开眼，朝广场上失神地看了一眼，长叹一声，又将双目紧紧闭上，再也不肯睁开。

罗尚今日并没有穿戴戎装，而是身着一袭淡淡的青灰色宽袍，腰间束了根象牙玉带。由别院而至回廊，从回廊到前厅，一路上，他走得步态从容，眉眼雅致，仿佛此番不是去杀人，而是携了好朋友的手，出城去踏青，所以，他特地把平日里最喜欢的那柄长剑也留在了书房之中。听了李特的咒骂，罗尚微微一笑，将宽大的袍袖朝空中一挥，头也不回地说道："来人呀。"

左右应声道："在。"

这时候，一朵乌云从天边涌起，朝广场这边移动。这朵云来得好快，起初如墨痕一点，转眼就把头顶染得一片阴云漠漠，随即平地生风，吹得死尸身上的布片哗哗作响。

眼见得大片雨水已开始朝乌黑的云层中啸聚，罗尚面色不改，唤左右道："取我笔墨来。"霎时，一张书案并笔、墨、砚台、竹简工工整整地摆在了府衙大门前。罗尚命任睿坐下，铺开竹简，挺胸捉笔，然后一字一顿地念道：

"平西将军、假节，兼领护羌校尉、益州刺史臣罗尚谨奏：

"皇恩浩荡，益州大捷……"

这时候，一滴雨滴从天上坠落下来，很快地面上迅疾溅起无数水花。任睿握笔的手不由得荡了一下，他定了定神，继续按罗尚的吩咐写道：

"……此役，斩贼众三万余人，粮草、马匹无数。贼首李逆特于两军中乱箭穿胸而亡。臣已将其枭首示众，以儆效尤……"

雨如瀑布一般从低沉的乌云中哗哗地倾倒下来。任睿迷惘地抬头，就看见一支箭从罗尚身旁跃出，一刹那穿过雨幕，深深地插入了李特的胸膛。任睿目光转回来，只见都骑校尉凝神贯注，不慌不忙地从箭袋中又抽出一支箭来，两腿微张，像树桩一般立在地上，随即右手一松，就见烟雨濛濛中，罗氏胸膛上渗出一片血花，头缓缓地朝旁边一歪……"啪"的一声，任睿手中的笔落到了地上。他拾起笔，疲惫地望着罗尚，却听见罗尚朗声道："刘禅有此地，而面缚于人，岂非庸才耶！"说完，哈哈大笑起来。

这句话，正是几年前李特入蜀经过剑门关时，看见那山势峥嵘、关隘如锁时所说。还没等到罗尚和他身后的诸将们笑声落地，任睿大叫一声，口中喷出一股鲜血，双目一闭，仰头向后倒去，书案上的竹简也散落一地。

二

大雨倾盆而下的时候，几个兵士都不耐烦起来。他们低声嘀咕了一下，便弃了常璩，躲到了一棵大树下，再也不肯朝前走。常璩骑在一匹又老又瘦的马上，全身已湿透，雨水从他额上发际处淌下来。他用手一抹，双腿一夹，老马喘着粗气，又颤巍巍地跑动起来。

这条路已远离了官道，一路上都是荒村蔓草，路面的沙土中印着大大小小的兽类爪印。又奔出数里远，只见前面有处竹林，竹林中掩映着一座破庙。庙门前高高低低地聚了一群人，有的伸长了颈项朝前后张望，有的望着大雨发呆。常璩回头一看，那几个疲懒的士兵已依稀成了几个黑点。他吆喝一声，纵马到了人群跟前，微微一拱手，嘶哑着嗓子问道："敢问各位乡老，你们可曾见过一位年纪十八九岁、脸上有着一对梨涡的姑娘从这里经过？"

他跑了几乎整整一天，到现在水米未进，却兀自坚持着，一心要问出常琬的下落。

那群人见常璩年纪轻轻，穿着打扮既非官也非民，一时摸不着虚实，你看我一眼，我看你一眼，都不答话。常璩急了，翻身滚下马来，撞进人群里，扯着一个老者的手，央求道："老人家，你见多识广，可曾得见我姐姐从此间路过？"

老者已须发皆白，摇摇头："我等皆是附近村里乡民，本想趁今日天气晴和，到田里拾掇些过冬的芋头，拿回家度春荒，不曾想遭了大雨，已在此躲雨多时，却未曾得见有什么生人从这里过去。"

常璩闻言，朝众人看了一眼，见这些人虽高矮不一，却皆身着粗布短衣，膝盖上还重重叠叠地补着好些个布疤，脚上有的蹬了麻耳草鞋，有的赤了脚，满脚都是污泥，个个脸有菜色，不由得好生失望。他情知老者不会撒谎，只得快快地转过身，正要翻身上马，人群中有个中年人说道："小哥留步。"

常璩大喜，急忙转身回来，热切地望着那人。那中年人低头想了一会儿，说道："你说的那姑娘我未曾见过，但我午前出门时，篱笆边也有个过路的青年汉子也打听她来着。"

常璩急忙问道："那汉子什么模样？怎生装束？"

中年人答道："那汉子模样倒还周周正正的，就是眼睛里有股杀气，让人不敢对视。说到装束嘛，背上背了一张黑黝黝的大弓，却又不是军汉打扮，也不知是哪个坞堡里出来的少当家。"

常璩心中"咯噔"一声，任睿那句"常琬姑娘是被李雄掳走了"的话又在他耳边清晰地响起，他连忙追问道："那汉子朝哪里去了？"中年人将手向大城方向一指，道："那汉子性情好生急躁，一路往城中去了。只是……"他踌躇了一下，"只是城中现在兵荒马乱，听说捉住了李特，也不知是真是假……"常璩忙道："李特已经被捉，刺史大人已准备奏请朝廷赦免其部下，派兵士将他们护送回陇西。各位父老，天下即将太平。"

众人一听，都面露喜色。老者道："小哥此言当真？"

常璩点点头。那老者脸上突然淌下两行热泪来，冲常璩一拱手："多谢小哥。"说完，他拔腿就朝大雨中走去，谁知行不数步，脚下一滑，一头跌倒在污泥之中。常璩大惊，急忙冲上前去，将他扶起。老者顾不得满脸污泥，一把抓住常璩的手，笑道："天下太平，我那小孙子就可以活下去啦。"笑着笑着，喉咙里却发出呜呜的哭声，"只可怜了我那孩儿媳妇，枉死在了乱军之中。"哭了一会儿，老者用衣袖揩了泪，又拱手向常璩道了谢，歪歪斜斜向远处一个桤木掩映的小村走去。

这时天色渐晚。雨势也小了许多，聚在庙门前的村民们开始收拾农具，陆续散去。他们久经兵火，幸亏躲在这个偏僻荒村中，侥幸捡得一条性命，如今眼见得就要重享太平，语言也活泛了起来：

"马二哥，我前天在门前溪里捉了尾红鲤鱼，养在水缸里。今晚让我婆娘用荷叶包了，放灶火里烤熟，咱兄弟俩好好喝一杯。"

"多谢兄弟。我先给刘老爹送几颗芋头过去。他一个孤老，这几天也不知饿成什么样子了，唉。"

……

众人见常璩立在一旁，纷纷向他拱手作别。常璩没想到自己一个消息就让这些人像重新活过来一样，听他们的谈吐，一个二个倒不像胼手胝足的农夫，反而如同彬彬有礼的文墨之士，不由得暗想："我蜀地原本膏腴之地，百姓历来性情和善，自文翁办学以来，又接受了圣贤之书的教诲，更是涵养得邻里和睦，虽鳏寡孤独，也有仁义高邻去看待他……"不由得想起父亲那场奇特的冤狱，一时内心感慨，抬头看见那匹老马正立在路边瑟瑟发抖，便不忍再骑它，于是牵了缰绳，返身朝大城方向走去。

那几个兵士还立在大树下张望，看见常璩一人一马在暮色中缓缓走过来，不禁埋怨道："这小子也是不晓事。咱们跟着他出来寻人，一个钱没有，连顿热饭都没混到。"

内中有个年纪大的兵士劝道："他一个少年人，口袋里能有几个钱？算啦，咱们赶着他早点回去复命吧。今天虽不曾寻到人，总算也是相帮了他一场。"说完，远远地喊道，"常公子，天色已晚，咱哥几个可不想误了卯，吃那斑竹片炒肉。你赶紧上马，咱们往回赶吧。"

常璩赶紧翻身上马，兵士们跟在马后面，急急地朝暮色里灯火煌煌的所在赶去。谁也没有注意到，一个身影从破庙里走了出来，遥遥地跟在他们后面。快走到城门时，那人突然加快脚步，悄没声跟在了他们身后。守城的兵士手执火把，看见那人背了一张大弓，以为也是跟随常璩出城寻人的随从，只将火把虚照了一下，就让他们蹄声嘚嘚地进了城。

大城内街巷幽深。那人进了城，立刻就拐入黑暗之中，然后远远地觑着常璩的身影，看他在十字路口将老马的缰绳交到为首的兵士手中，朝兵士们拱了拱手，然后在路口伫立片刻，随即又埋头向一条花木掩映的街巷走去。此际月亮已升了上来，在云层中时隐时现。那人正待跟上去，却见常璩又急匆匆折返过来，于是也跟着他，逐渐走到了一片阔大的所在，只见六只灯笼庄严地排在一道高大的龙门两边。洁白的灯光从灯笼里居高临下地照出来，辉映得门前那一大片空地如同水洗过一般，泛出银白色的光来，衬托得天上那弯月牙越发地皎洁。

常璩站在那片广场前，暗道刺史大人果然言而有信，才不过几个时辰，原先聚集在这里的上千名俘虏就已从这里离开，看样子，他们在离开之前，还把这里打扫得干干净净。他暗暗点头，心想："任先生虽然将我姐姐带去李特营中，致她生死未卜，但倘不如此，被那李特率军攻进城来，这成都的百姓们此刻哪里还能得享如此的安静？"他虽不懂军事，但这几天也从那牙将张森处了解了一些行军打仗时的章法，知道两军对垒，得胜固然不易，战胜的一方清点战败者的马匹、粮草，安顿俘虏等也颇令人头疼。

常璩在月光下赞叹了一会儿，又想起城外那群村民欢天喜地的样子，心中的不快已消去大半。他抬起头来，正想进入府中，又怕滋扰了刺史大人休息，于是朝着常琬住过的小院快步走去。

看来是因为刺史大人治兵严谨，虽然这一场成都之战大获全胜，但整个大城都静悄悄的。街巷里偶有一些刀剑闪闪发亮，却阻挡不住雨后盛开的各类花草的香气。常璩走得飞快，在郊外跑了一天，这会儿他感觉已饥肠辘辘。远远地，他望见了那丛熟悉的湘妃竹。院门虚掩着，似乎正有食物的香气飘出。

常璩似乎已看见张妈那张亲切的圆脸正在厨房门前张望。他内心欢呼一声，一伸手推开了院门，喊道："张妈，张妈！"两只肩膀忽然被人紧紧拿住，紧接着腿弯被人一踹，顿时被按倒在地。他呜呜地挣扎着，就听见一声幽婉的叹息落到耳边："你们这又是何苦？那是我弟弟常璩。你们也不是不认识，放了他吧。"

不正是常琬的声音？

常璩又惊又喜，强撑着抬起头来，果然看见了那张熟悉的脸庞。灯光下，常琬朱唇微启，沉默的时候脸庞白里透红，一头黑发如瀑，如一棵玉立的美人蕉，一开口，就像风吹动了翠叶，顿时眼波流转，梨涡浅浅。然而常璩瞧着瞧着，却分明感觉堂姐已经和以前不一样了。

是哪里不一样了呢？

他正在思索，就见常琬淡淡一笑："你们不就是要追问李雄的下落吗？我已经说了多少遍了，不知道。"

常琬话音刚落，都骑校尉就猛地吼道："任先生说了的，昨天晚上你一直是和李雄那小子在一起。"

"任先生？"常琬盯着都骑校尉，眼中忽然闪出一股怒火，"任先生不是能神机妙算吗？让他带你去找李雄吧。"说罢，大踏步走上前来，一把推开架着常璩的那两个兵士，拉起常璩，转身就朝内室走去。她走得裙裾生风，把一帮军汉看得目瞪口呆。眼看姐弟二人就要走入门去，院子里忽然传来一个声音："常姑娘，和一帮粗人生什么闲气呀。"

那声音越走越近："刺史大人知道你此番受苦了，特派咱家过来瞧瞧。"

一听这话，常琬不由自主地停住了脚步。常璩只感觉自己手上传过来一阵轻微的颤抖。常琬甩开了他的手，双肩抖动，慢慢地，那张生了一对梨涡的脸转了过来，一双眼睛里闪动着两颗晶莹的泪珠。

泪珠很快就被一只翠袖掩住。常琬放下袖子，眼角泛出一丝微红，凄然一笑，问道："刺史大人他……他在哪儿？"

罗安一张胖脸上满是高深莫测的笑。进了门，他也不朝众人瞧上一眼，只盯着常琬，向常琬说道："大人这会儿正忧心忡忡呢。"

"大人他怎么了？"

罗安唉了一声："那一帮俘虏真是愚昧之极。大人本来已上报朝廷，请求赦免他们的罪孽，谁知他们受了李特的蛊惑，在府衙门口抢夺军士们的兵器，要把那李特劫走，大人不得已，只得下令平叛。唉……"说到这里，都骑校尉脸微微一红，罗安瞟了他一眼，接着又道，"大人慈悲心肠，下令军士们不得滥杀无辜，一部分俘虏趁乱逃脱，估计他们这时候已经逃遁到山高林密之处，和李雄等人纠合在了一起。"

常璩听得睁大了眼睛。他没有想到，那被如水的月光映照的广场上居然曾发生过一场激战。这时候常琬的眉头皱了起来："大人的意思是？"罗安向前走了一步，低声道："李雄在哪里？"常琬摇摇头："我真不知道。"

罗安咦了一声，声音又低了几分："常姑娘，咱们借一步说话。"常琬看了他一眼，转身走进了内室。罗安就要迈步进来，就听常琬说："让我弟弟也进来吧。"罗安一怔："这……"常琬道："在弟弟面前，我这个做姐姐的，没有任何秘密。"常璩只感觉鼻子一酸，急忙走了进去，低低地道："姐姐……"常琬朝常璩一摆手，示意他别再多言，然后莲步轻移，走到那张横放的古琴前面，双膝着地，伸出手来，指尖从琴弦上轻轻抚过。

罗安走了进来，将门"吱嘎"一声掩上，一字一顿道："姑娘当真不知情？"

琴声在室内叮咚响起。常琬抬起脸来，一双眼睛平静如水："真不知情。"

"姑娘昨夜是和李雄在一起？"

"确实在一起。"

罗安不再说话了，只是看着常琬。常琬却不再看他，将左右手一分，一双翠袖就摇动起来，只见她右手在琴弦上剔勾挑拔，左手食指时而在琴弦上一揉，复一按，幽幽的古音就与窗外扑洒进来的月光缓缓连成了一片。常璩只觉得一股悲凉直入心里，他呆望着常琬，到现在为止，他也没有完全听懂罗安和常琬二人的对话，可是却隐隐觉得不妙。突然间，琴声急促起来，如急雨敲窗，又似长风怒号，然后缓缓地，一条山溪从山林深处曲折而来，起初潺缓，继而嘹亮，转眼浩大，如汪洋恣肆于天地之间。常璩只感觉整个身心都沐浴在了银色的月光之下……

罗安缓缓睁开眼，叹道："没想到此生还能听此一曲汤汤乎流水。"

常琬却将手指往琴弦上一覆，止住了琴声，道："动手吧。"

第八章　哀哀梅花落

一

　　这句话有如石破天惊。常璩失声叫道："姐姐！"常琬抬起头，深深地看了一眼常璩，又将目光转向罗安。罗安躬下身，朝常琬行了一个礼："临行之前，大人令咱家给姑娘转交半句话。"

　　月光从窗棂间缓缓移过，室内一片阴翳。常琬犹豫片刻，道："说吧。"罗安点点头："大人徘徊良久，说了半句，明珠蒙尘怎忍弃？"

　　常琬看了一眼窗外竹影摇曳的院子，缓缓道："琬一个小女子，此生有何奢望？不过是盼小院一座，灯火可亲……既如此，刚才那一曲就请先生回赠给大人吧，承谢他往昔那番关照。"

　　罗安脸色顿变，他转身拉开门，走了出去。常璩再也忍不住，就要奔上前来。常琬却将身子轻轻向后退了半步，柔声唤道："璩弟，二叔的事……"话音未落，一条白绫就从门外飞了进来，不偏不倚地落在她洁白的脖子上，紧接着奔进来两名兵士，不由分说就将常璩架到了半空之中。可怜常璩泪流满面，全身不停扭动。

　　常琬伸手取下白绫，轻蔑地瞟了一眼，忽然将它揉成一团，一把扔到地上。

罗安大怒，朝都骑校尉使个眼色。那都骑校尉风一般踏了进来，脚朝前一踢，就把白绫挑到半空，然后大手一伸。常琬只觉眼前一花，那条白绫已经如一条蛇一般缠绕到她脖子上。都骑校尉手上力气好大。常璩只见常琬双脚不停地在地上乱蹬，室内顿时响起一片呜呜挣扎之声。他又惊又怒，又惧又悔，不停叫喊道："姐，姐……"可是任凭常璩脸上泪水混和着汗水如何汩汩流淌，架住他的那两个兵士就只如铁打的一般。

呜呜的声音已然暗哑下去，一股风突然刮了进来，只听"砰"的一声，罗安的身子被一条黑影猛地踹到地上，软成一团。黑影兀自不停，随着呼呼的风声，一张黑黝黝的大弓朝都骑校尉劈头盖脸地打了下来。都骑校尉噔噔噔后退了几步，从腰间抽出佩剑，一抬头，眼睛里怒火闪烁："李雄，果然是你！"

李雄也不搭话，抡起大弓又朝他打去。都骑校尉横剑一架，弓剑相交，就听"铛"的一声，半截剑掉到了地上。都骑校尉又怕又怒，又后退半步，将手中剩下的那半截剑朝李雄投掷过来，趁李雄侧身躲闪的工夫，他猛地从窗户上撞了出去，落到了院子里，随即一阵狂奔，大叫道："来人呀，来人呀……"声音转瞬就传了开去。

隐隐地，街面上响起一阵急速的马蹄声。

两个兵士已经看傻了，手一松，常璩就掉到地上。李雄奇特地瞧了瞧手中那把大弓，摇摇头，俯身一把抱起瘫在地上的常琬，大踏步朝外走去。常璩楞了一下，急忙跟了上去。走出门来，就见四下里火光闪烁，正朝这边包抄过来。影影绰绰间，似乎还有人在大喊："不要走了李雄！"

常璩一颗心怦怦直跳。李雄却似没事人一般，抬起头打量了一下夜空。此时已届三更，一弯月牙正缓缓隐入乌云之中。一阵风来，吹得门口那丛湘妃竹枝叶翻飞，飒飒作响。李雄又朝四周迅速逼近的火光看了一下，转头盯了常璩一眼，沉声道："走。"一低头，抱着常琬俯身钻入了院门旁一条黑黝黝的小巷。常璩犹豫了一下，连忙跟了上去。这小巷夹在两道高墙之间，越走越幽深，越走越曲折，到了最窄处，常璩感觉自己的脸都贴在了冰冷的墙壁之上，仿佛是在一寸一寸地朝前挪动，也不知李雄是怎么走过去的，要知道，他还抱着常琬。常璩大口大口地喘着气，忽然间一个踉跄，差点摔倒，抬起头来，却顿觉眼前一亮，只见好大一片空地就在眼前。

这是一座废弃的荒宅。夜空之下，几堵断墙，一院荒草。数十步之外，一条熊熊燃烧的火龙正在高高低低的房屋间蜿蜒游荡。呼呼的冷风中，晋军杂沓的马蹄声与枪刺的寒光和兵士们的呼喝夹杂在一起，清晰无比。常璩全身打个冷颤。他此时又冷又饿又倦，巴望立刻找个地方躺下来，可是一看到常琬那张苍白的脸，又担忧起来。似乎看出了他的心事，李雄一把将常琬递给他，小声道："小心抱着，我去去就来。"说罢，将常琬朝他怀中一塞，取下背上那把大弓，躬下身子，朝前方那片影影绰绰的房屋摸了过去。

常璩背靠着墙壁，将常琬横抱着。走了这么久的路，常琬依然脸色苍白，双目微闭。常璩心中千头万绪。他不知常琬此际是生还是死，只用手紧紧地箍住堂姐软绵绵的身子，生怕她就此离开了自己。就在这时，耳边传来了轻微的马蹄声，他抬头一看，不知李雄从什么地方牵来了一匹大马。

看模样，这匹马的主人级别不低，只是此刻，它背上那饰了锦缎的马鞍已被卸掉，只剩下肚腹两边披挂着的一层薄薄铁甲。李雄先把常琬抱到马上，然后一伸手，把常璩也放到了马上，接着他跃身上马，低下头，把常璩姐弟二人紧紧护在胸前。这匹马显然训练有素，背上虽骤然间驮上了三个人，四蹄却依旧如石柱一般稳稳站立。它抬起头来，鼻孔里喷出两道白气。

李雄轻轻一提缰绳，大马便向前走去。走不数步，常琬便剧烈地咳嗽起来。常璩喜极而泣，道："姐！姐……"双手益发紧紧环抱着她，就听常琬"哇"地一声，吐出一摊散发着腥味的清口水，缓缓说道："璩……璩弟……"常璩连忙道："姐姐……"大马缓缓向前移动着。常琬一把捏住常璩的手，迷迷糊糊问道："我们这是在去阴曹地府吗？"

这时候李雄说话了："我们准备出城去。"

听见李雄的声音，常琬全身一颤："是你？"

李雄俯身下来，常璩只感觉自己耳边热乎乎的，只听李雄温和而坚定地说道："任姑娘，那天你也听见了，我向老天发过誓的，此生非你不娶。"

"我不是任姑娘。"

"我知道，你叫常琬，但在我心中，你一直就是那个任姑娘。"

常琬叹口气，放了常璩的手。常璩听着两人的对话，百感交集，他正要说什么，李雄忽然朗声道："坐稳了。"常璩内心一凛，只感觉全身一轻，那匹马已四蹄腾跃起来。

夜风呼呼。许是在这一带搜索无果，当常璩三人从废宅里出来时，晋军士兵们高擎的那条火龙已蜿蜒到了远处。在街巷里小心翼翼地驱马奔跑一阵后，李雄辨认了一下方向，让马放松下来，思忖着该从哪里出城。常琬忽然指着右首边一排黑黢黢的屋脊，说道："绕到那片房屋后面，从河里出去。"李雄瞥了一眼远处正缓缓移动的火龙，双腿一夹，大马就如疾风般朝前奔去。

蹄声嘚嘚，敲得砖道上火花四溅。眼看三人一马就要有惊无险地奔到那排房屋处，街巷里突然传来一声断喝："口令？"

李雄应道："破虏。"

街巷里明显轻松下来，回道："安民。"随即，一个熟悉的声音在常璩耳边响起来："前面就是濯锦河了，要到哪里去？"却是那牙将张森的声音。李雄正待回答，常璩已大声呼道："是张将军吗？"

张森一愣，又惊又喜地叫道："是常兄弟？"随即纵马从街巷里出来，身后还跟了几名睡眼惺忪的士兵。原来张森今晚奉命在这一带值守，眼看时辰已过三更，正寻思着回营去歇息，却听见了那由远而近的蹄声，不由得紧张起来。及至听见是常璩，想起这少年是罗尚跟前的人，一向也聊得甚为投机，就出了巷子，准备叙谈几句，谁知刚出巷子，就眼前一黑，被一张大弓兜头盖脸打下了马，头一歪，昏晕过去。那几名士兵顿时睡意全无，惊惶地四散逃开，李雄一跃下马，从张森身上抽出佩剑，远远地一掷，一名士兵"扑通"一声便栽倒在地。其余几名兵士吓得魂飞魄散，又喊又叫，转瞬就跑进了夜色深处。

李雄正要去追，常琬急忙阻止道："他们过来了。"常璩一抬头，只见远处那条火龙已突然改变方向，正朝他们这边飞奔过来。李雄翻身上了张森那匹坐骑，随手牵住常璩姐弟俩那匹大马的缰绳，双腿一夹，大马嘶鸣一声，四蹄发力，跟在张森战马后面嘚嘚而去。

火龙来得好快，身后马蹄声踏踏乱响。一队晋军枪矛闪亮，在马上齐声大喊："不要走了李雄……"李雄冷冷一笑，将胯下坐骑驾驭得如风一般，三个人转眼就奔到了濯锦河边，下了马，李雄将弓在马屁股上狠狠一拍，那马一吃痛，带着大马向着前方狂乱奔去。

江边一片桤木正被夜风吹得枝条狂舞。常琬牵了常璩的手，李雄断后，三个人悄没声地隐到树后。火龙随即从他们身边掠过，向着蹄声的方向追赶下去。看看追兵去远，常琬领着他们穿过树林，沿河边弯弯曲曲地走了一阵，看见一条小船正在河面上随波荡漾。常琬道："这就对了。"常璩奇道："姐姐，你怎么知道这里有船？"常琬微微一笑，娓娓讲述起来。原来这是江边人家平日里用来取水的船，到了晚间就系在岸边。成都城中井水皆苦，人家及官府用水需从河心取。这一段河流位于锦官驿上游，水质甘甜，小船每天五更时分划到河心，取了水，靠岸后便由人用桶担了，晃晃悠悠地来到岸上。四邻八舍遣童子持钱来买，然后由挑水人担到家中，哗哗地倒入水缸之中。

常璩从未在成都生活过，听了这段话，面前有如展开了一幅引人入胜的风俗画卷。他正出神呢，李雄已躬身解开船绳，走入河水之中，将船推到了岸边。常璩姐弟二人上了船，到船中央坐了。李雄踩着水，将船缓缓向河心推去。常璩看着水中李雄那熟练的姿势，好奇地问道："李大哥，你怎地会凫水？"他先前对李雄极为厌恶，觉得蜀地战火皆由他们父子点燃，只盼着他死掉，经过今晚这一番惊心动魄的遭遇，印象已大为改观，不觉之间，言辞也温和了许多。

李雄微微一笑："先前我倒是只能骑马，但到蜀地之后，见这里河流纵横，下了几次水，不知不觉也就会了。"说完，双手继续推船，一双眼睛却含情脉脉地注视着常琬。常琬脸上一红，说道："快上来吧，莫冻着了……"李雄高兴地应道："好嘞。"正要翻身上船，忽然间就感觉四周红彤彤的，如发了大火一般。他大吃一惊，扭头一望，就见河岸上排开了一大队晋军，个个手持火把，当中一人骑在一匹高大的凉州黑马上，头戴金盔，系着一件饰了金线的披风，在高处冷冷地瞧着他们，正是罗尚。

罗尚旁边一骑大声吼道："刺史大人在此。李雄，你还不束手就擒？"这都骑校尉此际声音洪亮，全然没有了刚才从窗户落荒而逃的狼狈与惊慌。

船已推到河心，李雄一声不吭，只是将身体埋在水中，紧紧攀住船舷，顺着湍急的波涛急速向下游而去。常璩突然感觉一股无名火直往上冲，他猛地站了起来，摇摇晃晃地指着岸上大骂道："罗尚，你……你这个奸贼……"他生平从未骂过人，此时也不知道该如何斥责罗尚，说了这句，就讷讷地再也说不出话来，只是涨红了脸，眼睛里都是愤怒之色。

罗尚看船越漂越远，一抖马绳，凉州黑马嘶鸣一声，纵开四蹄，顺着河岸急急赶去。都骑校尉发一声吼，率领大队晋军紧紧跟在后面，又一条火龙在河岸上流动起来，树林、荒草、滩地被映得熠熠生辉。堪堪奔出数里，迎面一大片房屋挡住了罗尚的视线，他扫视一眼河面，只见那船正要拐弯，不由得大怒，喝道："放箭，给我射死他们！"

骂了罗尚几句，常璩感觉胸中气已消了不少，这时船即将拐弯，他矮下身来，意欲抓住船舷，忽然耳边一片呼啸之声，就听得常琬大叫一声，猛地扑在了自己身上，然后船一个急弯，被波涛推送着，从城墙下的水门中疾奔穿出，汇入了一片更大的急流当中。这时月牙从阴云里钻了出来，夜空之下，这片急流白浪滔天，瞬间便将小船推向浪尖，又狠狠地将它摔在水面上，一大片水"哗"地灌进船舱之中。常璩只感觉全身都泡在了水里，窒闷之极。他推了推压在身上的常琬，常琬却一动不动。常璩喊道："姐，姐！"常琬依然一声不吭。常璩急了，顾不得江面上风高浪急，猛地一把扳起常琬，只见她背心上正插了一支箭，靠近腰部的地方斜插了一支箭，已死去多时。

又一个浪头掀起，将小船高高抛了起来，待浪头落下，李雄也游到了船边。他攀着船舷，看了看月光下呆呆地蹲着的常璩，缓缓移到常琬身旁，伸出手，在她凝望着夜空的那一双黑亮的眼睛上轻轻抹过，然后将自己的脸静静地偎到了常琬那张曾经梨涡浅笑的脸旁边。

月光如霜，眨眼间，成都城已经离得远了。小船似一片落叶，在江面上载沉载浮，载着三人迅疾地向下游漂去。

二

风吹向西北方的日子，出蜀郡江原县城东门，在一条大河上扯起白帆，往县城西北方向上行约三十里，两岸由平阔葱绿的原野忽然转入山势巍然。船行至此，兴致勃勃的风帆黯然降落，换成十来根纤绳。绳由山中所出的慈竹篾条绞织而成，均拇指粗，绷一绷，韧性十足。扶着桅杆望去，贴着崖壁行走的纤夫们排成一行，头上裹了白帕，身体一律前倾，黑沉沉的纤绳勒在光溜溜的肩膀上。上坡的时候，他们几乎前胸擦地。头纤嘴里喊着"嗨扎，嗨扎"，众人齐声应和，拼命往前。船小心翼翼地穿过两山对峙的峡口。眼前，一道绿水浮在苍翠幽深的群山中间，曲曲折折地逶迤开去。

这道绿水有个名称，叫文井江。再往前约二三里，山势更为险峻，一道峰尖黑黢黢地向江面俯压下来，江面急剧收窄，水流如箭，冲刷得两岸崖壁上满是蜂窝状黑幽幽的石洞。

一山锁江，形如鹰嘴，此崖因此得名鹞子岩。

文井江据传因江中有水井而得名。风和日丽的日子，仔细观察那一河碧波，不经意间，会发现江中隐隐有流水错综散流，形如井字。这一片区域，三国时为蜀汉军队与羌人进行拉锯战的地方。在鹞子岩前方一座叫青峰岭的山上，就曾经建有一座寨城，由蜀汉五虎上将之一的马超的侄子马岱镇守。马岱死后，便葬在离此十多里远的太平山中。这座寨城不大，由无数片石堆砌而成的城墙随着山势蜿蜒起伏，直插云天。城楼却俯身下来，虎视着江流。箭楼前，绣着斗大"汉"字的战旗每日里迎风招展。

江山总是依旧，人世几度神伤。马岱死后不过才三十来年，昔日人欢马叫的寨城已坍塌得只剩了断垣残壁，形似虎口的城楼也被一座破败不堪的庙宇所代替。夕阳映照下来的时候，庙顶上雨点般落下来无数雀鸟，黑压压地鼓噪。就在这年复一年的鼓噪声里，不知什么时候，庙门前竟挺拔起一株梅树来。树不高，却苍郁而古老，枝干虬曲如游龙。

江风如刀的季节，一树梅花燃烧得像无声的雪。

江上船只往来不绝。邓艾入蜀之后，羌人已退往更深的山中。晋平定天下后，成都益发热闹起来。来来往往的人们从这一片山中搬出形形色色的山珍，经青峰岭，过鹞子岩，抵江原县后，源源不绝地运往成都，再由成都送往京城洛阳等地。这些山货中，有形如牛尾的巨笋，有向晚时分便躲在溪流石头下"梆梆"叫唤的蛙鱼……商旅途中的人们每次经过这里，都喜欢看一看那梅花，以此来忘却生计的艰辛。看得久了，便成了江原县八景之一。八景曰关岭白梅，曰青峰梅影，等等。有识货的人说，那不是普通的梅花，乃是名贵的龙游梅……也有人说，那就是一株再平常不过的白梅，只是长在了好地方而已。

那一树梅花却从不理会人间的赞美抑或贬损，只管守住自己的季节，默默地开，默默地谢。

太安二年正月，那一树梅花又怒放起来。这一天黄昏时分，当月牙东升的时候，一高一矮两个人行过鹞子岩，翻过青峰岭，沿着曲曲折折的山道，走到了梅花前。奇的是，两个人并不去欣赏梅花，而是对着梅树下的一个新起的坟茔久久伫立。月光缓缓地皎洁起来，照耀得这株龙游梅益发与众不同——花萼色如黄玉，花瓣洁白粉嫩。与其他梅花相比，龙游梅是自有姿态的，当江面上吹来凛冽的寒风时，它迎风起舞，花朵上好像突然飞起来一万只玉蝴蝶，随即枝条狂舞，如龙翔九天；无风静立，那苍劲的枝条像苍龙潜入深渊一样，静静地收敛起自己的力量。

昨夜一场大风，地面上铺满了落花。那高个子见坟茔上落花点点，遮住了给新亡人所培的泥土，便俯下身，要将它们一片片捡起来。矮个子拉住他道："李大哥，我姐姐生前最喜欢梅兰竹菊这几样物事，说它们傲对霜雪，就让这些落花陪着她吧。"

李雄闻言，想起常琬生前那英姿飒爽的壮美和刹那间无声无息的死，一把拉住常璩："璩弟，请你为我做一件事，好不？

常璩一愣，只见李雄眼中含泪："我和你常琬姐姐虽无夫妻之名，却有着夫妻之情。如果我有一天死了，你答应我，将我的遗体与她合葬在一起。"

常璩也落下泪来，道："李大哥，姐姐是因我而死。这笔账，我早晚得向罗尚这奸贼讨回来。"

"兄弟，这事还是交给我李雄吧。你还小，再说，如果你姐姐在世，她也不会喜欢你舞剑弄枪的。"

常璩眼里闪过一丝怒火："我江原常家虽说世代以书香为荣，可把人逼急了，也会拿起剑来，不惜自己的血肉之躯的。"

李雄拍了拍常璩的肩膀，温言道："天色不早了，咱们先回去，改天再来看你姐姐吧。"说罢，转过头向着那堆黄土凝视片刻，叹口气，拉着常璩的手，缓缓朝山岭上走去。

当两人分开荒草，走到鹞子岩边时，文井江中正雪浪翻滚。此处江水即将出山，也由此分开了两条路，一条向东，通往山地与平原交界的浅山当中；另一条则山径蜿蜒，蛇行于西边更为险峻的群山当中，但越过一片山岭，就可以看见夜色里灯火喧喧的成都城城郭。

雷鸣般的涛声在黑夜里轰响，一河白水冷森森地向前奔去，拍打在江中一块孤零零兀立的巨石上，飞腾起一大片如雾如沫的浪花。李雄朝上下游望了望，指着那块石头道："璩弟，这里怎地平白无故地孤立起一块大石头，挡住了江水出山的势头？"常璩定睛一瞧，笑道："哥哥，这可不是一块普通的石头。"

　　李雄奇道："哦？我看这片山崖好似有人拿刀劈开一般，硬生生给江水让出了一条道，可是江中却偏偏剩了一块石头。"

　　常璩道："这是秦时李冰治水时留下的石头，用来丈量文井江水的。如果河水在春天漫过了石头，到了夏天山里就会发大水。这么多年来，这块石头对下游民众可谓是功莫大焉。我们从小就叫它鸡公石，长大了我才明白，其实它原本的名字叫做稽功石。"

　　李雄听他如此一说，又仔细打量了这周围的山势，叹道："这里山脉比起剑门关来，虽气势差了许多，却也算是鬼斧神工，然而即使这样，也有人力如此啊！"

　　他正赞叹时，山上隐隐传来了兽类的长啸声。两人说着话，又走了一阵，便到了路口，李雄微微踌躇了一下。他扫视了一眼西边那条山道，正想说什么。常璩灵醒，道："李大哥，罗尚那奸贼画了布告，正四处悬赏捉你，你还是跟我回去，暂避数日吧。"

　　"璩弟，这样下去也不是办法。再说，你爹爹的病情这几天又加重了，我躲在旁边，却也只能眼睁睁看着你跑前跑后地忙碌，帮不上一点忙，心里煎熬呀。"

　　一说到父亲，常璩心情顿时沉重起来。昨晚，父亲常耘又吐了几口血。这已经是他连续数天呕血了，按照乡里医者的说法，这就已经是病入膏肓了。一想到这里，常璩忙拉着李雄的手，急急地朝家里赶去。

　　常璩家在文井江边。许多年以后，当他佝偻着腰，从牢里步履蹒跚地出来，住进石头城郊外一间陋室里时，每天抬起头来，就会看见窗前浩荡无边烟波浩渺的长江。江面上，一轮落日又大又圆，映照着他一头如雪的白发。那天黄昏，当他终于下了决心，将一卷竹简在案上缓缓铺开，又从怀中掏出一支紫毫，蘸了墨，在简上缓缓下笔时，耳边隐隐传来那天晚上鹞子岩边如雷的涛声，眼前又浮现出一弯如钩的残月。月光下，弯弯的山道上正急匆匆地走着一高一矮两个人影……

一想起李雄那高大的身影，常璩顿时百感交集。他缓缓写道：

（李特）少子雄，字仲隽。初，特妻罗氏妊雄，梦双虹自门升天，一虹中断。罗曰："吾二儿若有先亡，在者必大贵。"雄少时，辛冉相当贵。有刘化者，道术士也，言关陇民皆当南移，李氏子中，惟仲隽天姿奇异，终为人主。乡里人多善之。

关于罗氏梦见双虹升天、一虹中断的这件往事，正是那天晚上他和李雄在山道上边走边闲谈时，李雄自己说出来的。

那天晚上，当常璩和李雄赶回常家时，已然月上中天。远远地，常璩就看见村头大树下一个正苦苦张望的身影。他心里一酸，加快脚步，一下子扑进身影怀里，仰起脸来，叫道："娘，孩儿不孝，让您担心了。"

沈氏一身布衣，鬓边已泛起缕缕白发。她连日来衣不解带地伺候丈夫，虽疲惫至极，一双眼睛却依然清澈如水。她抚摸着常璩的脸庞，朝着站在一旁的李雄微微一笑："公子见笑了。我这孩儿从小养在书堆里，没吃过什么苦。这一路上，多亏了你照顾他。"

李雄向沈氏一躬身，道："夫人见外了。常璩弟虽然年少，见识却甚为不凡。我这一路听他讲述江源一带的风土人情，真是少年老成。"

沈氏道："这条山路原来倒也好走，只是这几年因成都战乱，渐渐也路断人稀，听人说还有大猫出没。我放心不下，你们平安归来就好。"

李雄奇道："猫有什么可怕的？"

常璩"扑哧"一笑："李大哥，我们这里说的大猫，就是老虎。"

李雄这才明白过来，眉头一皱，若有所思地转过头，朝着月光下鹞子岩的方向望了望，说道："老虎爪牙锋利，亦不过四脚兽而已，有什么好怕的？"

沈氏瞅了李雄一眼，眉宇间掠过一丝忧虑，淡淡地道："那些枭雄豪杰们自然是不怕什么虎豹豺狼的。我们这些乡下的耕读人家，只想安安稳稳地过点平常日子。"

常璩心里对李雄那番豪气暗暗叫好，听母亲一说，问道："娘，父亲怎么样了？"

"你父亲点灯时分喝了多半碗米汤。我出来时，他已经睡着啦。"说完，沈氏微微一笑，拉起常璩就朝林木环抱的一片房屋走去。

常璩家所在的地方，叫常家坎。在江原县的方言里，坎指的是围墙、台地之类。这一带本来地势低洼，夏秋之际，文井江常势如奔马，滔滔白水一股脑儿淹没过来，让人苦不堪言，但年年水涨水落，反而滋生出了一大片黑油油的肥地。

刘璋任益州牧年间，常家举全族之力沿江修了一道堤坝，将浩荡江水拦在堤外，围出了一二百亩上等良田，从此稻禾飘香，滋养得房舍连片，林木葱郁，继而书香氤氲，跃升为江原县一等一的大族。

远远就看见了一盏如豆的灯火。常璩忽然指着黑暗中一处房屋，对李雄说："大哥，那就是琬姐姐家。"李雄定睛一看，依稀辨出那几间屋已微微倾圮，门前黑黢黢一丛杂草，角落里孤零零一棵黄叶树。提起常琬，三个人顿时黯然神伤。沈氏叹口气，对常璩说道："璩儿，你琬儿姐姐的事，千万别在父亲面前说漏了嘴。"她转身又对李雄说道，"李公子，我不知道你和常琬是什么情谊，但琬儿自小便如我亲生女儿一般。她那坟前，我自会让璩儿年年祭扫，公子尽管放心。"

李雄鼻子一酸。沈氏对常璩道："你陪李公子到龙洞中安顿下来后，就到我房里来吧，看看你父亲。"说完，朝李雄微一施礼，转身朝院门走去。

三天前，常璩和李雄埋葬了常琬，一起回常家坎以后，常璩怕泄露了李雄的身份，便将他留在村外，一个人趁着夜色潜回家来，向母亲细说了一切。出乎他的意料，沈氏听完后，并没有惊慌失措，她思忖片刻，叹道："想不到琬儿就这样去了。"随即就让常璩连夜将李雄安顿在离常家不远的一个崖洞里。

这崖洞又称岳家龙洞，常氏家族人都称其为龙洞。站在洞口往里一探望，只见黑黢黢的，不知通向何处。常璩记得，在这一带村落的传说中，这岳家龙洞似乎与太平山中的马岱墓及其余崖洞相连，但谁也没有进去察看过。

常氏家族中曾有人言之凿凿地说，马岱死后，是以太平山为坟，由数百名兵士从山脚挖隧道建造在山腹之中，但至今几十年过去，从没人发现过马岱墓的具体位置。常璩依稀记得，幼时，他便常与族中孩子一起玩耍，当黄昏时黑黝黝的云在天边堆起，一群孩子便在村头的大槐树下边拍手边传唱：

> 五丈原上秋风起，太平山中马岱藏。
> 左三步，翻兵书，右六步，挖财宝。
> ……

"如果能找到马岱墓中的兵书就好了，把它交给李雄大哥，定能将那罗尚打得落花流水……"已经快三更了。当常璩将李雄引到龙洞中歇息下来后，一边兴致勃勃地想着，一边照着母亲的吩咐来到了父母房中。出乎他的意料，父亲已经醒来，正斜倚在床头，和母亲低声说着什么。看见常璩进来，常耘那张枯瘦的黄脸上露出欣慰的笑容，连忙让儿子坐到床头。常璩不敢坐，站在床前，垂了手，向父亲问了安。常耘道："璩儿，你近前些，让为父好好看看你。"说罢，就将手伸出来，从常璩脸上轻轻抚过，眼睛里泛起慈爱的神情。

常璩道："爹爹今儿气色好多了。孩儿明天去山里挖点山药，炖了汤，给你补补身子。"常耘笑了起来："我璩儿越来越懂事了，尤其此番去成都，更是为我常家立了大功啊。"说罢，呵呵地笑了起来。

常璩心里一震，惊异地望着父亲，常耘又笑道："让你母亲来告诉你吧。"沈氏却不答话，从床边拿起一根银针，挑了挑灯花，室内登时明亮起来，她瞅了瞅父子俩，沉默了一会儿，扬起脸来缓缓说道："适才里长过来，说益州城里来了一封文书，明天上午，有个叫任睿的官员将代表刺史大人前来看望你父亲……"

啊？常璩惊得全身往后一退。

第九章　十五从军征，八十始得归

一

一直等到第三天近晌午时分，任睿才骑了一匹马，身后跟着两个兵士，缓缓走进常家坎来。这两个兵士，一个十六七岁，一脸娃娃相；另一个则是胡子花白，一说话，却是一口江原口音，原来是那个名叫王胡子的老兵。

任睿是头天上午出的成都城西门。那天早上，走出刺史府衙，到营中讨要护卫时，都骑校尉提醒他道："今流寇尚未肃清，大人最好还是多带些兵丁。"他瞅了瞅对方头盔上那闪亮的红缨，摇摇头："只需三两人足矣！"顿了顿，忽然提高了声音，"这世间百姓，何为寇？何为民？寇本是民，奈何民却成了寇！"说罢，从袖里摸出一枚扳指，一扬手，将它扔给都骑校尉，转过身，大踏步走了。

都骑校尉接过扳指，低头一瞧，忽然满脸通红，一扬手，就将它狠狠地甩到了府衙前一片绿草丛中。

从成都出来，不过半天工夫，约晌午时分就到了皂江边一处名叫擦耳岩的渡口。在此地过了江，再前行二十来里，就到了江原县城，然后从江原县城沿着文井江逆流而上，约三十里，就抵达了常家坎。常家坎最著名的标志，就是沿江而起的、用片石垒起来的那一道蜿蜒的长堤。

任睿在心里默默地估算了一下行程，吩咐在江边一处驿站歇了。简单用过午饭后，他脱下官服，换上一身青布衣衫，背了双手，在江边信步而行。走着走着，他在一株粗大的麻柳树下停住脚步，饶有兴致地俯看起急流上那座青幽幽的竹桥来。

这里是广都县与江原县的交界处。放眼望去，江岸这边四周田塘交错，阡陌纵横。茂林修竹间，一户户人家的土墙上摇曳出或粉红或雪白的桃花与梨花来。这几年虽然兵火不断，但李特的流军一直未能越过成都，深入这一带来骚扰，是以乡野间还残留了几分太平景象。

江风浩荡，几只燕子在空中迎风追逐。再顺着竹桥望过去，对岸也正杨柳堆烟。风吹得任睿衣衫飘飘，他看似悠闲，清癯的脸上却掩不住深深的愁绪。自那天在府衙门口昏倒，被罗尚派人护送回家之后，一连数天，他都躲在家里，称病不出。

事实上，他也确实病了。

那天，罗尚手下一群梁州兵急哄哄将他抬进家门，家中老管事见主人双目紧闭，脸色蜡黄，急得又是跺脚又是向后院连声叫唤。任夫人不知发生了什么事，带着贴身丫鬟从内室急匆匆赶出来，见那群兵士兀自和老管事在纠缠，连忙让丫鬟取出几串制钱，才把他们打发出去。兵士们前脚刚走，任睿就睁开了眼睛，命老管事紧闭了大门，然后一头扎入书房之中，瘫坐在榻上，像一条刚从水中钓上来的鱼一般，一手抚在胸口，大口大口地喘气。

傍晚时分，夫人给他端来了一碗自己亲手所熬的冬寒菜稀粥。这本是任睿每逢冬春之际的最爱，然而他只吃了一口，便放在了一旁。任夫人急得珠泪盈眶，正要温言相劝时，他却一摆手，叫下人们都退了下去，然后一把攥着夫人的手，像个孩子一样靠在她怀里，放声大哭起来。

橘黄的灯光下，任夫人轻轻抚着丈夫的头，也不说话，任他哭得涕泗滂沱，到后来，当哭声渐渐转为了抽泣，任夫人才低低地询问，任睿猛地用手在空中写了几个大字："杀俘，大不祥，必有天惩也！"

这几个字看得任夫人脸色煞白，差一点叫出声来，急忙用手捂住了自己的嘴……那一夜，夫妻二人一直难以入眠。任睿是刚一闭眼，就猛地坐了起来，脸上汗珠如豆子般滚落；任夫人则是低低地念着佛号："南无普光佛，南无普明佛，南无普净佛，南无多摩罗跋栴檀香佛，南无栴檀光佛……"外面，夜空漠漠，月牙如钩，天地清寂。

被请到府衙里是昨天午后的事。罗安骑了一匹马来，恭恭敬敬地向老管事行了个礼，然后对任睿说："刺史大人吩咐咱家，说如果任先生不来，我也不用回去了。"夫人在屏风后轻轻咳了一声。他沉吟了一下，对罗安说道："既如此，劳烦稍等，我更了衣即随你前去。"

从罗尚那里回来正值掌灯时分。他刚一进入书房，夫人便急急地跟了过来。未等夫人开口，任睿便道："此事本就因我而起，如不到江原走一趟，我这心里也过不去。况且今天罗尚也答应了我，待这趟归来，便放我归隐林下。我便从此不再过问世事，就与夫人朝夕相伴吧。"说罢，将常琬随自己进入李特营中一事细说了一遍，叹道，"这女子如今尚无消息。倘天可怜见，等她平安归来，我们夫妇就把她收为义女吧？"任夫人点点头，也跟着叹息了一回。

想到这里，任睿眼睛微微有些湿润。他之所以在江这边停顿下来，是还没有准备好过江之后，如何去面对常耘。从罗尚口中，他得知常璩自那天出去寻找常琬后，也是至今未归。"我亲自去问了跟随他出去那几名兵士，说是常贤侄寻姐心切，带着他们远离了官道，后来半道上又遭遇大雨，便走散了……唉！"说到这里，罗尚长长地叹口气，"也许常贤侄已经平安回到了江原……如今逆首李特虽已伏诛，但外面流寇依然纷扰不休。我已上报朝廷，这几日就将派出大军各路进剿。"

江风悠悠，任睿亦思绪悠悠。他站在那株麻柳前，一会儿想到常琬，一会儿又想到常璩，忽然间听见一片水响，一抬头，不知什么时候天上已经阴云翻滚，上游一股浪头朝着竹桥掀山倒海般撞来。他"哎呀"一声。江风怒号，似乎一股源自远古的力量正从水中呼啸出来，即将冲垮眼前这座颤巍巍的竹桥。

这波大水掀起白花花的浪头，铺天盖地地从竹桥上冲刷过去。天上似乎落下来无数条雨线，朝任睿脸上扑来，他急忙闭眼，就感觉满脸清凉，随即睁开眼来，却看见数根圆木从江面上立了起来，坚如磐石地支撑着江心的桥身。

他不禁为之一震！忽然想起来，这桥又叫笮桥，乃是秦时蜀郡太守李冰所创。成都周遭多大江，亦多竹。百姓们出行不便，李冰便令人伐竹剖为竹索，再将竹索相拼悬吊而成。这样的竹桥，河两岸各设连接着竹索的立柱和绞动竹索的转柱，然后在横渡河面的竹索上铺上木板，没有木板，就用简陋的竹笆代替。在这样的桥上行走，天上白云晃荡，脚下水寒生风，虽每每让人胆战心惊，其实常常是有惊无险。

任睿正在感叹，就见那桥身被大水冲刷之后，反而益发青幽，就如青龙般横在江上。大水来得快也去得快，不一会儿，江面上已波澜不兴，天上阴云也已散去，抬头望去，西边的云层里，已露出了绚烂的晚霞。

第二天一早，江面上却起了雾。任睿命老兵牵了马，他跟在后面。三个人穿过缈缈白雾，颤悠悠地过了桥，只见遍地都是竹林田畴。老兵这里瞧瞧，那里看看，脚步越走越轻快，不觉过了江原县城，三个人又迎着文井江浩浩江风走了多半天，果然看见水边立了一道长堤。任睿欲去瞧时，却又觉得不甚雄壮，于是打消了念头，驱马下堤，直奔黑黝黝一片房舍而来。远远地，就见几个身影正在村头大树下巴巴地张望。任睿急忙挥鞭，跑得两个兵士气喘吁吁。

离大树还有数十步远，任睿便翻身下马。那几个人迎了上来，喊道："是任大人吧？"

任睿道："正是下官。"

打头那人急忙躬身："我是此地里长。从昨天起，就在这里恭迎大人了。"

任睿拱了拱手，道："烦请带下官去见常耘兄。"那里长亦是常氏一脉，闻听此言，捋了捋胡须，指着内中一人，笑道："他不就在这里？"任睿一惊，就见常耘匍匐下来，要向他磕头，急忙上前挽住："我在益州时，就常听常耘兄大名，可惜一直无缘得见。"常耘不敢受礼，低了头，道："耘乃戴罪之身，此番劳动先生大驾，心中忐忑，怎敢受先生大礼。"原来常耘得知任睿要来，昨天已强拖着病体在此等候了一天，此时他见任睿谦逊，心中愉悦，神情也轻松了几分。

见人群中没有常璩，任睿心中疑惑，也不好多问，便将罗尚嘱咐给他的那番语言缓缓端了出来："常耘兄多虑了。刺史大人有番体贴话，要我转给你……"说着，朝四周看了一眼，里长会意，急忙在前分花拂柳。蹄声嘚嘚中，一行人高高低低地向村中走去。

常家大院远远望去虽数百间房舍，却是各家自开宅门，当中以常宽家最为气派，居于村子正中，朱红大门，翘角飞檐。两只燕子在他家门楼里做了窝，正张了翅膀，叽叽喳喳叫着。从逶迤的白墙外望进去，只见里面林木蔚然，也不知筑了几重院落。

常耘家位于常家大院下首，正对着一片青绿田畴，没起门楼，只围了一圈淡青色竹篱。一只母鸡正带着一群小鸡在篱下低头啄食。篱笆内立了两进小院，三五株海棠在庭前开得正艳。任睿端详一阵，赞道："世人都说做官好，却不知仕途劳顿，全然不如这耕读之乐也。"常耘默不作声。里长笑道："大人说笑了。我们在这乡坝里住着，倒觉得你那益州城里才是富贵风流，是人间一等一的好去处呀。"

众人谈笑间，就到了正堂之上。只见当中供了祖宗牌位，四周竹架上堆着满满的书简，墙上挂了一幅画，是苍松仙鹤图。任睿振振衣衫，脸上变得庄重起来，道："常耘接令。"常耘急忙匍匐于地。任睿从老兵王胡子手中接过一卷竹简来，徐徐展开，念道："原巴东郡朐忍县令常耘勾连外官、非议朝政之事，经查，实无证据。念常耘数年冤狱之苦，今着益州兵部从事任睿前来抚慰。此令。平西将军、假节、兼领护羌校尉、益州刺史罗尚。"

念罢，任睿将书简递与一旁站立的里长，俯下身，就要来搀扶常耘，却见常耘抬起脸来，脸上两道泪痕，急忙说道："常耘兄受苦了。"常耘没接话，口中喃喃道："我这就是清白了？"任睿温言道："正是。"常耘突然笑了起来，扭头就朝里面喊道："夫人，璩儿，快出来呀，朝廷已还我清白……快出来呀……"里长也落了泪，朝任睿行个大礼："这几年来，我这族弟念念不忘的就是自己的清白之声，倒把那一身的病痛都抛在了脑后。"任睿道："常耘兄为人，不光你乡中父老清楚，下官在益州……"正说着，就见沈氏从内室出来，款款到了面前，朝自己深深施了个礼，口中言道："民妇沈氏拜见大人。"任睿急忙还礼，忽听得身后那老兵结结巴巴地道："沈……沈……你莫非是沈三妹？"

任睿正要回头呵斥那老兵，却见沈氏也惊异地望着老兵："王三哥？你是王三哥？"老兵颤巍巍地朝前跨了两步，仔细打量着沈氏，嘴里嗫嚅着："沈……沈……"正不知如何称呼，任睿道："这是常夫人。"老兵这才醒悟过来，正要低头跪拜，沈氏却一把扶起了他："三哥不必拘礼。"又抬起头，对着众人说道，"这是我未出阁时娘家的邻居王三哥，打小就带着我们一群小孩玩耍，就如我哥哥一般。"众人都笑道:"这才是故人相见,可喜可贺。"老兵高兴得满脸通红,颔下一捧胡须益发白了。

这时常耘也从惊喜中清醒过来,拉了沈氏就要朝任睿行礼,任睿急忙摆手道:"折煞下官也,使不得使不得。"常耘正色道:"此乃朝廷礼仪,马虎不得。"说罢,夫妻二人就要跪下来,任睿急忙整了衣冠,又将那竹简挡在面前,代罗尚受了礼。常耘这才起来,对任睿道:"大人一路鞍马劳顿,内人备了薄酒,请后堂一叙。"

须臾宾主落座。任睿朝四周打量一番,漫不经心地问道:"适才听兄唤璩儿,怎地不见贤侄出来?"沈氏正端了菜肴上来,常耘连忙应道:"璩儿今天一早又往后山去了,说要给他父亲挖些山药。"任睿道:"道将贤侄此番在益州城里,数次得到刺史大人称赞,真是少年才俊呀。"常耘连连摆手。

沈氏将菜肴铺好,转到堂下老兵这桌来,和大家招呼了一声,将老兵唤到一旁,低声聊了几句,这才回到里屋,对常璩道:"璩儿,你真不出去见见任大人?"

常璩将手中竹简放到案上,说道:"娘,琬姐姐就是他带到李特营中的,当初那条计策,也不知是他还是罗尚那奸贼谋划的,可是孩儿还一个劲惦记着姐姐……"沈氏叹口气,道:"人死不能复生,这或许就是你琬姐姐的命吧。唉!我看那任大人面相不恶,倒还有几分读书人的派头。"常璩苦恼地用手揉搓着额头,道:"正因为这样,孩儿才不知道该如何去面对他。"他抬起头,眼里露出愤愤的神情,"那晚李雄大哥说老虎再凶也不过是四脚兽。孩儿觉得这话是说到心坎上去了。这一次,孩儿到益州城里走了一遭,才知道在这人世上,老虎不可怕,两脚兽才可怕。"沈氏听了这话,深深地看了儿子一眼,正色道:"其实,在这世上行走,人也好兽也罢,原本都是自己的选择。"她抬起头,向窗外瞟了一眼,声音低了下来,"任大人来家里的事情,你那李大哥不知道吧?"常璩点点头:"孩儿按你的吩咐,没给他说。"

沈氏放下心来,旋即又叹道:"你这李大哥可不是个平常人物。"她看了常璩一眼,心想:"儿呀,你与李雄这一番缘分,将来也不知是祸还是福。"

母子俩在屋里说着话,堂上酒席已经到了尾声。任睿见常耘为人热情,想起常琬至今下落不明,心中不禁泛起一丝惭愧,加之又没见到常璩,心下更有些忘忑，略略喝了几樽酒，便推辞不饮。常耘见他如此，心中越发敬重，沉吟片刻，给自己斟了满满一樽酒，站起身来，走到任睿面前，朗声说："自无端入狱又无端出狱以后，耘已心灰意冷，以为会将那污名一直带到棺材里去，以致连累了妻儿，幸亏苍天有眼，刺史大人为我洗清了冤屈。今任大人又特地前来，对我加以抚慰。我常耘何德何能？细思起来，这都是朝廷的恩德。今无以为报，聊以薄酒一樽，谨向大人表达谢意。"说完，向任睿行了个礼，将樽中酒一饮而尽。他本是带病之身，那里胜得这酒力？酒一入喉，顿时猛地咳嗽起来。任睿哎呀一声，连忙站起来，挽了常耘的手，道："常耘兄，你我一在巴，一在蜀，往昔虽未曾谋面，但兄之才学清誉，下官是早已久闻了的。"他亦端起一樽酒，"今日与兄一见如故，我也满饮了此樽，还望兄保重身子，早日复出，为朝廷效力。"常耘摇了摇头："我已老矣。"任睿道："那就期待着与兄唱酬应对，吟风弄月。"说罢，仰起脸来，将酒倾入喉中，道："痛快！"

此时春光旖旎，一抹春阳从草堂外斜照进来，将两人笼在一片金黄之中。两人对视一眼，哈哈大笑起来。里长看两人聊得投机，急忙又斟了两樽酒。二人接过来，又是一饮而尽，然后分头在各自案前坐了，开始用饭。常耘心中喜悦，几樽酒下肚，阳光一照，身上有些燥热，站起身，到屏风后将身上夹袄脱了，换了一领青衫。

用过饭，沈氏又捧出茶盏。任睿啜饮几口，瞧了瞧堂外花木的影子，道："天色已然不早，下官还要赶回去复命。这就告辞了吧。"言毕，站起身来，朝常耘拱了拱手，"不瞒兄说，下官此次回去后，就会归隐林下，与兄唱酬之语，非虚言也。"常耘心中一暖，双眼不禁有些潮润，道："既如此，那为兄的也就不再强留了。"两人并肩向堂外走去，里长等人缓缓跟在身后。常耘道："这一路劳顿，今晚宿于何处？"任睿道："江原城中吧。来时走得急，也未到城中看看。"常耘道："甚好甚好。那擦耳岩的竹桥也值得一看，如能月下流连，更是风景绝佳。"任睿连连点头。常耘微笑道："据说当年山巨源曾有诗咏此桥，我却未曾得见。不怕兄笑话，前些年我在狱中无聊时，也为此桥苦吟了几句，只是不太满意，待这几日重新吟定，当传抄与兄……"任睿大喜："如此说来，今晚我也当去桥上走走。"两人议定了唱和之事。一阵风来，常耘穿得单薄，连打了几个喷嚏。任睿瞧了瞧常耘的脸色，说道："兄回去歇着吧，小弟自去矣。"常耘摆摆手。

老兵已牵过马来，在院门外候着。两人又依依不舍地聊了几句，任睿翻身上马，正待前行，老兵忽然跪倒在地。众人都吃了一惊。任睿道："咦？"老兵连磕了几个头，可怜巴巴地道："求大人恕罪。"

任睿奇道："你何罪之有？"

老兵不说话，只是一个劲磕头。这时那里长瞧得明白了，走上前来，也跪在了地上："回禀大人，适才听得常夫人说，老兵自从军后数十年间再未曾回乡，今既已到了桑梓之地，求大人放他回家看看，扫一扫先人墓地也是好的。"里长这么一说，众人都面露不忍之色。老兵抬起脸来，已是泫然欲泣。任睿深深地看了老兵一眼，叹息道："十五从军征，八十始得归……你自去吧。"回头招呼了小兵，缓缓朝村外走去，远远地，还听见他的声音：

> 道逢乡里人：家中有阿谁？
>
> 遥看是君家，松柏冢累累。
>
> 兔从狗窦入，雉从梁上飞。
>
> ……

声音渐渐远去。里长等人向常耘祝贺几句，又和老兵道了别，便各自散去。老兵搀扶着常耘回到堂上，这时沈氏走了出来，老兵又要跪下去，沈氏急忙劝阻道："三哥见外了。"

老兵道："谢谢常夫人指点。"常耘这才明白过来。沈氏对丈夫道："真是天可怜见。托了夫君的福，王三哥今日才得以平安回家。"她转过脸，又对王三说道，"三哥如今有什么打算？"

王三把头盔取下来，搔了搔脑后的白发，不知如何作答。常耘看他茫然，道："既是夫人娘家高邻，这样吧，你先回去祭扫先人坟茔，如没有去处时，就到我家来。具体做些什么，由夫人给你分派吧。"说完，又咳嗽起来。

老兵应了一声，已然泪流满面。

二

过了常家坎村口那棵大槐树，任睿驱马缓缓走上一面斜坡。坡上春草浓密，数十朵黄色的野花点缀在其间。草坡后面，是一片茂林，草草一望，大多为修竹，亦杂了桤木、皂荚、槐荫树等树木。阳光下，一缕青色的烟岚徐徐而起，停驻在茂林上空。

小兵牵了马，蹄声嘚嘚地上了坡，扑面而来一道石堤，约半人高，蜿蜒曲折地立在岸上。任睿此时才瞧出这石堤的妙处来，原来皆是片石垒成，随地势起伏，游龙般向前后铺展。他打马上前，就见石堤后一条大河白茫茫地与天地相连。离岸边不远隆起了一片沙洲，上面绿草如茵，几只白鹭支着长腿，在绿草间走来走去。

任睿忽然来了兴致，将手中马鞭朝空中一甩，就听"啪"一声，惊得那几只白鹭扑腾腾飞了起来，往更远的水面飞去。这时，他耳边忽然"嗖"的一声，只见一块石头在空中划出一道弧线，一只白鹭"呱"的一声，直直地坠落下来，掉进了白水之中。他大吃一惊，就听见旁边一个声音道："任先生真是好功夫，轻轻一挥鞭，连水鸟也闻声而亡。"

这声音又熟悉，又陌生，却泛着一股冷冷的寒意。任睿顿时浑身僵住，他怔了怔，道："少将军有何指教？"

和煦的春阳下，李雄一张脸平淡如水："指教不敢。我父母兄长死于你们手中，那是两军交战，他们技不如人，也就罢了。我只是想替一个人问问先生，你们怎么连她都不放过?！"

任睿心里一惊："谁？"

李雄忽地一声怒喝："枉你还披了一身读书人的皮，却如何做出这等惨绝人寰的事来。告诉我，你们为何要将她置于死地？"

任睿颤声道："你……你是说……"李雄猛然纵身一跃，一拳打在那小兵脸上。可怜小兵腰中那柄司马刀刚拔出半截，眼中就淌出一股股红的鲜血，一头栽倒在地。任睿慌忙一鞭打在马上，那马沿着河堤奔跑起来。李雄拔腿就追，他本就身形高大，加之怒火攻心，几个起落就赶了上来，一把揪住马尾，那马动弹不得，前蹄高高扬起，将任睿掀下马来。

任睿躺在地下，只觉眼前一黑，李雄已一脚踏在他胸口，骂道："奸贼，拿命来！"抡起手中一张黑黝黝大弓，劈头朝任睿脸上砸去。任睿尽力将身一扭，堪堪挣脱出来，就听一声闷响，地面尘土飞扬，他迅疾朝前一窜。不料李雄又是一弓劈来，正打在石堤上，顿时火花四溅，震荡出嗡嗡之声。李雄吃了一惊，再看时，大弓完好无损，石堤却被硬生生砸掉了几块片石。任睿脑海中如电光石火般一闪，失声叫道："你这弓……"话音刚落，那弓再次暴起，狠狠地打在他耳边，他顿时萎顿在地。

天上依旧春阳温煦。血从任睿耳后汩汩流出，在地面淌成一条细线。李雄此际也筋疲力尽，他俯下身来，拿弓戳了戳任睿，只见任睿嘴巴大张，呼呼地喘气："你说的是……是……常……常琬……"李雄点点头。任睿道："我……我……也在找她，没……没想到……"他眼睛一闭，长长地出了一口气，"是罗尚。"李雄此际也明白过来，就听任睿断断续续地说道："你……你快持此弓，去……去青城山中寻……寻范……范长……"

这时，被任睿惊飞的那几只白鹭又悠悠飞了回来。它们这次落到了沙洲旁边，收拢翅膀，支棱起细长的双腿在浅水中走来走去。李雄看了看地上的两具尸体，靠在石堤上发了会儿呆，俯下身，将那柄司马刀从小兵手中拿了过来，然后将尸体一一抱起来，丢入了那滚滚波涛之中，惊得白鹭们又一次扑腾腾飞起。

李雄跨上任睿那匹马，调转马头，望堤下常璩家看了一会儿，叹口气，双腿一夹，迎着午后浩荡江风，朝上游那一派苍翠的山峦疾驰而去。

那一片山峦，向北是羌人所居的区域，往西，过了文井江，走十来里田畴，再过一条名叫味江的河流，就到了青城三十六峰。

黎明时起了大风，风又生出许多的风。一幅幅黑云被扯落下来，将云缝间透出来的一抹霞光遮了，变幻出如山如岭的样子，在东边天际翻来滚去。王三揉揉眼睛，缓缓站起来，感觉天地间只剩下了自己。他定定神，望望头顶波涛般飞渡的乱云，又回头看了看身后坡地上被风吹得忽高忽低的竹林，摇摇晃晃地走出了坟地，一边走，一边伸手在小肚子上揉着，感觉清口水一股一股直往上冒。

他是昨天黄昏时分回到家的。

果然如沈氏所说，自己家里的那几间泥屋已坍塌成了一片废墟。一丛芭茅在废墟上长出来，洁白的花穗在夕阳的金光里摇曳不定。王三还不死心，又试探着朝芭茅深处走去。刚走几步，就听见"喵呜"一声，一只野猫霍地从草丛里跳了出来，弓着身子，龇了牙，尾巴高高竖起，两只褐色的眼睛露着凶光，呼呼地与他对视。王三吓了一跳，只得收回脚步，怅怅地绕着那几道残墙走了一圈，终于掉转头，朝村里走去。

许多年过去，小村子面貌依旧。两棵粗大黝黑的皂角树立在沈家和王家之间，再往前，是一片菜地。每到初夏，就有黑的白的花的蝴蝶从菜地边的一棵棵木槿花上飞起来，朝里长家那一片房舍飞过去。王三倚在皂角树下，看见沈家那几间房屋也只剩一圈断垣了。他百感交集，想喊叫些什么，却只动了动嘴唇，喃喃地叹口气，再也没有勇气往前走了。

这时候暮色从四面八方包围过来，正漆黑一团的时候，一点微弱的灯火从里长家的房屋里透了出来。灯火那边，依稀还能听见人的说话声、孩子的哭闹声、鸡们咯咯咯地钻进鸡笼的声音……王三贪婪地听着这些久违了的声音。听着听着，他矮下身子，把脸埋进双手之中，无声地，然而汹涌地哭了起来，就在这时，他听见里长家里一个少女脆生生地喊道："爷爷，我再做会儿针线活，你先歇息去吧。"一个苍老的声音应道："嫣儿啊，可莫熬坏了身子。"

少女声音答道："放心吧，爷爷，嫣儿自有分寸呢。"

……

月上中天的时候，王三才迷迷糊糊地醒来。他刚才做了一个梦，梦中也有一轮淡淡的月。在那轮月光下，有几间黄泥小屋。当屋子里的灯火熄灭后，一个女人悄然走出门来，到这皂荚树下的一块石板边，清洗着男人和孩子的衣服。如水的月光泻下来，照得地面黑白分明。女人将手中的皂荚板在散发着汗味、柴火味的衣服上擦过去，然后弯下腰，使劲揉着衣服。风吹动着这小小的山村，皂荚树的枝叶刷刷地响着。随着这响声，女人转过头来，他突然认出来，这女人正是自己的母亲，不由得叫喊起来。可是女人只是微笑着，并不答应他，然后缓缓向前飘去。

从梦中醒来，王三借着朦胧的月光，摸进了老屋背后的一片坟地。这坟地里埋着他的父母、祖父母以及许多未曾谋面的先人们。他睁大眼睛，挨个辨认着墓碑上漫漶的字迹……

雨终究还是落下来了。当王三顶着满天如墨的黑云，急匆匆赶到文井江边的常家石堤时，零星的雨点开始迎风斜落。他急忙下坡，不料雨转眼便如针如线，在天地间织出了一张网。王三几乎浑身湿透，他环顾一眼四周，却找不到可以躲雨的地方，便大脚翻飞，三步两步下了坡，一溜烟跑到村口那棵槐树下站了，一面撩起衣襟擦着脸上的雨水，一边眼巴巴地望着前面那一层蒙蒙雨幕。这时，雨幕后似乎传来了隐隐的哭泣声。他听了一下，觉得有点像沈氏的声音，再细听时，分明只有雨打在树叶上的扑簌扑簌声。他苦笑一下，又继续擦脸，谁知扑簌声又成了哭泣声，而且越来越大。

王三顿时慌乱起来。他听得明白，哭声是从常耘家方向传过来的，难道……？他拔腿就朝常家院子跑去，快到篱笆边时，就见里长戴着一顶泛黄的斗笠从雨幕中走来，身后还跟了个常家的族人，肩上扛了一卷用布包住的青篾竹席。王三心里更加慌乱，踩着满地泥水，疾步跟了上去，刚走到堂下，就听见里长的声音传了出来："贤侄且收住眼泪。事已至此，多思无益，先准备后事要紧……"

常璩哽咽着说道："前天任大人过来时，父亲还神清气爽，连喝了几樽酒。我以为他就此会好转起来，谁知……"

里长温言道："你父亲这病，也不是一天两天了，想开些。"他一扭头，瞥见了站立堂下的王三，便道，"王三哥，你来得正好，快去帮忙把席子抹干，晾在这边堂前。"王三应了一声，和那常家族人一起七手八脚地忙起来。常璩看王三一身湿淋淋的，道："三叔，你且换身衣服吧。"说罢，将里长请入后堂，自己去屋里寻了几件衣服，到前堂来递与王三，又转入后堂来，只见母亲沈氏和里长忧心忡忡地围在父亲床前。

常耘此际脸色蜡黄，双目紧闭，全然没有了两天前和任睿把酒言谈时的神采。原来那天他本就是抱病强撑，几杯热酒入肚，便脱了衣服，出来时却被冷风一吹，到晚间便发起烧来，时而额头滚烫，时而全身冰凉，陷入了迷迷糊糊之中，堪堪挨到今晨，益发昏迷不醒，只张大了嘴，胸膛急促起伏，喉咙间发出咝咝的声音。

里长又劝慰母子二人一阵，便告辞出来。沈氏嘶哑着声音，道："璩儿，你且送送二叔。"她连日伺候丈夫，常璩要来换她歇息，她就是不肯，到此时虽面有忧色，却仍强振着精神，只恐在人前失了礼数。就在这时，只听常耘喉咙里一阵咕噜，沈氏忙扶起他，常耘咳嗽一阵，俯身吐出一大口浓痰，头旋即落到枕上，缓缓睁开了眼。沈氏喜道："相公……"常璩已冲到父亲身边，握住他那双瘦骨嶙峋的手，颤声唤道："父亲……父亲……"常耘说不出话来，只拿一双眼睛使劲盯着儿子，似乎在竭力辨认什么。

喝下小半碗米汤后，常耘脸上泛起些许红润之色，但胸膛仍急剧起伏着。这时雨已经停了，一缕光亮撕开天上涌动着的灰黑色云层，照得堂前一片青草闪闪发亮。盯着那片青草看了一会儿，常耘唤道："璩儿……"常璩急忙跪在床前。常耘伸出手来，在他脸上抚摸着，眼睛里似有万般不舍。过了一会儿，他叹口气，对沈氏说道："娘子，你去将那支笔拿过来。"

那是一支看上去普普通通的紫毫，色泽黑紫，笔须柔软。常耘命常璩双手将笔举起，奉在头顶，缓缓道："这是你试晬时自己所取……"他脸上露出笑容，"那时你爷爷还未离世。长生先生从青城山中过来，听说你正满周岁，便从囊中掏出这支笔来，与我们准备的弓、矢及银器吃食等物事一起摆在了你面前。也是奇了，你一伸手就抓起了这支笔。你爷爷假装要给你夺去，你却握得牢牢的，逗得大家都哈哈笑了起来……"听到这里，沈氏再也忍不住，双手掩着脸，竭力不让自己哭出声来。常耘又断断续续地道："儿呀，你面前的路还很长，可惜为父不能再伴你走下去了。你记住，千万，千万莫失了手中这支笔……"

常璩已然泪流满面，仰起脸来，痛苦地叫道："父亲……"常耘摇摇头，伸手抹去他脸上的泪水，道："我儿不可荒废了学业。为父这一生……"说到这里，他顿了顿，"细想起来，为父这一生，其实也没甚作为，唯一可留给你的，便是这一身清誉……"他脸上露出欣慰的神情，"日后你见了罗尚罗大人，须代为父向他磕三个头，谢他替为父洗清了冤屈。"常璩此际哪里还说得出话来。常耘接着又唤沈氏近前，叮嘱道："我去世后，可让璩儿去青城山中拜长生

131

先生为师。璩儿试崒那年，先生是当场便答应了的。切记，切记。"沈氏咬住嘴唇，狠狠地点了点头。

　　一直熬到半夜，常耘才吐出最后一口气，合上了眼睛。常璩嚎啕大哭。沈氏却变得镇定起来，她叫王三进到后堂来，帮自己给丈夫擦了身，穿上几层干净衣服，又将遗体搬到那张崭新的青篾竹席上躺了，这才缓缓坐到窗边，一脸疲惫地望着堂外夜空中闪烁的星辰发呆。

第十章　在惊涛中

一

东方隐隐露出一线鱼肚白。一艘远远望去如棺木的船稳稳地泊在一处简陋的码头前。晨风吹来，涌动的水拍打得树干不停地摇晃。再仔细一看，这与其说是一艘船，不如说是一段树干，而且是一段硕大的树干。

李雄却偏偏要叫它为船。他如铁柱一般站在船头，和他站在一起的，还有个神情严肃、紧紧地抿住嘴唇的青衫少年。

河风呼呼地吹过来，拂动着李雄鬓边那一缕耀眼的白发，使他年轻的脸庞看上去多了几分沧桑，却又显得别有一种悲壮的气势。这一缕白发，是他特意从发束里翻出来露在外面的。每当心中冒起难以抑制的怒火时，李雄就一把攥住这把白发，狠命地撕扯，直疼得自己要淌出泪来，才缓缓停手。

此刻，他狠狠地吸了一大口从平原上涌过来的那股庄稼与花木、土地和河流混合的清新空气，定定神，凝视着眼前这缓缓荡漾、不停地拍打着两岸的味江水，转过头来，对着青衫少年说道："璩弟，你知道这艘船是怎么来的吗？"

常璩望着李雄，说道："李大哥，你那天不辞而别，让我一阵好找。后来母亲劝我说，李大哥乃是人中龙凤，不告而别自有理由，我才渐渐地平息了寻你的念头。再后来，我父亲去世，将父亲安葬后，我又在坟前守了半年，也算是给父亲尽了点人子的孝心……这次奉母亲之命到青城山中寻找我师父，没想到在这味江边竟与大哥意外相逢……至于这艘船嘛……"他一口气说了这么多，放在半年前，这段话中的每一句都会让他悲喜交加，然而现在常璩却只是淡淡说来，脸上瞧不出半点悲喜。

李雄好奇地盯了常璩一眼，心道："这少年真正是成熟了。"他想了想，将自己打死任睿一节略过，娓娓地向常璩讲起自己这半年的经历来。

说着说着，李雄眼前似乎又出现了昨晚那动人心魄的一幕来。

昨天，当李雄和梅花寨寨主任小虎以及寨里十来个汉子将这棺材般的树船从高高的山崖上用绳子吊下来，然后用马一路尘土拖到这弯弯的乡场上时，已是黄昏时分。点点灯火中，这片临河的空地上，早挤满了得知消息前来看热闹的人，就连他们这次要对付的主角——青城山范家堡的少堡主范贲也忍不住带了一班手下前来围观，只不过，他们在离人群较远的地方，有意与众多也来参赛的村寨拉开了一段距离。

有心人早就发现，其实从昨天午后开始，味江岸边就摆了一张长案，岸上排开十多只大碗，还热腾腾地温了几壶酒。范家堡的十来条汉子踞坐在案边，边痛快喝酒，边撕扯着炙烤的鸡兔。许多人到处暗地里传言，范家堡的人杵在这里，就是要看梅花寨的笑话的。

但范贲做梦也没有想到，梅花寨这帮家伙居然虎气腾腾地拖来了一棵大树。这不禁让他哑然失笑，笑着笑着，他心里猛然想起什么，悚然一惊，随即扭过头，朝左右低声吩咐了句什么。不一会儿，一个黑壮汉子来到了他面前，一拱手，低声道："少堡主……"范贲将嘴附到他耳边，也不知说了些什么，只见那汉子面有难色，过了一会儿，才缓缓点头。

和范家堡赛船的主意是李雄琢磨出来的。

十天前，当任小虎端起一碗酒来，咕咚咕咚倒进喉咙里，然后将自己准备与范贲讨个说法的想法向他讲述时，李雄望着眼前这个满头大汗、像岩石一样黝黑憨厚的汉子，被深深地感动了："大哥，这事本来是我惹出来的，却连累了你和兄弟们……"任小虎嘿嘿一笑："二弟，你这就是见外话了，现在咱们都在一个锅里舀饭吃。出了这样的事，他范贲不给我一个说法，难道要我装聋作哑，哼！这口气，别人忍得下去，我任小虎可忍不下去！"他一掌拍在案上，震得上面叠着的几只大碗跳了起来，眼看就要摔在地上，李雄伸出手，稳稳地接住，然后担忧地问道："那范家究竟实力如何？"

任小虎望了一眼窗外，叹道："我这梅花寨里，精壮汉子也有七八十条，粮草也够吃上半年，但连范家一根指头也及不上。"看李雄一脸惊讶，他又道，"这可都是老神仙范长生几十年的心血。"他话音刚落，窗外就响起了一个声音："大哥，咱们敬的是老神仙，怕范贲那厮干什么？就算他杀上山来，老娘一把火把这寨子烧了，让他什么也得不到！"李雄看时，见一个英姿飒爽的女子走了进来，却是任小虎的妹妹任琬。任琬朝李雄拱了拱手，一双凤眼炯炯有神："李大哥，你说是不？"

任小虎苦笑道："小妹，话是如此，但如果是老神仙亲自前来，那咱们也只有俯首叩拜啦，哈哈……"

李雄心念一动，忽地想起了任睿临死前所说话的那番话，瞧了这兄妹二人一眼，道："任大哥，琬妹，这事恐怕没那么简单。这样吧，任大哥你来给我说说，那范长生是何等样人？"

听任小虎细细说罢，李雄倒了两碗酒，将一碗递给任小虎，另一碗自己仰头干了，伸手抹去嘴边的酒渍，缓缓道："此事万万蛮干不得。"

"那……"

李雄忽然笑道："咱们给他来个赛船，让范贲输得口服心服。"

任小虎好奇地望着眼前这个二弟，道："赛……赛船？"

李雄将酒碗朝案上重重一搁，道："对！赛船。马背上失去的东西，咱们在水上给它讨回来！"

任小虎有些茫然了。他放下酒，道："船从何来？"

李雄"嘿嘿"一笑："叫兄弟们把崖山上那一棵老麻柳砍了，把树挖空，不就是一艘船吗？"说着，他将两臂展开，激动地比划起来，"这几天，我在山寨周边转悠时，把那棵麻柳树比画了一下，这树，起码要五六个壮汉牵起双手才能抱得到吧？"

任小虎激动得站了起来："好，好，好啊！"停了片刻，他又奇怪地问道，"那我们咋去呢？顺河而下？

李雄眼里闪过一抹狡黠的神情："我们呀，先来个旱船亮相，杀他们一个下马威，再给范家堡来个水船争霸！"

任小虎一拳捶在他胸口："好你个二弟！为兄与你那一番大战确实输得不冤啊！哈哈……"话音刚落，任琬也笑了起来，道："哥呀，你这样的身手就是再来十个，也不是李大哥的对手。"说罢，一双俏眼火辣辣地盯着李雄。李雄脸一红，急忙岔开话题。

李雄是五个月前上这梅花寨入伙的。那天午后，他骑了任睿那匹马，沿文井江逆流而上，一口气奔到山边，翻过鹞子岩时，他勒住缰绳，朝着上游青峰岭下那株龙游梅处张望了一会儿，却只见满目青山如黛，哪里望得见常琬那小小的坟茔？不由得心下怏怏，当他沿着山中林木森森的一条小径走到水声哗哗的味江边时，已然日晡时分。连续几个时辰水米未进，李雄早已是人疲马乏，骑在马上眼睛不觉迷糊起来，待一听见哗哗的水声，他突然精神一振，急忙赶下山来，踏过岸边萋萋荒草，然后放开缰绳，让马儿去埋头喝水吃草，自己则走到上游，蹲在岸边，掬了几捧水入口，然后看了看水中的自己，便低头擦洗起脸上的尘土和血污来。

正擦洗着，对岸山上传来几声猿啼，李雄抬起头，只见一轮通红的夕阳挂在对岸黑黝黝的山脊上将落未落，江面上显得空阔而又辽远。他停住手，侧耳细听着那凄厉的猿啼，这声音打破了江边的寂静，也一声声撞进了他心里，一瞬间，李雄想起了许许多多的往事，不由得心中一片惘然，等他回过神来时，才发现那在不远处吃草的马已经不见。他大吃一惊，向四下里一扫视，就看见暮色中有几个黑影牵了自己那匹马，正鬼鬼祟祟地朝黑沉沉的山中走去。

李雄大怒，顷刻间奔到那几个人面前，喝道："还我马来。"那几个人皆是精壮汉子，相互间一递眼色，为首一人冷笑道："你这厮好大的口气，就拉了你的马又能咋的？且吃我兄弟几个一棒！"说罢，他们便抡起手中棍棒，劈头盖脸地朝李雄砸来。李雄不闪不避，将手中那柄司马刀舞得如同平地里起了旋风一般，瞬间便将其中几人砍翻在地，剩下一人见势不妙，一个鹞子翻身，骑上马便跑。李雄紧追不舍，堪堪赶到一块大岩石前，猛听得一声大喝，从石头上跃下一个人来，手持一根长矛，朝他当胸戳来。

两人你一刀我一矛，叮叮当当地斗到月上东山时分，已来往了近百回合，惊得山中夜鸟无法栖息，喳喳乱叫。又斗了十来回合，那人气力不支，便使个障眼法，将矛尖冲李雄眼前一戳，趁他闪身，纵步跳出圈外，拖了矛便走。李雄哪里肯放他走？他觑得明白，一个箭步跨将过去，一脚便将那人踹翻。那人正待挣扎，司马刀那冰冷的刀锋已架在他脖子上。那人叹息了一声，将双眼一闭，正待引颈就戮，半晌，却没有动静，他睁开眼睛，却见李雄收了刀，冷冷地瞅着他："你这厮武艺不错，今日爷且饶了你，将马还回来，你自去吧。"

那人便是梅花寨寨主任小虎。他见李雄为人爽利，便极力邀请李雄上山来，进了那坐落在高高山顶上的土围子中，吩咐摆下酒席。几碗酒一过，任小虎便矮下身来，苦苦哀求李雄入伙。李雄寻思了一番，道："看你是条汉子，也无须瞒你，我姓李，单名一个万字，乃是巴郡宕渠县人氏，只因在老家与人发生了冲突，不曾想失手杀了那厮，又不想吃官司，才流落到你这川西坝上来。"任小虎听他这么一说，大喜道："爷果然是条汉子。你放下心来，尽管在这梅花寨里歇着吧。"两人于是序了年齿，却是同岁，只是任小虎大了些月份，当下又斟了酒来，以兄弟相称，任小虎接着又将他小妹也唤了出来，与李雄相见。

任小虎的妹妹居然也叫作任琬。一听这名字，再看看眼前这个任琬那一双扑闪闪的丹凤眼，李雄顿时想起那一张梨涡浅笑的脸庞来，心里不禁疼得一阵发颤。

这梅花寨得名自有缘由，原来任小虎用作寨子的土围子旁是一大片梅林，到了冬春之际，白梅、红梅次第盛开，远远望去就如云蒸霞蔚一般，所以当地人都称之为梅花寨。自成都战乱以来，川西平原人人惊惶，任小虎纠结了附近数百山民，在这寨中聚了，一则躲避李特流军，二则趁机脱离了官府的赋税钱粮。谁知山民们良莠不齐，见手中的锄头忽然变为了枪棒，竟一改往日的畏葸，胆大者甚至三两成伙，窜到山下来干些劫货的勾当……"倘不是你骑着军马，又身佩弓刀，一脸凶恶模样，早被他兄弟几个一棍打翻再去牵你的马了。"说到这里，任小虎哈哈大笑起来。李雄也笑了起来。他此际也无处可去，只得在这寨中暂且安下身来，排了个二当家的座次，一面暗地里着人去打听李特残部的消息，一面也会下山，再遇见那些单身旅人时，他便约束手下，不许伤人性命，且只劫大部分财物，略剩些盘缠给他。时间一久，梅花寨出了群义盗的传闻竟在十里八乡流传开来。

和范家发生冲突是在消灭前来进剿的一队晋军之后。十来天前，有百十名晋军从江原县城过来，说是要寻找失踪的任睿，一路尘土飞扬地来到了味江河畔。正当他们走在狭窄的山道上时，李雄指挥众人从山上滚下圆木、大石，杀得这队晋军向青城山方向落荒而逃，眼看一批兵器和甲胄即将得手，李雄扬扬得意，谁知却被范贲率领一群人马从斜刺里杀将出来，把兵器甲胄一股脑儿都抢夺了去。两彪人马随即起了冲突，一交手，梅花寨这边抵挡不住，扶了十多名伤者狼狈逃回……

果然如李雄所料。昨晚，当暮色从味江水面上涨起来，码头上竟燃起了上百根火把，照得四下里明晃晃如同白昼。闻讯赶来的人还在增多，人们从附近的村落和各个寨堡出来，口里说着，脚下走着，不大工夫，味江边便黑压压地攒了许多人头。

人人都揣了一颗好奇的心，想看梅花寨这群山民的稀奇。

虽然经常在口头上蔑称那群在味江上游高山上生活的人为山巴佬，但切实说来，各个寨堡里的人对于梅花寨心里还是有点畏惧。首先是因了那高耸陡峭的山崖，其次是因为味江一片白水就是从那山崖深处打着漩涡出来的。这一条江看似平缓却又深不可测，连带着人们对于生活在那道山岭之上的人也凭空多了些传说与畏惧。其实，这也是范贲答应文斗的原因之一，他也怕梅花寨的汉子们杀红了眼，给自己来个鱼死网破

人越聚越多，都纷纷相互打听："来了没有？来了没有？"各种声音混在一起，江声混着人声，越发闹哄哄的。

突然之间，人群安静下来。他们纷纷伸长脖子，朝前方望去。

缓缓地，缓缓地，从长长的土路那头，渐次响起了"嗨扎嗨扎"的号子声。这号子声初闻平常，多听一阵，便感觉是与那沉重的脚步声相互搭配着，一下一下，如同锣鼓撞击在人心上。

号子声越来越近，站着的人群不觉向两边退开。猛然间，就听一道浑厚的男声高高地唱起来：

哎……

高高岭上一棵松哎，
　　男儿上山打虎豹。

　　暮色中，几个男声低低地应和着：

　　打虎豹哎！

　　领头的男声又高起来，正是那任小虎的声音。这声音猛然又转入低沉，浑厚的声音里似乎略带了几分惆怅，又似乎奔涌着几分欣喜：

　　山神说，不要慌，不要忙，
　　只等秋风满山黄。

　　李雄等一众男声帮腔道：

　　满山黄哎！

　　任小虎的声音忽然高高地扬起来：

　　待到秋风满山黄，
　　男儿上山打虎豹……

　　这大山般雄壮的声音高上去，高上去，直唱得一轮月牙猛然间从黝黑的云层中跌了出来，直愣愣地悬挂在半空中。淡淡的月光清辉里，只见八条汉子赤裸着上身，露出胳膊上一股一股的肌肉，每个人脚底都蹬着一双麻耳草鞋，抬了一根黑黝黝圆滚滚的硕大树木从路那头一步一步走了过来。人群不觉"呀"的一声，再次向两边避开。树木越来越近越来越近，围观的人群这才瞧清：那巨大的树身中心竟被掏出了好大的一个洞！
　　参加这场赛船的还有方圆百里其他寨堡和村落的船只。夜色中，人们也陆续从各处聚拢来，船只统一泊到了味江里。这是范贲拿了范家堡的令旗去各地通知来的。月上中天时分，这片不大的码头边，已浩浩荡荡地铺开了一片船队。各个寨堡的人们兴奋不已，他们举了火把，大声吆喝着，也相互问候着、笑骂着，浑然忘却了正身处乱世。

江面上，船只密密地挨着，水一涌，一艘艘船便荡荡悠悠的。有人不耐烦在船头上跳来跳去，不知从什么地方寻来数十块木板，搭在船与船之间，顿时如履平地一般。旁人就打趣道："当心火烧连船哦。"大家都哄笑起来，又谈起当年蜀汉诸葛亮、东吴周公瑾火烧赤壁，大败曹孟德的往事来。

火没来，大水却突然涨起来了。那天晚上，当看热闹的人群散去，任小虎和一干兄弟像一群蹦蹦跶跶的山鸡子一般，转眼就不晓得荡到了哪家寨堡的船上去喝酒厮混了，剩下李雄一个人和衣躺到了树船里。在水里泊了几天的树船依然散发出梅花寨山崖上特有的淡淡的树木清香。味江水推涌过来推涌过去，船身轻轻晃荡。李雄仰面躺着，望着夜空中那一轮在云层中穿来穿去的月牙，河风在他脸上轻柔地抚来抚去，他惬意地闭上眼，迷迷糊糊中，身旁的船只上，似乎有人在大碗喝酒，还扯开了嗓子在大声吼：

> 白马银枪呀，是赵子龙，
> 黑脸长矛张翼德，
> 还有那，红脸关羽读《春秋》……

忽然，天地间扯出一道通红的闪电。随即，一声闷雷在天边响起来。李雄从船中撑起上身，辨出那一声雷响是从梅花寨方向响起的，顿时为山寨担忧起来。其实，那山寨里不光有一群打家劫舍的壮汉，还生活着他们的家人，就像当初的氐羌流军一样，男男女女，老老少少。男人们下山劫道的时候，肤色黧黑的妇女们就翻飞着一双双大脚，在山地里忙碌着种蒟蒻、挖芋头，干活累了的时候，她们就放下锄头，相互间嘻嘻哈哈地打闹。

李雄他们一行出发的时候，寨里的女人们将几条汉子一直送到山脚。她们嘴上虽然没说什么，脸上和眼里却掩饰不住深深的担忧。尤其是任琬，其他的女人都走了，她又多送出了几里地，最后才恋恋不舍地把目光从李雄脸上挪开。

从表面上来看，任小虎依旧嘻嘻哈哈，可李雄已经从任琬和其他女人们的眼神里瞧了出来，倘若这次范贲得胜，恐怕梅花寨就不仅仅是向范家堡俯首称臣那么简单了……如果是这样，那自己下一步又该何去何从呢？想着想着，他又使劲扯起鬓边那一缕白发来。

　　闪电越来越亮，雷声也越来越近，越来越响。风呼呼地从河面上卷起，刮得岸边尘土飞扬。李雄再仰头看时，月牙就不见了，头顶那片夜空黑黝黝的，直压下来，似乎堆满了黑沉沉的铁块。天边的云层却又撕开来，透出一片昏黄的亮光。

　　忽然之间，风停了。四周死一般寂静。旁边船上，喝酒比画的声音早没了。李雄暗叫一声不好，猛地一把从船舱中扯过一顶斗笠拢到头上，只露出一张脸来，朝四下里观望。只听"噗"的一声，一滴水落到了斗笠上。紧接着，水面上溅开一朵一朵的水花，那水花转眼就变成了无数水泡。密密实实的雨点砸到水面上、河岸上，天地间转瞬就织就了一张无边无际的水网。

二

　　雨一落就是一整夜。天上仿佛撕开了一道口子，天河里的水就从那道口子中"哗哗"地倾倒出来，整个世界都淹没在了无边无际的雨声之中。李雄在船上蜷缩了一会儿，那斗笠遮不住雨，他见情形不对，不得不冒雨跑到岸上，寻一棵树躲了。到平旦时分，雨势终于小了。李雄从树下站起来，将身上的湿衣扯了扯，胡乱抹把脸，就转到味江边来。浑黄的江水已经快漫到岸上，拴着的船只被浪头掀得一会儿高一会儿低，一会儿被推涌到岸边，一会儿又被扯到波涛上。

　　他正满怀心事地张望着，忽然听到后面有个声音大声喊道："李大哥，李大哥……"他扭头一看，只见一个头戴斗笠的青衫少年从一棵树下向他跑了过来，一边跑，一边还大声叫道，"李大哥，我是常璩啊……"

　　常璩？李雄心里悚然一惊，暗道："莫不是我杀死任睿的事发了？"这么一想，他顿时起了戒心，脸上却不动声色，大声回应道："常兄弟！"

两个人一碰面，常璩见李雄身上衣衫尽湿，顾不得寒暄，就要把自己身上的青衫脱下来递给李雄。李雄笑道："这般火烧火燎的天气，怕个鸟？一会儿太阳出来也就晒干啦。"说罢，他亲热地拉起常璩的手就朝那艘树船走去。两个人稳稳地站在树船上，李雄才将自己这几个月来的经历简述了一遍，说到最后，他笑道："兄弟，你来得正好，你是在文井江边长大的，对这味江应该很熟悉吧？"

常璩微微一笑："何止熟悉呀。"

原来这味江乃是文井江最大的支流之一。之所以叫味江，乃与一位古蜀王有关。那位蜀王当年率领三军西征龙门山深处的土著胜利归来，居住在味江两岸的居民扶老携幼，进献给他一壶美酒。面对眼前这壶美酒，这位蜀王兴致大发，但见酒少人多，有些犯难，他沉吟片刻，手捋胡须，下令将酒投入江中，令三军共饮。当美酒溶入一江碧波，神奇的事情发生了：那流碧泻翠的江面上，竟散发出了醉人的酒香。于是三军将士齐声欢呼，纷纷俯身掬水而饮，表达对蜀王体恤下属的拥戴之情。

从此，这条原本无名的江就被人称作味江。

听到这里，李雄一拍大腿，叫道："好呀！"

常璩又道："以前大家都说这味江的源头是在青城三十六峰的长乐山下，后来我溯流而上，才发现它是从挨着羌地的令牌山深处名叫撮箕窝的泉眼里流出来的，一路上纳河汇溪，蜿蜒流至青城山泰安寺后，又从青城山一个名叫普照寺的寺庙后山急流直下，这才辗转流到这里出山，然后在下游与一条名为干五里的河合流，一起汇入那文井江之中……"李雄呵呵一笑："常兄弟，我说过的，你将来不当著作郎真是可惜了。对了，你们蜀地人常说人有脾性，江河也有脾性。这样吧，你来给我讲讲这味江里有哪些险要处，有什么暗礁急流，你可不能藏着掖着，得给我讲仔细了。"

听常璩一一说罢，李雄眼睛里闪出亮光来，他眯了眼，仔细端详着面前的一河波涛，似乎在深思着什么。这时，初升的朝阳从云层里喷发出点点金光，映照在他脸上。李雄满脸喜色，一把攥住常璩的手，道："兄弟，待会儿你跟我上船，听我号令，咱们今天呀，就在这古蜀王的江上与那范贲大战一场！"

把船里的雨水舀干之后不久，赛船就开始了。李雄举起一面杏黄色旗子，朝半空中一挥，然后稳稳地将它插到船头。他一手叉腰，一手把住旗杆，旗子被河风吹得猎猎翻卷。任小虎、常璩等六个精壮汉子则手持划桨，腰间束了条腰带，分列在船两边。树船后面的阔大水面上，一字儿横排开几十条船，每条船头上都站立了一个威风凛凛的汉子，手执各色旌旗，精神抖擞，一张张黑脸十二分肃穆。日出时分，就听岸上一阵鼓响，李雄右手猛地向空中一挥，顿时，常璩和梅花寨中几名汉子一声大吼，一齐划动大桨，说时迟，那时快，树船眨眼便如离弦之箭，从水面上蹿将出去。紧跟着，另外数十条船上的汉子一起打桨，号子声雷鸣般吼将起来。

赛船刚一开始，常璩他们的树船就被一只船头上包着铁甲的尖头船狠狠地逼了一下，困到了船队中间。其实，自从树船一来到味江水面，各个寨堡里的人就已经心生妒忌了。鼓点刚一响，常璩就感觉身体一飚，整个人连同树船一起在水面上跃了一下，然后船和自己都落到了水里，只见眼前六把木桨在水面上不停翻飞，"哗哗——哗哗——哗哗哗哗哗"的声音不停回响，那树船疾如奔马，眼看就要射到整个船队前面，忽然间斜刺里飚过来一只尖头船。船头上，一层铁甲被阳光照得闪闪发亮。常璩还没回过神来，眼前一花，那船头已重重地撞到了自家船身。树船大幅度摇晃了一下，发出一声闷响。尖头船上的人则趁着冲势，忽然一桨劈头打在任小虎的木桨上。这一下猝不及防，任小虎手上那木桨脱手而去，转眼就被急流冲出了一丈多远，气得他哇哇直叫。

尖头船上，一个黑壮汉子猛地一桨点在树船上，只听得"扑通"一声，树船上竟被硬生生点出了一个深深的凹痕，借着这猛力的一点，那尖头船竟然重新调正了方向，挡在了树船前面。这时，其余的船只一起围拢过来，裹得树船在河心动弹不得，无数支桨从水中划出来，又落下去。岸上的人当然看不到刚才发生的一切，只见到味江水面上百桨挥舞，全都欢呼起来。

李雄万万没有想到竟然会活生生挨了这记毒辣的阴招。尖头船那一记劈头打下来的船桨打得大家一时都懵了，待回过神来，梅花寨这艘树船已经是龙困浅滩。他一股无名怒火腾地就冒了起来，在心底恶狠狠地骂了一句，一面观察着四周的形势，寻找突围的缝隙。少了一支桨，树船上力量大减，兼之又是上行，浪的阻力异常之大，树船渐渐落到了整个船队后面。

任小虎本来臂力沉雄，多年的江湖生涯锻就了他一身气力。船桨未掉落前，六个人一起看他行动，六根木桨一起听他号令。木桨一掉到水里，他顿时脑中一片空白，急得抓耳挠腮。树船已经彻底落到了后面。包围树船的船只此时也顾不得围堵树船了，都放心地散开来，与身边的其他船只竞赛起来。

树船上一干汉子正六神无主时，陡然间听到李雄一声断喝："大哥，你到船尾！常璩，你补上来！"他话音未落，常璩已从船尾一把抢上前来，他双眼赤红，铆足了劲。只听李雄又喝道："夹缝水来了。大家看我手势，开始——划！"

前方，几艘船已被一股急速而来的夹缝水冲得东倒西歪，正好露出了树船堪堪能穿过去的一道窄缝。按约定，船只是先逆流而上，再顺流而下。船队以码头为起点，听号令出发，先逆流而上至上首六里处一个叫龙回头的地方，然后掉头，顺流而下，至码头为终点。常璩给李雄讲得明白，经常在味江里行船的人都知道，这一段水路看似不远，其实蕴含了极大的凶险。这凶险一共两处，都在那龙回头附近。一处是迎着船头而来，另一处则是撵着船尾而追。迎着船头而来的，叫夹缝水。年轻的船夫们都戏称为夹鸡巴水。有人跑去问年老的船夫，他们却一抹白胡子，冷冷一笑："啥子夹鸡巴水？能比得上那一河夹骨头水？"所谓夹缝水是指船逆流而上快靠近龙回头时，因水流忽然急拐，从山里急速而至的水流乱了水路，形成了一道又一道方向不一的冲力，船或筏行至这里时，如果经验不足，就会稳不住，而一旦被卷入夹缝水中，轻则船翻筏倾，重则货失人亡。

说时迟，那时快，就在树船上的人们铆足了劲，准备重新冲刺之时，那前面的船只忽然纷纷左右摇晃，有几只甚至吃不住力，往后倒退下来。

李雄等的就是这个时机。

他紧紧盯住水面，辨认着水面之下那一股股急速乱蹿的浑浊黄流。他时而一举左手，坐在右舷边的汉子就浑身一凛，上下牙一咬，硬生生将满身的力气一举凝住，手腕一翻，手中的桨片"啵"的一声从水面滑过。与此同时，只听得左舷边的常璩口中一声闷哼，金黄的阳光中，常璩和两个汉子铁青了脸，腰身顿挫，"嗨扎"一声，上身重重俯了下去，转瞬又往后一仰，木桨便在水中划出一道水波。就在这一俯一仰之间，树船已按照李雄指引的方向，朝右前方急速腾起。岸上观看的人只看见树船船尾与水面交接处涌翻出一道道飞溅的白浪，眨眼之间，树船硕大的船身已灵巧地从前面两艘板船的窄缝间穿了出去。

李雄忽然又轻轻一晃右手。右舷得了令，立马使出十二分的劲来，三双木桨上下翻飞，树船立即赶在左前方那两股浊黄的夹缝水合流之前冲了出去。树船刚刚穿出，有三艘船立刻就被绞进了那夹缝水中。水路一乱，那三只船登时船身横打，"砰砰砰"撞到一起，船上的汉子们乱成一片。

李雄时而高举左手，时而右手猛挥，树船就如一艘在水浪中欢跃的鲤鱼，从一条条船缝中箭一般掠过，转眼就挤到了船队前列，眼看离头船只有十多丈了，岸边爆发出一阵阵欢呼声。刚才尖头铁船那几下小动作大家都没有看见，但梅花寨这艘树船在落后的形势下奋起直追的情形，岸上每一个人可都瞧得清清楚楚。川西平原的人有个特点，他们常常嫉妒邻居，然而同时也敬服英雄。当李雄他们喊着号子，唱着山歌，一步一个"嗨扎"地抬着树船过来的那个黄昏，周边寨堡里的人对这群山一般壮实的汉子就已经是满怀敬意了，如今，见他们使出自己精彩的本事，从船队后面飞跃而起，一直追到了船队前列，更是欢声如雷。

不料，这一阵掌声更加激怒了领先的那只船。船头上，一个黑瘦汉子歇了手中的木桨，站起来，回过头看着后面那艘直追上来的树船，眼睛里渐渐射出鱼鹰一般黑亮的光芒。那在领头船上站起来的黑瘦汉子，正是范贲！

范贲乘的领头这一艘全身涂了桐油的黑黝黝的木船，被人们称为泥鳅船。意思是在水面上滑如泥鳅。这当儿，树船又飞速地越过几艘木船，眼看就要追上来了。范贲在船头上瞧得分明，正愁无计可施，忽然间一股河风凉飕飕地吹到他颈项上，他扭头一看，就见一股黄水拧成麻花般绞流过来，掀起一排一人多高的浪头，从上游黄灿灿地扑涌下来了。

范贲心中大喜。

这才是味江上那令人闻风丧胆的"夹缝水王"来了！

如果说先前那一股股横冲直撞的"夹缝水"就如年轻渔人们所说的"夹鸡巴水"，只能轻轻一咬人的鸡巴（在蜀汉年间，味江上的行船人大都不穿裤头，只在腰间捆一蓬拖巾掉片的乱布头，水一涌来，便冷得胯间那一团物事颤巍巍猛然紧缩）的话，那么，这轰然掀起排浪的"夹缝水王"就是年老渔人们所谓的"夹骨头水"了——

味江狂，水黄黄，夹得骨头根根凉。

水黄黄，心慌慌，夹得骨头冷翘翘。

那范贲不愧是水上的一把好手，说时迟，那时快，只见他将两根手指忽地伸进嘴里，口舌间旋出了一声急促刚劲的"水哨子"。众人顿时会意，手上一轻，泥鳅船顿时被水浪往后推去。

树船上，李雄的目光被范贲的身影遮挡了片刻，他虽也瞥见了那一道黄滚滚压向泥鳅船的浪头，却忽略了范贲的用心！泥鳅船这么一缓力，登时后退丈许，留出了左手边一处空白水域。李雄铆足了劲，下意识地右手一挥，树船上一干汉子立时将头一埋，十双手上下翻飞，树船"嗖"一声腾了起来，船身恰如一支响箭，向着左前方飚射出去。电光石火之间，只听得"轰——哗"的一声，一排浊浪迎头打下来，正打在常璩他们身上，那滚滚黄浪恰似拍在一大块礁石之上，击得水花飞溅。

泥鳅船灵巧地一扭，朝右前方飘然斜射出去，正好避开了那一排声势浩大的"夹骨头水"。迎着前方金黄的阳光，泥鳅船像一道黑色的闪电，轻快地越了过去。岸上的人群疯狂地鼓起掌来，有人就在那人群中大声喊起来："范贲，范贲！"波光粼粼的水面上，泥鳅船漂亮地一摆船尾，率先走完了一半赛程，借着向下游疾吹的河风，掉头飞快地顺流而下了。

树船却被绞进了那狰狞的夹缝水之中，霎时飘忽成了波峰浪尖上的一片树叶子，船身似乎被十二根方向不同的绳子扯来拽去。常璩见势不妙，大吼："快提桨，快提桨啊！"话音未落，从两个不同方向而来的水紧紧地拧到一起，像扭麻花一般，将右首那条汉子手中的木桨"噼噼啪啪"地绞进了水中，差一点连人也扯出船去。

李雄抹了一把脸，眼前陡然间一片白，身子也轻轻地晃起来，他感觉自己像穿过一片水帘一般，然后身子又跌下来，身下的船头插入水中，分开一大片水，又被掀得扬了起来。李雄心知船倾翻就在片刻之间，他定定神，忽然看见前方一条黑黝黝的脊线从水浪中蹿起来，划开一线水路，又没入了水面之下，他揉揉眼，看见一条足足板凳长的黑鱼在水中穿行。一个浪头盖下来，黑鱼将头轻轻一摆，避开了浪头的拍打，尾巴一甩，又蹿出了一道优美的弧线，黝黑的身子轻快地穿过了浪峰。

李雄大喜，知道树船有救了。他听常璩说过，这味江中盛产一种本地人称为"黑背脊"的大青鱼，这鱼最喜冲浪戏水，浪越大，便跃得越欢，恰似传说中的"鱼跃龙门"。紧紧咬着黑鱼蹿出的水道，树船终于穿出了夹缝水，越过了龙回头，然后稳稳地在水面上打个转，调头向下游直驰而去。李雄心里暗叫一声侥幸，顾不得擦一把脸上湿漉漉的水和汗，定定神，压住怦怦怦乱跳的心，重新指挥这一船人追赶起前面的船只来。

这一年的船赛让人们大开眼界。多年以后，当他们回味起来，依然津津乐道那黄滚滚的水面之上旌旗飘扬的宏大场景，依然惊叹那一幕幕百桨齐挥你追我赶的惊险场面，但在他们的印象中，那大青鱼带领梅花寨的树船穿出"夹缝水王"的神奇一幕似乎不值一提，令人们津津乐道众口流传的，是树船上的"大成开国皇帝"李雄和一个名叫常璩的少年一起飞身跃入"漩涡水"里踩水踏浪救起范贲的壮举。

李雄和常璩勇救范贲是在"漩涡水"之中。

大味江，两股水。

一股夹骨头，一股扯漩涡。

夹骨头，船打翻，扯漩涡，人没影。

比起"漩涡水"来，即使那"夹缝水"又夹鸡巴又夹骨头，也不过是小巫见大巫而已。这也是前面说的跟着船尾撺得最凶险的那一股水！

犹如暴雨风来临之前一样，那"漩涡水"到来之前，水面一片平静，简直可以用水平如镜来形容。

离开大青鱼，掉头往下游而去的时候，树船已经远远地落到了泥鳅船后面。阳光从云层中耀出万道金光，打在前面范贲精光赤溜的背上，他那鼓起的肌肉上是一道道油光水亮的光泽。李雄眼中此时已没有了其他船只。常璩他们"嗨扎嗨扎"地吼着，木桨狂飞，树船掠过一艘又一艘船，眼看就要撺上最前面的那艘黑漆漆的泥鳅船。

这时候，水面忽然扯开了一面波光粼粼的镜子。

范贲手搭凉棚，眼瞅着前方码头上那高高低低的树木越来越近，眼瞅着那欢呼的人群越来越清晰，他似乎看到，各家寨堡的当家们都站了起来，正遥指着他的船，欢快地说着什么。

这时候，死神来了。

死神到来之前，首先到来的是平静的假象。就在顺风顺水之时，不知不觉之间，水面下一道强劲的鼓股水暗流急驰，越过了那天参赛的所有船只，直逼泥鳅船而来。

如果说那一道道水势发起泼来就像壮汉手臂上一道道力量十足的肌肉的话，顾名思义，那所谓鼓股水就像肌肉被一股力量鼓了起来，但与人的肌肉不同的是，鼓股水鼓起来的那一片水会压住所有的惊涛骇浪，在水面上铺开一片巨大的圆镜似的水域。

常璩早就对李雄说得清楚，不是所有的行船人都能看出鼓股水其实是死神"漩涡水"的先锋！这其中有个缘由——并不是每一道鼓股水的后面都跟着置人于死地的"漩涡水"，但每一道"漩涡水"前面都必然奔涌着一道乃至数道鼓股水，尤其是在暴雨过后。这样的生死时刻，有的人一生可能也遇不上一次，但有人也可能头一次下水，就会被活生生卷入"漩涡水"中。

就在水面上所有船只都被镜面般的水面所迷惑时，突然之间，急流转向，水先朝两岸旋风般涌起来，猛地在河心旋出了一个圆圈，那圆圈越旋越大，转眼间，漩涡中心的水像被鞭子抽疯了的陀螺一般滴溜溜地转，旋得令人晕眩，那漩涡越转越快越转越快，发出"嚯嚯嚯"的声音，水中硬生生旋出了一道悬崖。

奇特的是，"漩涡水"在向内旋转的同时也会朝外发出巨大的推力，也就是说，如果你没有在第一时间被卷进漩涡，反而会被巨大的反作用力推离漩涡中心，从而死里逃生。

那天的水就是这样。

就在范贲满怀欢喜地奔向终点时，突然之间，他感觉自己和自己身下的船在原地打起圈圈来了，还未等他明白过来，圈圈已越转越快，他只恍惚地看见头顶那轮太阳忽然变成了快速飞跑的黑色的轮子，就没入了水中。范贲只感觉自己时而像一片树叶漂过来又漂过去，时而又像一块石头落下去又升起来，他什么都不晓得了，唯一晓得的是，眼前是黄乎乎一片模糊，整个世界似乎都掉进了一片"嚯嚯"乱叫的大水之中。

他忽然吃了一口水。就是这一口水让他头脑一瞬间清醒了过来——完了，被旋进了"漩涡水"！

他缓缓地，同时又急速地被卷入了水底。他眼前已是一片黑暗……忽然间，他感觉身子一轻，似乎被一股水朝上托起。他手脚挣扎了一下，随即就感到一只强有力的大手紧紧地揪着他的一边腋下，又像是揪着，又像是举着，正竭力地避开那一圈圈的"漩涡水"，向水面漂起来，漂起来……

范贲毕竟不同于一般的行船人。要知道，他那一身水性，乃是父亲范长生一个好友所教。他一回过神来，立刻就明白了有个水性极好的人在救护自己。一般落水的人遇到有人救护，第一反应就是像抓住救命稻草一般紧紧拽住施救者，这样不但救不了自己的命，反而会连累得施救者也会溺水而死。水有沉力，也有浮力。落到水中后，要巧妙地借用水的浮力，才会顺利浮上水面来。

借用浮力的诀窍就是踩水。

范贲在水中摸爬滚打了半辈子，自然懂得这个道理。他一回过神来，立刻双脚发力，交替摆动，托着他的那双手伸出一根指头，在他腋窝上轻轻点了一下，以示赞许。

当感觉到身体被一股力往外直推的时候，范贲就明白，自己已经死里逃生了。他仰头看去，头顶已越来越亮，终于"泼喇"一声，自己湿漉漉的头露出了水面，一股浓浓的新鲜空气欢快地捶打起他的心脏来。

范贲已顾不得去听岸上如雷的欢呼声了，扭过脸，只见自己右边的水面上，两颗湿淋淋的脑袋也"哗啦"一声钻出了水面，对着自己微微一笑，那面生的人是个少年。有些面熟的，却不正是自己劫了他战利品的梅花寨那个叫作李万的汉子？

第十一章　青城山中范长生

一

即使是在冬天，状若城郭的青城山三十六峰也青翠四合，何况天高云淡的初秋时节，只是满山的翠绿中，已经起伏起一片片酡红树叶，交织得山色更加五彩斑斓。

味江边凉风习习。一大早，常璩、李雄等一行人就从梅花寨出发。他们时而向山顶攀升，时而又缓缓下坡，一路马蹄嘚嘚，耳边鸟鸣婉转。从山道上望去，前方那数不尽的黛色的山峦间，常隐隐露出一角黄色的飞檐或山墙，那是散落在山林深处的寺与观。再走近些，就可以发现这些寺庙或道观有的宏伟，有的荒芜。那宏伟的，殿庑上空总是升起热腾腾的青烟，气势大多相同；荒芜的则各有景象，有的是墙塌房斜，一片冷寂，有的不见围墙房舍，只有一尊尊塑像散落在荒草之间，然而当阳光照过，那些断了头或折了臂膀的塑像依然法相庄严。

又翻过几个山头，眼前豁然开朗，只见一块不大的坝子被形如石笋、石柱的十来座山峰团团围住。坝子土色黝黑，一道道田埂在上面铺展得井井有条，隐隐可见有农人牵着耕牛缓缓走过。用长满青苔的树皮覆盖的石墙人家则三三两两地分散在翠绿的田畴边、竹林里。

常璩骑了一匹瘦马，默默地走在众人后面。此际他勒住马绳，在山道上注视着脚下这片风景，不禁感慨万端：同样是被太阳照耀，这些山里人家依然鸡鸣男耕，暮归女炊，安闲地固守着自己的光景，而山外那些饱受兵火劫难的人家却不知何日方得太平。

过了这块坝子，遥遥就看见了远处山峰间刘禅敕建的长生观，依然是一片飞檐闪耀在翠林之间。山脚下，一条山溪如雪线般奔涌过来。范贲叫众人将马留在溪边，让手下人看着，然后脱了麻鞋，挽起裤脚，带头走下水去。

等一行人涉过溪流，踏上通往长生观的山中小径时，已是黄昏时分。铺满青苔的道路尽头，隐隐传来了一阵缥缈的木铎声。常璩内心突然产生了一种无比静谧的情绪，他望望李雄，只见李雄眉目间也严肃起来。这时，范贲的脚步也变得轻缓起来，他举起指头竖在嘴边，向大家作了个噤声的动作。几个人从青苔上轻轻走过，又转过一个弯，就看见观门前那棵穆静的苍松下，一个身着道袍、须髯胜雪的老人闭目盘膝而坐。

风吹过，几根松针簌簌落下。

常璩心里一动，正要开口，老人却缓缓睁开眼，目中精光一闪，从他们身上一一掠过，眉宇间舒展出一种清朗的神情来。范贲赶紧上前，躬身叫道："父亲……"没等他说下去，范长生将手中拂尘一甩，微笑道："老夫已在此等候多时，既然来了，就将你看家本领尽情施展出来，看我们是否有缘吧。"说罢，将手遥遥一指李雄。李雄心念一动，急忙取下背上那张大弓，恭恭敬敬地呈给范长生。范长生目光在弓上停留片刻，朝范贲说道："贲儿，你且去我房中，将那支箭取来。"

范贲出来时，众人见他手里拿的却是一根竹箭，不由得生出几分诧异。李雄却不作声，深吸了一口气，双脚分开，将左脚向外微微一斜，站得就如一棵松一般，然后将竹箭搭在弓上，双眼圆睁，然后发一声喊，双臂一振，那弓已绷得如同满月。众人还未回过神来，就听"嗖"的一声，再看时，百步外一棵桢楠寂然不动，而一片青叶已倏然飘落。

范长生大喜，站了起来，一捋胡须，哈哈笑道："我先前正愁蜀地不得安宁，如今看来，毕竟苍天有灵，佑我蜀民啊……"李雄急忙匍匐到地上，常璩、任小虎也跟着跪倒在地，就听李雄说道："先生心系苍生，真乃蜀地之福。李雄不才，这些年一直在苦苦求索安民之道，却百思而无一得，今日见了先生，顿有云开日出之感。乞求先生指点迷津。"

李雄此言一出，任小虎和范贲顿时吃了一惊。任小虎伏在地上，乍听之下，全身一颤，但在范长生面前，他却不敢大呼小叫。范贲脸上明显挂不住了，他脸色一沉，用手一指，又惊又怒地喝道："李万，你……你原来竟是李雄？"

范长生却又笑了起来："看来罗尚府中养的那几个梁州画师比起我益州的画师们来，还真是逊色不少，把你画得就如凶神恶煞一般……哈哈……"说罢，他瞧了范贲一眼，慨叹道，"我蜀地江河纵横，平原万顷，容得下天下英才来此驰骋。试问，当年李冰是蜀人否？昭烈帝是蜀人否？诸葛丞相是蜀人否？……贲儿呀，你胸怀还是狭隘了些。"

这番话一说出来，真如平地里陡起惊雷，听得众人都是一愣。范贲面色羞惭，低声道："父亲说的是，孩儿知错了。"任小虎则大嘴一咧，右手捏成拳头，轻轻提起来，捶击了一下地面，心里暗暗高兴。常璩只觉心底一亮，似乎明白了些什么，这时暮色从山坳里弥漫上来，李雄再次抬起头，已是泪流满面："先生大慈。我李氏一家愧对蜀民，雄千死也难以赎罪矣！"

范长生道："将军能有此见识，善哉，善哉。"他接着看看众人，缓缓道，"这张弓的来历至今仍是一个谜，有的说是当年道陵天师所铸，也有人说是卓王孙在临邛山中锻造，上面镌刻了四个字——'天弓安蜀'。这张弓后被刘璋所得，深藏于益州府库之中。我第一次见到它，还是在昭烈帝封我为逍遥公时，现在想来，当年昭烈帝双手过膝，坐于皇座之上，端的是雄姿英发，可惜没过几年，便在白帝城含泪托孤……"说到这里，范长生叹了口气，声音在暮色中悠悠响起，"想不到数十年过去，此弓重又现于人间。或许这其中自有天意吧。好啦，大家都起来吧。"

这时，长生观中亮起了灯火。两个童子各持一盏灯笼，从观中走出来，侍立在范长生两侧。任小虎站了起来，李雄却又伏下身去，给范长生叩了三个头，道："李雄愿追随先生左右，让蜀民早日得享安宁。"范长生笑道："吾已老矣。如今晋室内乱不休，眼看不久又将有大事发生。罗尚这厮包藏祸心，非治蜀之仁人、之能臣。眼下，你二叔李流已经收拢残部……"

李雄又惊又喜，急忙问道："我二叔在哪里？"

范长生长叹一声，道："自你父亲被擒后，流军已全无斗志，很多人惊慌失措，你二叔也准备投降，谁知有人从大城里逃了出来，将罗尚杀俘的消息四处传开，降也是死，战也是死，流军们于是合力攻占了云顶山。这一下，金堂峡岌岌可危啦……"

李雄眼里闪过一道光芒，旋即又低头道："多谢先生告知。"范长生微微一笑："金堂峡一旦被攻下，成都城可就守不住啦，说不定你二叔还会打到我这青城山里来，哈哈……"闻听此言，范贲顿时脸色发白。李雄道："先生乃西蜀仙人，我二叔怎敢唐突？"范长生呵呵一笑："我自当助将军一臂之力，贲儿明日一早便随你一起去与李流团聚。只是，还望将军今后心中时时以蜀民为念。如此，我蜀境方可长治久安。"李雄还要说什么，范长生已将他搀扶起来。灯火晃动里，范长生见还有个黑黝黝的青年伏在地上，奇道："这位小友，快起来吧，咱们到屋里再叙。"

常璩却依然不肯起来。范长生再说时，常璩声音里带了哭腔，道："师父不受徒儿一拜，徒儿万万不能起来。"范长生吃了一惊，道："你……"常璩从怀中掏出那支紫毫，高举到头顶。范长生将紫毫拿起，借着灯光一看，一把将常璩双手攥住："你是当年常家那麟儿？"

常璩连忙点头。

范长生又惊又喜："果然是你。等等，我记得你单名一个璩字，对吧？"说罢，将那支紫毫交还到常璩手中，道："当年你祖父一共写了璩、琳、琚等十多个字，让你父亲挑选，你父亲选了这个璩字为你作名，扬扬得意在我面前夸耀。我说，不如贲字矣，把你父亲气得脸一阵红一阵白，害得老夫我不得不拿出自己所用的紫毫作为你试晬的贺礼，哈哈……对了，你父亲可还好？"

一听范长生提起父亲，常璩顿时潸然泪下："我父亲已于半年前仙逝，临终前，嘱我前来山中拜见师父……"范长生愣住了，他默然一阵，将手在常璩头上轻轻抚过，温言道："徒儿呀，你起来吧。"

常璩却不肯就此起身，他又伏在地上，恭恭敬敬地向范长生叩了三个头，这才站起来。灯光下，范长生见常璩面目清秀，与常耘有七分神似，和李雄等人相比，言谈举止间则另有一番儒雅气质，想故人虽去，而故人之子此刻正站

153

在自己面前，饶是他阅尽沧桑，此际也不禁又是凄凉又是欢喜，于是紧紧攥住常璩的手，一老一少两个人大踏步跨过黄沙石门槛，走进了静幽幽的长生观中。

二

　　那一根根翠绿的水笕是由常璩建议铺设，从窗外蜿蜒进到这片街巷的一户户人家。

　　这一片街巷离河边较远，内中那条像样一点的主街名叫灯笼街。像城内的许多主要街道一样，这灯笼街也形如一条蜈蚣，十多条小巷子像它身躯上长上出来的足，斜布在它两边。街口立着一棵大香樟树，树枝上挂了一盏极大的灯笼。在惠帝太安二年隆冬之前，每天一到日落时分，罩在笼里的那团火都会发出光来，一直要亮到破晓。远远望去，这一团光像天上的一粒星落到了人间，又像是人间的灯火在向夜空中的星辰遥遥致意。

　　李雄打败罗尚，占领了整个成都城并称帝以后，灯笼街又渐渐恢复了几年前的热闹景象：一进入腊月，城外的农人一大早起来，挑了绿油油的菜蔬，穿过城门洞，各自沿街叫喊着卖，三三两两地望着那棵大樟树而来。差不多晌午时分，这些庄户人家的男子汉们肩上的挑筐里，除了为家中孩子所选的虎头帽等物事，还搁了或大或小用粗纸所糊的灯笼。呼呼的寒风中，他们从大樟树下走出来，在街头踌躇片刻，终究还是舍不得将卖菜所得的几个钱在城中买碗热腾腾的肉汤喝，便一个二个挺起身子，向东西南北四个方向匆匆而去。

　　城内人家则大多在午后才晃悠悠地从其他街巷里挪步过来。大都是些家中主事的女人，她们轻摇翠袖，头上插了簪子，相互邀约着，从樟树下说说笑笑地走过，挨家挨户地去寻找选择自己适意的灯笼。

　　灯笼街由来久矣。

　　大约从刘璋时候开始，这条街上的人家就以做灯笼为生。他们所做的灯笼叫花灯。这花灯与衙门里所用的宫灯不同，多为普通人家节庆时所用。骨架是用细竹篾编织成圆柱形，然后糊上薄纱或绵纸，再徐徐涂上一层清油，待清油晾干之后，已然成形的灯笼腹内中空，于是在上下各留出一个洞，用一块圆木盘做座子，座子边缘插上两根篾丝伸至上口，篾丝上系一根小竹棒作为提手。木盘中间挖出一个洞，用以插蜡烛。

每年时令到了冬腊之交，灯笼街上各家各户便早早开了店，男主人开始熬糨糊。中原大乱以前，糨糊是用中原那一带所运来的筋道小麦在石臼中捣成粉末，然后加水搅成汤状，再置于大铁锅内慢火煨熬，其黏性极强。中原乱起来之后，商道不通，所用的小麦便从陇西一带运来。陇西麦熬出来的糨糊黏性不好，灯笼街的匠人们每天嘴里嘟囔不停。

而城外的农人们则估摸着时间，约摸街上的糨糊做成了，便开始用牛车拉着鲜竹，到灯笼街叫卖。讨价还价后，双方估堆成交，每家店面前沿街便堆满了成捆成捆的竹子。买了竹，便开始分工，男人破竹、剥青篾、捣糨糊、制灯笼等，女人则守在男人身边，忙着捆扎笼架、刷糨糊、镶边粘接等，点染补红的细活则请腹中有墨水的雇工来，若他们能写得一手好字或粗通丹青，往往能挣得多一倍的工钱。成都历来是讲究风雅生活的地方，到了腊月里，灯笼街上更是一片繁忙，家家户户就连孩儿们也一起加入进来，满街只闻剖竹声、剥篾声……

由于离河边较远，灯笼街的匠人们历来与挑水人不睦。尤其过了冬腊月，这一片街巷闲下来的时候。

担水的人平旦时分起来，到河边挑了水，朝桶里放上几片竹叶，以防走得急了，桶里的水荡泼出来。他们一般是先给临河人家的水缸挨个灌满，然后再下到河边，如此往返几次，歪歪斜斜地走到灯笼街这一带时，常常已近日正时分。冬腊月间还好，街上的人家都忙着糊灯笼，到了春夏时节，这一片街巷人家便怨声四起。男人们不太理睬这些事，女人们嘴碎，她们不是抱怨挑水人来得太迟，就是伸手把桶里已泡得发黄的竹叶捞起来，弹嫌水已经变脏，要求少付些钱。

这样的口角，一次两次倒还罢了，时间一久，挑水的汉子们都恼怒起来。于是从十多天前开始，快到日正时分时，挑水人都不约而同歇了担子，不再朝灯笼街走，大伙儿凑钱买了些猪头肉，躲到树荫下吃酒戏耍起来。

灯笼街顿时乱了起来。女人们一商量，一大早起来，都赶到河边抢水，谁知这一下却惹恼了那些临河人家。双方由争吵而至谩骂，再由谩骂变成推推搡揉，接着有的扯头发，有的抓脸……眼看街巷间闹得鸡飞狗跳，担水的汉子们将水泼在地上，挑起水桶就跑。

有那性烈的女人就骂骂咧咧跑到成都县县衙门口击鼓，请求官府判个公道，闹得新任成都县令王能头疼不已。管吧，公说公有理婆说婆有理；不管吧，一帮女人在公堂上扯着嗓子干嚎，问得狠了，她们便哭哭啼啼地扯出手帕擦泪。这衙门里哪有还有半点威严！

好容易半哄骗半吓唬地将这帮女人弄下堂去，王能已是满头大汗。他哭笑不得，环顾左右道："他妈的，老子这县令当得真是窝囊，要依我当年脾气……"左右几个书吏相互使个眼色，一起满脸堆笑，齐声唱道："大人威武。"

王能猛地将惊堂木朝桌上一拍："什么大人，叫我将军！都他妈说了多少遍了，老子乃堂堂大成国兵马大元帅帐下前锋中郎将。"他脸上神采飞扬，"那天下午，太阳照得人脸上流油，老子追随在皇上身边。咱皇上大弓一拉，一箭就把罗尚那厮射下马来。老子紧跟着补上一箭，将他那匹又大又肥的黑马也射翻在地。要不是这奸贼身边那挨千刀的都骑校尉舍命将他救下……"说着说着，王能嘴里喷出一股浓浓的酒气，又将惊堂木朝桌上重重一拍，"有朝一日，老子定要杀到江阳去，一刀一刀活剐了罗尚，给死去的兄弟们报仇……"

每次说到这里，王能眼角都会掉下几滴泪来。蓦地，他又长长地哀叹一声："还是打仗好呀……"

这时候，衙门外走进一个年轻人来。他身穿一袭青衫，头戴儒巾，两道剑眉之下，一双眼睛里闪着温润柔和的光芒，恍若两道清澈的小溪。到了堂前，年轻人向王能躬了身，不卑不亢地说道："学生乃长生先生门下常璩，因路过县衙，见妇人们吵闹不休，特地前来拜见大人。"

这是西晋怀帝永嘉元年季春的一个上午，距离常璩进入青城山长生观中读书已四年有余了。就在一年前，四十八岁的惠帝司马衷在洛阳被迫饮下了一杯酒，结果毒发身亡。当常璩听到这个消息时，目光停留在手中翻阅的《史记》上面，久久没有言语。

范长生对常璩这个弟子是青睐有加的，然而他的教授方法却颇为奇特。在第一年，常璩被弄得莫名其妙，后来才明白过来。那时候，范长生不让常璩进书房，而是叫他每天跟随观中的杂役到山上去砍柴，去数里外的水潭边挑水，然后到地里种菜，早中晚都到灶房去帮厨，如此由秋入冬，再由春入夏，然后从夏到秋，短短一年间，常璩便变得如同庄户人家的孩子，不仅肤色如铜，走起路来亦大步流星。第二年，范长生开始给常璩讲《易》，但每天只讲一个时辰，余下的时间，他吩咐常璩到一处绝高的崖上坐了，俯瞰崖下众山，然后仰头看云、听风、辨星。常璩起初盘腿坐下时，心中千头万绪，各种念头纷至沓来，半年后，只要双腿一盘，顷刻间便如老僧入定。第三年，开讲《论语》《孟子》《老子》等诸家学说，但范长生每三天只讲半日，余下的时间，他让常璩走出书房，一个人沿山中各条小溪的流向行走，去寻找它们的源头或出山口，并辨识路上所遇到的每一种花鸟与虫兽。

山里的日子云卷云舒，转眼到了第四年初春。这一天清晨，范长生将常璩唤到自己室内。长生观很大，范长生居室却极小，地上铺了一张泛黄的竹席，席前立着一张杂木做的书案，色泽斑驳，显见得有些年头了。案上却无笔墨竹简，只写了一个淡淡的"易"字。这已经是奇了，更奇的是，他居室临山的那面墙壁开了一扇窗，却既无窗格也无窗纸，只有窗框，呼呼的山风直灌进来，从窗内望出去，只见对面山尖上已是皑皑白雪。室内没有火盆，但常璩一挨近范长生，却分明感到他身上源源不断散发出一缕热烘烘的气息。

范长生捋捋胡须，将面前一堆竹简推到常璩面前，微笑着问道："璩儿，你见过牛吃草吗？"

常璩有些不解，回答道："师父，徒儿家虽然世代书香，但崇尚的是耕读传家，稼穑之事，自幼便是熟悉的。"

范长生点点头，手在那堆竹简上轻轻抚过："那就好。接下来的日子，你什么也不要做，就像牛吃草一样，把太史公笔下的每一个字都反复地嚼透。为师要下山办点俗务，就让这满目的青山与你相伴吧。"说罢，站了起来，将拂尘一甩，就要走出门，又回过头来，叮嘱道，"太史公笔下字字泣血，你可得留心那文字外面的意思了，等你觉得嚼透了，就下山到成都来找我吧。"

师父离开后，常璩独自一个人守着黛青色的青城山，无数个晨昏里，在油灯下一次次翻阅《史记》。慢慢地，太史公那拼却性命，忍住宫刑之辱之痛，在孤灯下奋笔疾书的形象印入了他的心底。他一遍一遍地诵读《报任安书》来：

少卿足下：曩者辱赐书，教以慎于接物，推贤进士为务，意气勤勤恳恳。若望仆不相师，而用流俗人之言，仆非敢如此也。仆虽罢驽，亦尝侧闻长者之遗风矣。顾自以为身残处秽，动而见尤，欲益反损，是以独郁悒而无谁语。谚曰："谁为为之？孰令听之？"盖钟子期死，伯牙终身不复鼓琴。何则？士为知己者用，女为悦己者容。若仆大质已亏缺矣，虽材怀随和，行若由夷，终不可以为荣，适足以发笑而自点耳……

常璩推开窗，窗外青山隐隐，山风拂面，宛如司马迁在对他娓娓而谈：

古者富贵而名摩灭，不可胜记，唯倜傥非常之人称焉。盖文王拘而演《周易》；仲尼厄而作《春秋》；屈原放逐，乃赋《离骚》；左丘失明，厥有《国语》；孙子膑脚，《兵法》修列；不韦迁蜀，世传《吕览》；韩非囚秦，《说难》《孤愤》；《诗》三百篇，大底圣贤发愤之所为作也。此人皆意有所郁结，不得通其道，故述往事、思来者。乃如左丘无目，孙子断足，终不可用，退而论书策，以舒其愤，思垂空文以自见。

他点点头，感觉这些话如溪流一般，从心上潺潺流过。沉思片刻，他抬起头，面前一轮血红的落日。那强加在司马迁身上的痛楚又让他透不过气来：

今交手足，受木索，暴肌肤，受榜箠，幽于圜墙之中。当此之时，见狱吏则头抢地，视徒隶则心惕息……

当读到以下字句时，他再也忍不住，伏在案上嚎啕大哭：

夫人情莫不贪生恶死，念父母，顾妻子，至激于义理者不然，乃有所不得已也。今仆不幸，早失父母，无兄弟之亲，独身孤立，少卿视仆于妻子何如哉？且勇者不必死节，怯夫慕义，何处不勉焉！仆虽怯懦，欲苟活，亦颇识去就之分矣，何至自沉溺缧绁之辱哉！且夫臧获婢妾，犹能引决，况仆之不得已乎？所以隐忍苟活，幽于粪土之中而不辞者，恨私心有所不尽，鄙陋没世，而文采不表于后也……

夜半时分，窗外传来声声猿啼，常璩擦去眼泪，提起紫毫，在竹简上写下了这样一段话：

结绳记事，无以载文明；秉笔直书，方能见真史。自周设史官"左史记言，右史记事"以来，史官不绝，竹帛长存，令人见贤思齐，见不贤而自省。其中高山仰止，树千载之风骨者，在齐太史简，在晋董狐笔也；至太史公，更忍蚕室之痛，以史入文，以文叙史，夹叙夹议，乃华夏著史之正朔也……

这是暮春时节一个温暖的晚上。当常璩放下手中的笔，诵读自己刚刚写下的这段话时，忽见山道上来了一根火把。山风呼呼，那团火焰时大时小，时远时近，转眼间就弯弯曲曲地来到了长生观门口。他急忙迎了出去，借着灯火一看，原来是王三。自常耘去世后，王三就以仆人的身份留在了常家。一见到常璩，王三连忙恭恭敬敬地行了礼，然后揉了揉眼睛，向四周看了看，说道："公子，你这里好生雅致呀，莫不是神仙的所在？"

常璩惊道："三叔，你这么晚赶来，莫不是家里出了什么事？"

王三道："家里倒是一切安好。只是夫人今早起来，拿了梳子，却不去梳头发，而是坐到窗前。老仆听夫人在那里自言自语，说是堂前的海棠花都开谢了三次，也不知公子书念得如何了，说着说着，夫人竟掉下泪来。老仆赶紧向夫人告了假，一路寻了过来。"常璩一把抱住王三，叫道："三叔……"王三吓了一跳，急忙跪倒在地："公子……"常璩含泪道："这是我思虑不周了。这几年来，只顾念着父亲临终时的嘱托，埋头在书本之中，加之母亲又常托人来说莫牵挂家里，我便忘了母亲其实是需要孩儿在她身边侍候的呀。唉……"

第二天一早，常璩就踏上了回乡的路。

这条路由长生观起，到味江边约莫三十里，山路渐渐由宽变窄。脚下也由錾得色泽黛黑的青石板变成了窄溜溜坑洼不平的黄砂石板；从味江出山口到鹧子岩约莫十五里，极易风化的黄砂石板已时有时无；到了鹞子岩上游、离那株龙游梅六七里的地方，山路分出两岔，一条钻进翠色参天的山岭深处，是光溜溜的土路；一条则和从常家坎伸过来的道路相接。

不知不觉之间，常璩在这条路上从懵懵懂懂的少年走成了心智成熟的青年。由春入夏，从夏到秋，他时常往返于青城山长生观与文井江常家坎，一边侍奉正逐渐老去的母亲，一边由太史公的笔触出发，苦苦思索脚下这片土地的历史。他清楚地记得，蜀汉从刘备、诸葛亮等人白手起家再到刘禅亡国，不过四十三年……

无数个不眠的夜晚，常璩脑海里闪烁着刘备的气概、诸葛亮的才干、关羽张飞的勇猛、赵云的忠诚、姜维的悲壮……由蜀汉的兴起与衰亡他又想到这几百年来华夏大地上所发生的一切：当年秦始皇统一六国，筑长城、建阿房，脚下万里江山，何等地意气风发，然而转眼间，煌煌大殿就被项羽一把大火焚毁；高祖刘邦斩蛇起义，入咸阳，战垓下，以平民之身而登天子之位，大风歌是何等地大气磅礴，然而转眼间，"千里无鸡鸣，白骨露于野"，汉家江山一分为三，随后三国归晋，谁知不过五十来年，天下又再分崩离析……历史的疼痛横亘在常璩心中，他睁大眼睛，望着头顶闪烁的星辰，内心悲凉不已：天地之间，人生如白驹过隙，雄壮如汉高祖、魏武帝……卑微如自己这样的普通读书人，在这乱世当中，该如何寻找安身立命之道？

文井江江风浩荡。常璩抬起头来，站在常家坎的石堤边，眺望着远处成都的方向，眼里不禁闪出痛苦的神情来。

山里的日子波澜不惊，而在山外，晋室的天下已益发糜烂了。

惠帝太安二年八月，也就是李雄与范贲、任小虎等人一起下了青城山，到云顶山与李流大军会合，常璩开始每日上山砍柴之际，成都王司马颖和河间王司马颙联合起兵，讨伐挟惠帝以令天下、把持朝政的长沙王司马乂。十月，司马颙的军队攻入长安，一番洗劫后，上万人死亡。此后，司马乂的军队和他们在长安城外对峙。洛阳至长安一带，凡两军所经过的城市村落，路上尘土漫卷，家家呼儿唤女，连十三岁的少年都被强征入军。到决战时刻，司马乂兵败被杀，司马颙如愿成为了洛阳城中举足轻重的人物。

第二年，当常璩在山中开始埋头读《易》时，洛阳城中的惠帝将年号改元为永安。此际，惠帝感到司马颙的威胁越来越大，他下了密诏，要部下攻打司马颙，谁知消息走漏，司马颙抢先出兵，不但纵军在洛阳城内大肆抢劫，还持剑入宫，当着惠帝的面，废掉了皇后羊氏和太子司马覃，册立成都王司马颖为皇太弟。至此，朝政由司马颖和司马颙联合把持。然而到了六月，司马颖被司马颙逐出洛阳。

七月，惠帝率军讨伐司马颖，却在荡阴一带被司马颖打败。惠帝身中三箭，被司马颖俘虏；八月，司马颖战败，他将惠帝挟持到了洛阳；十一月，惠帝又被司马颙劫持到了长安……

中原的这些消息传到青城山中时，常璩正行走在常家坎到长生观的山道上。这一年冬天特别冷，时令刚交小雪，一早起来，常璩就看见长生观的屋顶上覆盖了一层如盐的白霜。他环视了一眼四周，不过一夜之间，各座山峰上那如波浪般起伏的红黄青绿交织的林海上面也淡淡地笼上了一层白蒙蒙的雾气，而西边半山上一片竹林却越发翠绿了。

常璩到灶房里烧了水，煮了一锅芋头，向观里的小童交代了几句，然后口中嚼着芋头，怀里又揣了一包芋头，朝山道上走去。满地都是霜碴，一踩上去，便吱吱作响。像往常一样，常璩这一路又是边走边大声诵读《报任安书》。山中空旷，将他的声音传得很远，然后又反弹回来，仿佛有人在跟着他一起诵读一般。

这一天的山道特别难走，气喘吁吁走到鹞子岩与常家坎交界时，常璩已是满头大汗。怀中的芋头已经在半道上吃完了，他饥肠辘辘站在路口，正思量着是去看看常琬的坟茔还是直接回家，猛一抬头，却看见一大片白在上游山坡上闪烁，如火焰般夺目。他突然醒悟过来，这是那株龙游梅开放了。

计算起来，今年这株龙游梅的花期竟整整提前了两个节气。

此际已是日晡时分。常璩抬头望了望天，只见空中阴云低垂，正堆积起凛冽的寒意，似乎一场大雪即将漫天而来。再抬头望时，那一树梅花在寒风中愈发白得胜雪了。他不再犹豫，抬腿就朝青峰岭方向走去。

山道两边荒草萋萋。走过那块急流翻卷的稽功石时，鹞子岩上传来了猴子的声声叫唤。常璩脚步不停，转眼就上了青峰岭，当他遥望见下面山腰处那座破庙的残墙时，已经暮色苍茫。

在青城山中读书这些年，常璩也像常琬一样，越来越喜欢梅花了。长生观前就有几株蜡梅，还有一棵硕大的铁脚海棠。四周的山野间还点缀着红梅。冬至前后，海棠只剩下了青黑色的枝条，蜡梅却靓丽起来，一根根粗枝细枝上缀满了蕊黄花瓣。常璩喜欢蜡梅与人间烟火亲昵的姿态，却更欣赏寒风中燃烧的夺目火焰，于是苦读之余，他离开蜡梅的清香，满脚黄泥地翻山越岭，寻觅青城山中那一株株迎风怒放的红梅。

蜡梅芬芳，红梅傲霜，然而它们与龙游梅相比，都少了一种阔大的气势。

转过一处拐坡，风中飘过来几缕若有若无的馨香。常璩深深吸了一口，感觉肺腑里像泛起了一眼清泉。他仰头一望，见对面那座险峻入天的青黑色山峰巍然耸立，那棵梅如一条龙舞动在山坡上的残庙前。他急忙加快脚步，当枯草瑟索的山道走完，眼前豁然开朗，暮云霭霭的天空下，那棵龙游梅昂首挺立在天地之间。梅树后面是残庙的庙门，虽飞檐翘角，院墙蜿蜒，却黑黢黢地难掩破败，益发显得一树丽花生机勃勃。常璩一看，梅树上花瓣仿佛层层叠叠，细看却又疏密有致，一如数不清的蝴蝶收拢翅膀，缀在一起，一阵风过，满树玉蝶翻飞。

常琬那座小小的坟茔就掩映在翻飞的玉蝶下面。借着暮色望去，只见那堆黄土上面一丛枯草正迎风摇曳。常璩心中一阵难过，他蹲下身，将枯草一根根扯起来，又躬身从树那边挖起几捧泥土，默默地培在坟堆上面。做完这一切，他已经又累又饿，靠在龙游梅那硕大的树干上，眼皮越来越重……

这时候，他身后忽然起了一阵风，吹得龙游梅左右摇曳。风越来越大，满树的梅花仿佛都要被吹落下来，常璩心中诧异，站起身来，正要回头去看，却听见一声低吼。常璩浑身一颤，缓缓转过身去，只见苍茫的星光下，草丛间依稀站起来一头野物，两只眼睛发出绿幽幽的光，再一看，那野物身上竟似有道道白色的花纹。常璩这才明白过来，自己的确是遇上了一头大猫。

他顿时惊惶起来，想拔腿就跑，全身却软绵绵的使不出气力。眼看那只大猫越走越近，常璩越发僵住。大猫缓缓前行，走到常琬坟前，忽然趴了下来，抬头仰望着常璩，看到常璩惊慌的目光，那大猫忽然埋下头，用嘴轻轻去挨右脚，同时喉咙里发出一声声轻吟。常璩这才注意到，原来这只大猫右前爪被一根竹刺刺穿了，爪上还有汩汩的鲜血流出。

"嗷……"当大猫又一次将嘴挨到常璩的脚边，嘴里发出惨叫之声时，常璩似乎明白了过来，他壮着胆子向那大猫说道："你是想让我帮你拔掉脚上的竹刺吗？咱们可说好了，我若是帮你拔了刺，你可不能伤害我。"

"嗷呜！"那大猫一声轻吟，仿佛听懂了常璩的话。常璩这才战战兢兢地伸出手，轻轻从大猫头上抚过，那大猫低下头来，一动不动。常璩放下心来，抬起大猫的右前爪，一使劲，将那根竹刺拔了出来，然后撕下一片衣襟，将大猫右前爪轻轻包住。

等到大猫转过身子，摇着尾巴走进草丛中时，一弯洁白的月牙已经从云层里浮现出来。常璩全身打个激灵，这才发现自己还背靠在树下，空气里都是龙游梅那沁人心脾的馨香，哪里有什么老虎？

然而，他却发现自己背心都被冷汗湿透了……

第二天，传来了李雄在成都称帝并宣布大赦的消息。里长拄了一根竹杖，从文井江边的石堤上下来，颤颤巍巍走到常家竹篱边，向常璩母子二人兴奋地说道，新皇帝的年号为晏平，国号为成。

"晏平晏平，天下太平。真是天可怜见啊，打了这么多年仗，终于出了个真命天子，这下子，成都总算是太平了。"里长叹道。这几年，他身体也越发坏了，前几天还差点在村口大树下摔了一跤。"真是年岁不饶人呀。"里长向常璩说道，"我这把老骨头看来只能扔在这常家坎了。贤侄你正年轻，该去成都城中走一趟。听说，新皇帝拜了他的老师长生仙人为太师。你不正是在长生仙人门下吗？如果能去谋得一官半职也是好的。"常璩心中一动，想张口说些什么，却只是微微叹了口气。这时，沈氏发话了："璩儿，你三叔说得对，去走走吧。"

里长又道："贤侄啊，你到了那成都城中，如见到天子，可否请他移动移动仪仗，也到咱这常家坎来巡视一遭，也让……"他忽然抬头向四周看了看，压低声音，神秘地说道，"你们知道吗？听说新皇帝的皇后叫任琬，就是那味江边梅花寨寨主任小虎的妹妹……想不到啊想不到，真龙下凡尘，麻雀成凤凰，原来凤凰就在咱们身边……如此说来，我常家坎也算是脸上有光啊……"

常璩紧紧咬住嘴唇，忽然想起昨晚那头斑斓大猫趴在常琬坟前的那番似梦非梦的场景来，脑中又浮起常琬在夜空下被射杀时的那一幕。他强忍住心中的悲痛，没接里长的话，只朝母亲点了点头。

第十二章　出成都

一

"你是？"王能看着眼前这个温润如玉的年轻人，好像没听清楚他的话，又一次问道，"你是什么人？"

常璩抬起头来，再次答道："学生常璩，乃长生先生门下弟子。"

这一次王能按捺不住了，他将惊堂木朝桌上一拍："你既是范太师门下，为何不在那太师府中享福，跑到我成都县来作甚？"

常璩不慌不忙地一笑："学生适才路过县衙门口，见一群女人被衙役们拿着大竹板撵了出来，女人们一边走，一边还叽叽喳喳地叫嚷。学生觉得奇怪，就上前多问了几句。"

王能道："你是来看本将军的笑话？"

常璩道："非也，非也。学生特地来给将军献上一计，既可解将军烦恼，也可以让全城百姓免去那争水之苦。"

此言一出，王能心中一荡，他俯下身，认真打量起眼前这个青年来，见常璩神色如常，心道："老子们出生入死，把脑袋拴在剑柄上，冒着枪林箭雨，才打下这个江山，可皇上论起功劳时，反倒把那范老头排了第一，冷了多少好兄弟的心……"他心念一动，朝常璩喝道："既如此，那本将军倒要看看你的真本事。倘若只是仗着范太师名头，可别怪本将军不客气。"

常璩哈哈笑了起来。

十天后，在临河的街巷里，一股清流由成都县衙指派的挑水工踩着水车，一圈一圈旋转上来，再沿着弯弯曲曲的竹笕蜿蜒进了包括灯笼街在内的千家万户。这竹笕皆用城外的老毛竹制成。新笋从土中探出头，数场春雨，几番阳光，两个月后即由笋成竹；再经三个冬天，便可以沤到窖池中去，造出那种粗粝的黄纸；又经两度春风，毛竹已然粗壮年老。常璩让灯笼街的匠人们将这种六年龄的大毛竹从城外竹林中砍倒，剔去枝丫，然后拖到阳光下剖成两半，用锋利的板凿打通竹节，连接到水车边，便成了输送潺潺流水的水管。

这样的水管，叫竹笕。

远远看去，灯笼街一带的竹笕贴在人家墙上，入窗进户，穿街过巷，弯弯曲曲，蔚为壮观。王能高兴不已，拍了拍常璩的肩膀，笑呵呵说道："这办法不错呀。"

常璩一拱手，道："学生可不敢贪功。这水车其实早在诸葛丞相时代就开始用了。至于那竹笕嘛，乃是学生从青城山中百姓那里学来的。"

王能连连颔首，道："不错不错。对了，常公子，你愿意留在本将军身边否？说实话，论冲锋打仗我是内行，可是这民生方面的事情，我实在不懂。况且如今皇上将大城小城都划给了我成都县管，每日里杂务缠身，公子你看……"

常璩微微一笑："自古以来，凡帝王将相，都是马上能得天下，但不能马上治天下矣。只是学生刚从青城山下来，这十天都在你这里忙着为百姓制作竹笕，还未来得及去拜见恩师。"他望了一眼远处街面上正在阳光下奔跑戏耍的一群孩子，说道："夫一县之令者，当以知为先。知什么？知一县之山川地貌、田亩出产、婚丧风俗，乃至童谣俗俚，百姓吃穿用度，方能入手谈一县之治理……""自皇上登基以来，蜀地得以安享太平。将军若能留心前人典籍，以后凡有法令须出时，多问问街上父老们的意见，则一切杂务自非难事矣。"说罢，他朝王能一拱手，大踏步走过了街口挂着灯笼的那棵大樟树。

李雄前年就占领了成都，半年前又在此登基称帝，这两年多来，由于他采纳了范长生所提出的劝农、减赋、宽刑、兴学等几条建议，被兵火所虐的蜀中各地都渐渐兴盛起来。这其中，又以成都的街市最为繁华。

常璩一边沿着大街朝太师府走去，一边思索着这几日在成都城中的所见所闻。最令他感慨系之的，是那市井间的烟火气象：这十来天里，每日清晨，他常见到乡下男女用桑木扁担挑了沾了晶莹露珠的各色蔬菜，在锦官城四门颤悠悠进出。也有小贩轻摇桨橹，迎着霞光，从不知名的小河中出来，向岸上疏朗而立的吊脚楼人家长声吆吆地叫卖从农家手里贩来的新鲜菜蔬、时令水果，一俟买主讨价，那悠长的声音顿时变得轻言细语。

乐居西蜀一隅的成都人爱吃春笋。这时节，也正当春笋上市。成都春秋多雨，每当黄昏，几朵黑云闪过，淅淅沥沥的春雨便沙沙地落下来。一夜春雨过后，阳光从云层中照下来。农户们戴了斗笠，一大早就从茅屋中出来，走进幽静深邃的竹林中。扳笋子来不得蛮力，得使巧劲，只听得竹林里一片打趣声，男人们弯下腰，轻轻一扳，"咔"的一声，鲜嫩的竹笋就从泥土表面应声而断。装了竹笋，挑了担子，他们一路颤巍巍地将穿着笋衣的竹笋运到城里来沿街叫卖。常璩一路走着，街边都是卖笋买笋的人群，熙熙攘攘的市声不绝于耳，给这旖旎的春日平添了几分动人的风景。

转过弯，再走数百步，就是李雄为范长生新建的太师府了。远远望去，这太师府的门楼在阳光下发出金灿灿的光芒，与青城山中那青幽幽的长生观相比，又是另一番气象。此际已近午时，热烘烘的阳光照射下来，常璩浑身燥热。他低头看了看身上的夹袄，不由得苦笑起来。这是临行前母亲沈氏叫王三给他找出来的。常璩瞧了一眼，将夹袄丢在书案上，一面收拾着行李，一面说："娘，这都什么时令啦，还穿这个？再说，我身子棒，少穿点还利索些。"沈氏正坐在窗下用笋壳缀连锅盖，听他这样一说，就站起来，拿手中的半个锅盖在他头上敲了几下，责备道："璩儿呀，所谓春捂秋冻，枉你读了那么多书，咋连这个养生之道也不懂呢？"王三在一旁笑了起来，道："不听老人言，吃亏在眼前。公子，快穿上吧。"常璩望着母亲鬓边那几缕惹眼的白发，再也不敢多言。

他正要出门时，沈氏已将锅盖做好，移步出来，将他送到竹篱边，又叮嘱道："此番已不同以往。璩儿呀，常言道，伴君如伴虎，你到了那成都城中时，如见到李雄，可不能乱了礼数，以免……以免惹祸上身……"常璩点点头："孩儿明白。娘，你放心吧。"

常璩的背影已经走过村口那棵大槐树，转眼就消失了，沈氏还站在竹篱旁望着。王三提醒道："夫人，公子已去得远了。"沈氏叹口气："常言道，儿行千里母担忧呀。"停了一下，她又道，"三哥，等那棵老槐开花了，你记得去打些花瓣回来，晒干了储在罐子里。等璩儿回来了，我给他煎在饼子里。"

王三应道："好嘞。"接着，他加了一句，"夫人，公子如今已学业有成，功名富贵就在眼前，只是，他也到了该成家的年龄了……"说到这里，他仰起头，看了看沈氏的脸色，小心翼翼地道，"上次说的老家赵里长那孙女儿怎么样？"沈氏道："你说了之后，我也想起来了，这女孩子年龄好像比璩儿小了两三岁，小时候也是眉清目秀的。这样吧，你今天先去，向里长悄声讨问下那孩子的生辰日期，如果八字相符，就……"

也幸亏娘给自己多加了这么一件衣服。成都的天气是立春后依然乍暖还寒，一会儿春雨淅沥，一会儿暖阳普照，那个王能仗着身体壮实，看见春阳露头就赶忙换上薄衣，结果惹得喷嚏连连，一串串清鼻涕揪了还生，鼻尖红通通的，惹得他手下那几个书吏暗笑不已。

想到王能那红通通的鼻子，常璩也不禁掩嘴暗笑，他就这么胡乱想着，渐渐走近了太师府。

范长生的太师府原本是罗尚帐下那名善射的都骑校尉的府邸，位于原晋朝的益州刺史府衙附近，四周围墙绵延约七八里长，里面三进院落，殿庑辉煌，林木荫荫。李雄将舍命救主的都骑校尉射死后，罗尚率领残部逃到了江阳，之后范长生进城，为了便于与李雄随时议事，便将这院子改建了一番，作为太师府安顿下来。而李雄自己，则从罗尚所居的益州刺史府衙里迁了出来，住进了当年刘备、刘禅父子所居的皇城。

走到这里，那喧闹的市声已渐不可闻。常璩远远看见大门口几个穿青衣戴小帽的人正端坐着，心中一喜，急忙整理衣冠，就要走上前去，向他们表明自己的身份，正在这时，他身后忽然传来嘚嘚嘚嘚的马蹄声。

一听见马蹄声，太师府门口那几个人顿时慌乱起来。他们中一人急忙跑进大门，另外几个人则疾跑下来，冲着常璩声色俱厉地喝道："快跪下，快跪下。"见常璩愣怔着，那几个人急了，一起奔了过来，几双大手按住他双肩。常璩正要挣扎，有人在他小腿上狠狠一踩，他只觉膝盖一软，半个身子不由自主地跪倒在地。这时候，踢踢踏踏的马蹄声已来到面前。常璩悄悄抬眼一觑，只见十多匹铠甲闪亮的高马缓缓近前，马上骑兵人人手持一面杏黄色大旗，随后一辆由六匹马拉着的圆顶车辆从眼前驶了过去，驾车的显然是一位将军，不仅身材高大，而且全身金盔金甲，犹如天兵神将降临凡间一般，灼得常璩一阵阵目眩头晕。

常璩再朝左右一瞟，只见刚才按住他的几个人大气也不敢出，只将头紧紧地挨着地面，身子不停地颤抖。金盔将军所赶的马车过去，后面又来了一辆张着一顶硕大圆盖的马车。这时候，就听见一个熟悉的声音传了过来："皇上法驾光临，老夫有失远迎，恕罪，恕罪。"

一直捱到日夕时分，常璩才被门口一名小厮引到范长生的书房前。这时，一轮春阳已被几朵水墨色的云朵遮住，风吹得书房前一棵翠柳摇摆不定。走到这里，常璩忽然闻到一股熟悉的清香。小厮推开门，常璩看见范长生正盘膝而坐，面前的书案上，摆了一盘白玉般的竹笋。

范长生好吃春笋。在山中时，每每一夜春雨之后，他就会亲自到后山的竹林中去扳笋。春笋可荤素百搭，入口销魂。他扳着指头，对常璩兴致盎然地说道："春笋乃山珍之首也。这青城山中的春笋与山外的又有不同，最为可人的是立春后六七日内出土的毛竹笋，其次麻竹，再次斑竹。毛竹即楠竹，其身挺拔，翠叶经霜不凋，风韵卓雅端庄。璩儿呀，你记住，做人亦当如此。"

范长生一边教导常璩，一边用手剥去笋衣，须臾，丰腴洁白嫩气的笋肉就出现在面前，然后他用竹刀将其断头去尾，喃喃道："春笋鲜，夏笋香，冬笋滋味也悠长。"

春笋做法多样，芽孢般的笋尖可炒，可烧；醇厚的根部可煨，可炖；做法最妙，滋味最长，也最素朴的，是将丰腴的中段细细地切成小块，放入白水中清煮。这也是范长生最喜欢的。

长生观中用白水煮春笋有个不成文的规矩，灶下的人须用去年剥下来的笋衣煮今年的新笋。如果用新剥的笋衣呢？烧火的小童将嘴巴附在常璩神秘地说道："那沸水浴身的新笋会心生怨恨的，那样就走味啦。那年有个师兄搞忘了，师父大发雷霆，吩咐我将那盘刚煮好的竹笋拿去后山埋葬了，哈哈。"说完，调皮地一吐舌头。

常璩被逗得笑了起来。长生观里一共三个小童，书房两个，灶房一个，书房那两个小童平日里不苟言笑，灶房这个却总是笑呵呵的。常璩和他混得熟了，才晓得他也是刚到观里不久，老家就在那个盆地般的小坝子里。家中六口人，种了十来亩地，每年出产的粮食十成要上缴五成给范贲，作为他营里的军粮。这范贲率了近万名精壮汉子，每日里在寨中操练，戈矛鲜亮，鞍马齐备，在他父亲范长生的运筹帷幄下，把整个青城三十六峰守得犹如铁桶一般。

小童道："虽然我父母和兄长们胼手胝足，一年四季在田里耕作，所得只能勉强温饱，但比起山外的百姓来，毕竟是保住了性命，全家人也可以安然地守在一起，也是幸运多了……"

常璩默然不语，伸了竹夹，将一张张笋衣送进那灶膛里。

被阳光晒透的笋衣果然好烧，一点燃便火势熊熊，顷刻间，锅里的水便"咕嘟咕嘟"沸起，常璩揭开用慈竹笋衣缀连而成的锅盖，抓一撮白盐丢入水中。片刻之间，满屋清香缭绕。

一闻到这熟悉的清香，常璩心中的一切不快都烟消云散了。他走到范长生面前，恭恭敬敬地跪了下来，道："师父，弟子来晚了。"

范长生站了起来，拊掌笑道："不早不晚，刚刚好。璩儿呀，我刚刚还在为皇上交代的这件事犯愁呢。现在你来了，这件事也就有着落了，哈哈……"

二

从成都城出来，向南行约二十里，就到了平原与丘陵相交的地带。这一片区域属广都县管辖，其地背倚两座山。这两座山一名龙泉，一叫牧马。站在这里向前看，平原上阡陌纵横，田畴翠绿；占三分之一面积的丘陵则呈现出两道蜿蜒的走势。一道向东而来，依次拱起九座小山，属龙泉山脉；另一道走势由北向南，属牧马山管辖，六座丘峰在天幕下如蘑菇般青翠屹立。

在这东西两道丘岭之间，则是一江碧波浩荡。自李冰开成都二江以来，成都水运发达。这一条江名叫锦江，是由郫江与检江合流而来，流到这里时水势骤然浩大，一江白水浩浩荡荡，形成了绝佳的水运通道。从这里算起，江水将流经苏码头、古佛洞、半边街等几个地方，滔滔江水如奔马一般流到武阳县县城江口，汇入莽莽苍苍的岷江。由此，由成都出发，经广都、下武阳的水运网络已一水通，全盘活。

大约从蜀汉昭烈帝刘备时期起，诸葛亮来此考察岷江水运后，由官府倡导，民间出资，行船的人们在这里建起了一座江神庙，以保佑船行无忧。这江神庙座落在葱绿的丘陵下、清流边，飞檐翘角，即使这些年兵火不断，这里依然香烟缭绕。无数帆船从成都出来后，都会在这一带区域短暂停留，不论官船还是民船，船主人都会亲自上岸，根据自己的财力，分别燃三、六、九或十二炷香，恭恭敬敬向江神敬献，然后长长地吁一口气，仿佛这几炷香一烧过，一颗心也就踏实了。

江边的风总是方向不定。等到从成都方向吹过来的风将一张张白帆鼓荡得猎猎作响时，船工们满脸兴奋，一起大喊：

一天轻松到武阳

四日背纤上成都……

满载货物的各色船只顿时如离弦之箭冲到了浊浪滚滚的岷江之上，成都平原所产的蜀锦、清油、竹器、川芎、茶等顺江而下，冲过千山万壑，直达江州……然后换回盐巴、铁器等一应货物。

中原西晋怀帝永嘉元年、西蜀大成王朝晏平二年仲春的一个下午，当两岸的梨花、李花等正在春风中怒放时，一艘船也来到这江神庙脚下。这是一艘介于官船和民船之间的大船，船板厚实、高大敞亮。船上装着近百坛川西坝子出产的上等清油，用牛皮封住坛口后，被稳稳地固定在竹筐里，被竹篾编成的绳索系了，整整齐齐堆在甲板上，生怕别人不知道似的。有经验的船夫们都知道，这个季节正是岷江风高浪大之时，一般的民船都会把货物堆在船舱之中，以防被水冲走。

与旌旗高挂、威风凛凛的官船和低矮窄小的普通民船相比，这艘高大的船明显透着一些古怪，因此，当它刚一停泊到岸边，四周民船上的人们都来看稀奇，目光里有猜测，有狐疑，也有掩饰不住的嫉妒。

那船刚一靠岸，六七个膀大腰圆的汉子便下了锚，把一条又宽又厚的船板搭到岸边，随即一个眉清目秀、肤色微黑、二十来岁的年轻人踏过颤巍巍的船板，走上岸来，缓缓朝江神庙的青石台阶拾步而上。那几个汉子正要跟上来，年轻人摆摆手，让他们留在了船上。几个汉子瞧年轻人走得远了，纷纷议论道：

"上面是怎么想的呀？派了这么一个初出茅庐的年轻人来？"

"听说人家是范太师的得意弟子，不派他难道派你来呀？"

那第一个说话的人急了："你他妈的！难道我此刻没在这船上吗？"

有个年纪大的嘿嘿笑了起来，道："莫吵了莫吵了。这一趟差事非比寻常，出发之前，范贲将军特地给我交代了，只能成功，不能失败，所以咱们才扮成商人，跟常公子走这一遭。大家都耐烦些，辛苦那么三两月，等平安归来了，由我做东，大伙儿都到春花楼好好喝一杯，再找几个姑娘消遣消遣。"原来这群人都是范贲手下的兵士，内中这个年纪大的乃是首领，也是范贲帐下较受信任的亲兵。见他如此交代，又听说回来后有酒喝，有姑娘玩，似乎都有些兴奋。虽说那春花楼的姑娘摸起来脸上厚厚一层脂粉，比起绿柳、翠苑等几个院子的姑娘可真是有天上地下之别，可人家那几个院子披红饰绿的大门只有李荡、范贲、任小虎等一干亲贵才打得开。众兵士想了想自己的身份，就都不说话了。

范贲帐下这个亲兵此际却想起临行前从李荡那里接到的密令，也沉默下来。他已经看出来，眼前这个叫常璩的年轻人乃是宅心仁厚之相，要让他以毒辣手段对付那些蛮族，恐怕……他暗暗思忖着。一时间，船上一片寂静，只听见江风从耳边吹过时那呼呼的声音。

当常璩从江神庙中出来时，江面上已经暮色初起。这时候，相邻的民船上已经开始淘米做饭，一缕缕青灰色的炊烟在江面上缓缓升起。此际风已停了下来，江面水平如镜，碧绿的江水倒映着两岸巍巍山岭，夹杂着几树白的梨花、红的海棠，比起喧闹的成都来，透着上天赐予大地的一种勃勃生机。

常璩却不急着上船。他站在江神庙的台阶上，静静地注视着眼前这一幅引人入胜的春日锦江图，心里如翻江倒海回想着刚才在江神庙里所遭遇的一幕。常璩原以为，这江神庙既然上百年香火不断，庙中也必然是道士众多。谁知一走进去，只有一个又聋又哑又傻的老道人，问他几句话，他只是茫然张大双眼，口中"啊啊"叫着，手里也不知在胡乱比画什么。饶是常璩性格温和，和这老道纠缠了几句，也不耐烦起来，便一个人进了大殿，跪在江神前的草垫上，恭恭敬敬地上起香来。

这江神名叫二郎，据说是李冰的二儿子，管理着由锦江通往岷江的这一段水路，神像描绘得面色酡红，剑眉斜插，双目炯炯。陪祀的是两名脸色黧黑、手持大蛇、身着金甲的武将。二郎面前置了一个铁打的香炉，里面厚厚一层香灰。常璩将香点燃，插到香炉里，然后叩起头来，口中喃喃念道："船行千里风满帆，一路平安到江州……"这时突然一阵风来，将他所献的六炷香呼地吹灭。他大吃一惊，急忙站起来，待再次点燃时，又怕对江神不敬，再转念一想，只得硬着头皮，又从怀中掏出火石，再次将那六炷香一一点燃，然后拜倒在地，道："小人常璩此番前往江州，非动干戈，实乃是怀了造福苍生之念，请江神明鉴……"话犹未完，从大殿外又吹进一阵风来，顿时将五炷香吹灭，只留了一炷香在神像前细细地袅起一缕微弱的光芒……

常璩不禁有些慌乱起来：难道，此行会出大事？

十天前的上午，常璩随范长生来到金銮殿，见到了端坐在上的李雄。才几年不见，李雄已不怒自威。看着常璩，李雄不动声色，待常璩行了大礼，才缓缓开口道："朕有好几年没见到常公子了吧？"

范长生代答道："算起来，陛下已有五年没见到小徒了。"

李雄道："常璩不必拘谨，走上前来，让朕好好看看。"常璩又行了个礼，向前走了几步。李雄从御座上站了起来，下了台阶，走到他身边，仔细打量了他一番，点头道："不错，不错，果然是长大了，哈哈……"他这一笑，常璩才感觉当年那个李大哥又来了，不由得也放松了几分，大胆应道："陛下这几年东征西讨，战功赫赫，让我等蜀地小民过上了安生日子，真是功莫大焉。"他这几句话发自肺腑，让李雄极为受用，道："你虽然年轻，却也算是朕的故人。"

常璩心中一热，兴冲冲地正要叫一声"李大哥"，忽然想起了临行前母亲沈氏在竹篱边对他的那番叮嘱，心中一凛，急忙低了头，道："小民那时年幼无知，请陛下恕罪……"

李雄又是哈哈一笑，转身坐上御座，正色道："太师，关于发兵攻打江州大山中那群蛮夷的事，你可有什么高见？快说与朕听听。"

范长生将手中拂尘一甩，又将手从颔下那雪白的胡须里穿过，不慌不忙地道："依老臣看来，此事还是当以怀柔为宜。暂不劳李荡将军大动干戈，先派遣一人前去，将蛮夷虚实打探清楚……"

他话音刚落，坐在御座下面的李荡站了起来，大声嚷道："太师此言差矣。想那蛮夷们能有多大本事，能挡得住我大成神兵？请陛下恩准，由臣弟亲率大军十万，即可踏平蛮夷，扫荡江州……"

原来就在半月之前，李荡派手下一员大将率兵去攻打江州，谁知军队行到那一片险峻的山岭中时，却不知为何惹怒了那山中的蛮夷部族，军士们水土不服，加之不谙地形，被蛮夷们引入一个葫芦形的山谷中，遍山的石头像雨点般落下，杀得全军覆没。消息传到成都，李雄固然震怒，李荡更是怒不可遏，口口声声要亲率大军踏平江州，肃清周边大山里的蛮夷，为大成国立威。

范长生道："王爷此言差矣！从来两军打仗，只有知己知彼，方能百战不殆。如今我军在明处，那蛮夷在暗处，且不论江州、江阳等城中还有罗尚等奸贼的残部，若我将士再行孤军，必重蹈前车之辙。"李荡一张脸涨得通红。自从五年前那个凌晨被部下簇拥着逃出成都后，李荡性情大变。他原本柔弱木讷，在李特的流军中威信也远远比不上李始和李雄，但当父亲李特、母亲罗氏、大哥李始被罗尚万箭穿心继而枭首的消息传到耳中，他怒火攻心，就此如恶魔附体一般，短短几年间，杀得晋军一听到他的名字就望风而逃，为李雄称帝立下了赫赫战功。李雄登基后，李荡被封为安国公、神威将军，与叔叔李流、范贲、任小虎等人皆位列国公。

李荡心里不快，正要开口反驳，李雄将手一摆："太师的话正合朕意。孤军深入从来就是两军作战的大忌，况且我们目下虽据有了益、秦、宁等州，但汉中、江州、江阳等地还未收入囊中，倘为山中区区一群竹刀木枪的蛮夷就劳我大军，实在得不偿失，既惹天下人耻笑，也将为晋军所趁矣。只是……"

范长生道："我保举一人，可不辱使命。"

李雄大喜，道："此人在哪里，快带来让朕见见。"

范长生呵呵一笑："此人远在天边近在眼前。"此言一出，李雄固然大吃一惊，李荡、范贲、任小虎、常璩等人也是面面相觑。李雄扫视了众人一眼，忽然笑了起来，道："常公子……"

常璩急忙跪拜在地。李雄又道："常公子，你本是世家之后，兼之饱读诗书，前些日子你帮王能解决城中百姓吃水的事朕也知晓了，真是我大成不可多得的青年才俊呀……哈哈！"

范长生道："恭喜陛下又得英才。"

范贲、任小虎等人也纷纷恭贺，李荡兀自气鼓鼓的，但碍于李雄面子，不好发作，只拱了拱手，嘴里嘟囔几句，也不知在说些什么。常璩还在发愣呢，就听李雄大声道："常璩听令。"

常璩正待往下听呢，就听李雄身边一个宦官宣道："诏曰，着常璩为大成太史令，入史馆，掌著作。"

范长生见常璩还傻乎乎地伏在地上，急忙小声提醒道："璩儿，快谢恩。"常璩这才反应过来，急忙叩了三个头，道："谢皇上隆恩……"

李雄笑了起来，道："常爱卿，朕知你志向在担任史官，但眼下你还不能到史馆里走马上任。你得先到江州一带将蛮夷虚实打探清楚了。记住，朕和你老师可都等着你的好消息。"说到这里，李雄向百官说道，"众爱卿，今儿就到这里吧。"

那宦官又是一声吆喝："退朝。"众人朝李雄行了礼，躬身背对殿门，缓缓倒退着走了出去。

从皇城里出来，常璩感觉自己犹在梦中一般。他万万没有想到，自己竟然一下子就成了大成朝廷的一名官员了。范长生安慰他道："璩儿，非常之世有非常之事。眼下大成正是用人之际，你莫惴惴不安。我问你，你准备如何去江州？"

常璩想了想，道："既然这是皇上下的命令，我想应该以堂堂大成国命官的名义出行，一来可以彰显我大成的威严，二来……"

"差也差也。"范长生连连摇头，"你这样行不了一百里，只怕就死在了路上。"他沉吟一阵，道，"有了，你扮成商人模样，让范贲派几个得力手下假装是你的随从，从水路出发，可保无忧也。"顿了顿，范长生又道，"这次军务紧急，令堂那里，我会派人去照应的，你尽管放心前去吧。"随即，他又叮嘱道，"此行艰险，路上千万小心，小心。"

……想到这里，常璩心里稍微踏实了些。他暗暗宽慰自己，刚才在江神庙里发生的事情也许不过是个巧合罢了。这江上每年来来往往多少船只，即使偶

174

尔听说有船沉了，可又见几艘船因此而退缩了？

他毕竟血气正刚，或许江神示警，反而激起了心中一股特有的倔劲，于是他暗暗攥紧拳头，扯开喉咙，猛地里朝江面上大吼一声："开船！"那几个兵士乍听之下，反而吓了一跳，不由得对眼前这个文弱书生样的年轻人刮目相看。

暮色苍茫，几点渔火在对岸的山脚下闪耀，随即又朝江心飘荡过来。闻着空气里一股股袭人的水腥味，常璩大踏步走上船板，吩咐范贲手下那几个兵士扯起帆来，大船随即在暮色中鼓着帆，向武阳县顺流而去。旁边那些歇息的民船上的人，都纷纷摇头。

第十三章　千山万岭我独行

一

巴山青，蜀水碧。自古以来，巴和蜀就密不可分。常璩当然不知道，在他去世多年以后，唐代诗人李商隐的名句"巴山夜雨涨秋池"让人对江州的气候有了更加直观的感受，而当时的他所面对的不仅仅是孤单寂寞的行旅之思，更有巴人之外无数的原始部族。

这也是范长生给他讲述的。自古以来，在江州及其周边，尤其是险峻纵横方圆数百里的武陵山区，部族众多，其起源多不可考，大致有廪君族、五溪蛮、太暤巴人等，此外，还有以濮、賨、苴、共、奴、獽、夷、诞、獠命名的族群。但范长生不知道的是，这些族群之间并不像外界想象的那样生活在犹如世外桃源的环境之中，而是相互杀伐不断，比之山外的战争有过之而无不及。

常璩窥见这一内情是在当年冬天，距离他从成都出发，已经经过了整整半年，而和他同船的那几个兵士以及那一艘大船、船上用来掩人耳目的近百坛清油在进入岷江后不久，在路过那盛产江团的小三峡时，全都被犁头峡里的急浪打翻，沉入了江底。常璩从小在文井江边长大，在猝不及防地呛了几口水之后，昏沉的头脑里下意识地浮起一个念头：活下去。

常璩虽然有一身水性，但那文井江怎能和岷江相比？犁头峡急浪翻滚，在急流中挣扎一番后，常璩已渐渐体力不支，眼看即将被卷入前面一个极大的漩涡，他伸出双手胡乱一抓，谁知正好抓住了那崖壁边上渔户们捕捉江团的竹笼，这才慢慢固定住身子。

　　当渔户们将吊在竹笼上的常璩拉上高高的山崖上时，他已经昏死过去。渔户们将常璩身上的湿衣服脱下来，将他裸身裹在一床草席里，然后向邻村借来一头牛，把常璩头向下横放在牛背上，然后邻村那老牛倌拿起鞭子，赶着牛迈开碎步，一阵颠簸之后，脸色苍白的常璩终于张开大嘴，"哇"地吐出了一大滩水。老牛倌喜道："好了好了，这年轻人终于捡回了一条命来。"

　　在渔户人家的草屋中歇过几日后，常璩脸上才重新泛起了红润。他仔细一问，才知道自己一行人才走出成都不过区区六七十里，他顾不得感慨，急忙辞别了眼前这群虽鹑衣百结却淳朴厚道的渔户。

　　在弯弯曲曲的山道上，常璩背着渔户们你一家我一家凑来的干粮和几件麻衣，一边听着山林中不时响起的杜鹃鸟的啼鸣，一边朝来路返回。

　　到了武阳县城后，他看见锦江里正箭一般冲出数十只民船，那片片白帆在两江交汇的漩涡里稳住船身，转瞬又在滔滔岷江上扬帆远去，想起江神庙里那一幕，不由得叹口气，缓缓朝驿站走去。

　　当驿站把船安排好，已是三天后的食时与隅中相交时分。

　　正是暮春天气，天空中阴云低垂，堆积起了凛冽的寒意，看来一场春雨即将漫天而下。寒风中，江面翻滚的浪花愈发白得胜雪。驿站的官员陪了常璩，正在岸边遥遥观望，就见上游下来一只船。这是驿站向民间借来的船。船身不大，通体乌黑，首尾狭小，鱼肚皮般摊开的船身上架起一顶绿篷。这绿篷形如拱桥，由竹篾编织而成，载货时便拆卸下来。有客时，船家在舱内摆一张矮桌，桌上沏一壶热茶，倒扣几个茶盅。客人躬身进去，盘腿而坐，将茶徐徐送到嘴边，听耳边水声，再从窗口瞥一眼两岸的绿野青山，说不出的情思悠悠。

　　这倒符合了常璩的心意。他朝驿官拱了拱手，就踏进了船舱之中。

　　那撑船的年轻船家是久在江面行走的老手，见眼前这客人虽然年纪轻轻，衣着普通，却相貌不俗，也不多问，只将竹篙往岸边轻轻一点，小船荡至江心，趁风挂起帆来，往下游悠悠而去。

正乍暖还寒时节。江面上的水流得活泼泼的。风却心性不定，时而朝东吹，时而又斜刺里呼呼奔蹿，转眼却迎面而来，把脸刮得生疼。这种风，常在岷江上行船的人都识得，叫作"掩风"。然而岷江上的这一点点风此刻却勾起了常璩心里一番怒气。这一趟差事，他原本想千里迢迢，一路劈风斩浪，谁知在那区区的小三峡里便"折戟沉沙"，这反倒激起了他性格中的倔强。他从船舱里出来，走到了船头。

风迎面袭来，常璩略微低了低头，咬紧牙关，脚下犹如生了根，牢牢站住。那年轻的船家却被风逗恼了，又起了心要在这神秘的客人面前露一手，遂一把将帆扯落，丢开桨，将一根竹篙长枪一样气势如虹地捏在手中。常璩见他英气勃勃，心中顿生好感，转过脸来，冲他点了点头，俯身在舱前盘腿坐了下来。这船家与风斗得性起，索性脱了短衣，露出脖子上圆滚滚的腱子肉，觑了眼，篙尖专往岸边犬牙交错的片石上点。那青绿间黄的竹篙看似又软又长，包了铁的篙尖与石头不断相触，"叮叮叮叮叮"，篙身颤悠悠生出无穷气力。小船抬起头来，如鱼一般"哗哗"前行。来来往往的船只都让出道来，江面上一片叫好声。

有人隔船喊："三娃子，慢点慢点，桃花汛还没来，逮江团还要几天。"

三娃子却不吭声，眉毛一耸，仿佛还在和这一整条江斗气。

原来岷江上这样的船有个通称，叫"纸船"。取其既轻且薄，顺风顺水时如纸张一般行于水面之意。常璩这一趟远行，起初所乘的官船高大敞亮厚实，人走在上面，虽如履平地，却速度缓慢，如今他见这小船如此速度，方才明白其中含义，连声赞道："好身手！"

船家道："公子也是去那犁头峡买江团？"

常璩道："江团非我所好，我只是四处走走。"

船家一边撑着长长的竹篙，一边笑道："那公子也是去看那株梅花了？"

常璩一愣。这时，天空却渐渐晴明起来，漫天堆积的阴云已被隐约的阳光扯开条条缝隙，只空气中还奔涌着一股股河风带来的寒意。数十里水路转眼走完，看看即将行到犁头峡前，三娃子将竹篙使得越发凌厉，一张黑脸涨得红通通的，身上亮津津的都是汗珠。他正想询问是否继续前行，常璩却站了起来，指一下岸边一块石头，道："靠岸吧，上去走走。"

急浪翻涌，一波紧接一波。三娃子不慌不乱地将竹篙刺入水中，大喊一声："转！"船偏了头，箭一般往右岸靠去。常璩又喝一声彩。登上岸来，却并不急着走，而是看了一眼雪浪翻卷的江面，在心中默默地祭奠了那几个兵士，然后仰起头来，凝视那巍然对峙着的两岸山峰。

三娃子将船在岸边一棵高大的桤木树上用一根篾绳拴了，正要回舱里休息，却被常璩喊住："兄台好身手，如在阵前，可以抵百夫之勇，国家正用人之际，何不投军杀敌？"三娃子哈哈一笑："敌人在哪里？"常璩将手指向北方，道："中原！眼下胡人们正在边境上虎视眈眈，晋室已岌岌可危。"三娃子越发笑道："先生说笑了，想那晋朝的皇帝们从来没把我们当人看过，听说中原百姓饿得发慌的时候，司马家那傻子不是还责怪他们怎么不吃肉糜吗？哈哈……听说眼下他们几兄弟又打来打去，我刘三娃这种磨手板皮的草民，每天清早把眼睛睁开，一日三餐都还没得着落，哪有什么鸟闲心去操人家亲戚间的事情。"说罢，自顾自下到船上，边走边唱起江上的谣曲。

常璩道："那如果大成国要打出祁山，统一中原呢？兄台愿意去投军吗？"

刘三娃捂住肚子，笑得眼泪都快淌出来了："哎呀，公子，你这不是在逗我玩吧？这蜀地谁人不知道，那大成国乃是李家兄弟和范家父子的天下。你要我去杀人，万一我反而被人杀死了，家里八十岁的老娘和豆蔻年华的小妹谁来管呢？"

常璩想了想，竟无言以对。

刘三娃嬉笑一阵，站在船头喊道："公子慢慢玩，仔细别错过了日头，我去前面看看江团，等下还在这里等你。"

常璩看了刘三娃一眼，也不知该说些什么，正要往山间走去，身后又传来刘三娃的声音："公子如去到那山坳里的渔户村，碰着我家幺妹时，可以讨碗水喝。"常璩回头一望，见那刘三娃兀自站在船头，没好气地应道："我怎知道谁是你家幺妹。"刘三娃笑嘻嘻地答道："院子里有三株梨花的那家便是，烦公子带个话，说我在城里安好，过三两日即可回去。"

约莫走了一个时辰，常璩终于来到了渔户村里，他此次是特地前来报恩，谁知渔户们说什么也不肯收下他的钱，还说什么救人之事乃是积德之举，那老牛倌说得更是令人动容："公子呀，我救人可不是为了钱，如果收了你的钱，哪天我双腿一蹬，到了阎王老爷面前，怎生交代呀？"常璩无奈，只得和渔户们告了别，一个人怏怏地朝山道上走去，路过一家院子时，他不经意间一抬头，看见石墙内三棵梨树，花开得如繁密的雪花一般，忽然想起来那刘三娃所说的话，就拍了拍门，谁知竟无人应答。

又静悄悄地站了一会儿，那柴门依然关得紧紧的，常璩瞅了瞅天上的日头，只得举步朝山下走去，转过一个山头，他忍不住回头望了望，却见一个红衣少女的婀娜身影从一条灰白色的山路上走出来，袅袅婷婷地来到了柴门前，再一看时，见少女右手挎了一只青篾竹篮，竹篮里装了几件衣服，显然刚从溪边浣衣回来。常璩正要回头继续走，却见那女子将竹篮放在门口，又朝村里走去了，一边走，一边悠悠地唱着：

> 青青子衿，悠悠我心，
> 纵我不往，子宁不嗣音；
> 青青子佩，悠悠我思，
> 纵我不往，子宁不来；
> ……
> 一日不见，如三月兮；
> 一日不见，如三月兮……

少女歌吟婉转，如涟漪般回荡不绝。常璩竟听得痴了，他远远望着少女的背影，只见一朵花在歌声中徐徐离开枝头，飘落到少女脚下。少女俯身将花拾了起来，递到唇鼻之间，缓缓转过了一个拐角，便不见了身影，然而歌声犹在常璩耳边回响，待他回过神来，青色的雾岚已从山腰的林间徐徐袅起。常璩只得罢了，急匆匆朝山下走去。

此时夕阳正映照在对面山顶上，照得半个江面红彤彤的，临近山脚的另半个江面却绿得发黑。那刘三娃正跷了二郎腿，悠然地躺在一棵桤木树下。见常璩从山道上下来，他一个鹞子翻身站了起来，笑嘻嘻地吐掉嘴里嚼着的一根牛筋草，道："公子可曾见到我家小妹？"

常璩只感觉脸上一阵热气滚过，伸手揪了揪自己发烫的耳朵，尴尬地说道：

"你家里那几棵梨花倒是寻着了，开得十分繁盛，只是大门紧闭。我久等无人，又怕你在山下等不及，只得下来了。"

刘三娃"嘿嘿"笑了两声，等常璩上了船，俯身解开篾绳，一个箭步跳上船去，道："公子坐稳了，咱们——走嘞!"一点长篙，船顿时被急流托起，向下个峡口疾驰而去。

那刘三娃果然艺高人胆大，在暮色包围上来之前，他已将船撑过了小三峡，眼前就是一马平川了，江水也舒缓下来，前方的村落里已可以看见点点灯火。刘三娃道："公子，我就送你到这里了。"说罢，将船靠拢岸边，朝常璩喊道，"前方还有许多路要走，公子多保重……"

常璩朝刘三娃拱一拱手："多谢兄台，可惜，我没能给你家里传上话……"

刘三娃摆摆手，将一支长篙举起来，朝水中使劲一戳，小船随即晃晃悠悠地荡到了江心。常璩抬头望了望夜空中的星辰，辨认了那星辰的方向，大踏步往前走去……

且不说一路上是如何风餐露宿。只说这常璩心里揣了念想，只管朝着江州的方向埋头赶去。他每日里顺着土路、山道，踏过荆棘，沿途经过了无数的山川、河流、田畴，走到哪里天黑就寻了附近的村子，草草吃过晚饭后，便和村里须发皆白的老人们一起闲坐、喝茶、听他们讲当地的风土人情，然后在猪们、羊们、狗们的声音中沉沉睡去。也有人见常璩一个人风尘仆仆地赶路，便好奇问他欲往何处，他只说自己是到江州寻亲……

这一路行来，让常璩最为感慨的，是每当那些老人们讲述完当地的掌故后，那自得其乐的神情总是撩得他心里痒痒的——他发现，这些散落在穷村僻野间的人们的生活是如此质朴、恬淡，这常常让他想起益州城里那熙熙攘攘的热闹与喧哗，尤其是那天初见李雄銮驾出巡时的情景，两相对比，他竟然无端生出了几分惆怅……

让常璩印象至为深刻的，还有一件事。在远离官道、城池的地方，他发现了生长在山野村落、田间地头、房前屋后的许多老树。这些树有传说是汉武帝时期栽下的银杏；有无人栽种却突然从地里冒出芽孢、继而打败风霜雨雪长得五六个人才能合抱的麻柳、桤木；还有一条条河流旁边那些叫不出名字的古码头边的皂角树、老槐树等……

苍穹如盖，山野碧绿。这一日常璩沿一条河走到落日时分，猛一抬头，发现一面高达百丈的悬崖挡在面前。他抬起头，见四周无路，只有高处一段惊心动魄的栈道映入眼帘。这段栈道险处，悬挂在离河面十数丈的崖壁上，崖壁似刀砍如斧劈，一根根黑黝黝的圆木从崖壁的石窝中伸出来，如同巨兽骨骼，蜿蜒成道。栈道从南向北铺展，约莫三四十丈长，也不知是何时何人所建。

眼看暮色就要围合上来，常璩一咬牙，伸手攀着一块块凸出的岩石，缓缓登上了那一段古栈道。他小心翼翼走在栈道上面，身体紧贴着光溜溜的悬崖，待那短短的三四十丈路程走完，背心已全被冷汗浸透。

谁知绝路之处偏偏生出风景来。这段栈道走完后，面前的山坳间竟展开一条弯弯的山道，几棵乌桕树立在山道两旁，叶子像着了火一般通红。

一阵风来，那一片片红叶被吹落，满地都是。常璩这才恍然大悟，时令已是深秋，计算起来，自己在路上已不知不觉行走了半年之久。

停下脚步，打量着眼前的处境，这时候夜色已如潮水一般包围过来，正当他感觉身心俱疲彷徨无计时，那远远的山道尽头似乎有一丛灯火微闪，紧接着，在黑黝黝的山林后面，忽然响起了一记钟声。

钟声悠悠回荡。天地间豁然裂开了一道口子，霎那间一亮。他大踏步向前走去，不一会儿，两道苍黑的飞檐就在他眼前庄严地呈现出来。

这是一座寺庙，已破败不堪。一道土墙蜿蜒伸向山林深处，将它和农户们勉强隔开，此际也是向晚时分，几股青色的炊烟同时从庙里和村里悠悠升起来，在空中纠缠成一团……

走进庙来，只见看守庙子的唯一一名老和尚穿着一领黄色僧衣，趴在耳房内的一张桌边，正捧着碗往嘴里倒东西。见常璩进来，老僧从房中抓出一把炒过的豌豆，又伸手取出腌在土罐里的一块菜疙瘩，从锅里舀出半碗瞧不出颜色的菜汤，递给常璩后，就讷讷地退到了室外。

室内一灯如豆，窗外秋风瑟瑟，星辰暗淡。那菜疙瘩咬在嘴里，咸咸的难以下咽。常璩喝了菜汤，去找老僧闲谈，听说常璩是从千山之外的益州城过来，要去江州一带寻亲，那老僧张大了嘴巴，半晌，才说道："你那益州城里有个昙云寺，当年我曾去寺里挂单，后来流落到这里，见这里也叫昙云寺，虽然庙已破败不堪，但比起山外兵火连天，这荒山破庙不啻为世外福地，索性就停驻在此……"

两人聊到深夜，那老僧见常璩虽然年轻，谈吐却是不凡，兼之待人彬彬有礼，不觉好感大增，遂压低了声音，道："小哥且随我来。"说罢，带常璩来到了寺内的大殿之中，指着殿内的石壁，说："其实，我留在这寺里还有个缘由，就是想有朝一日参破一个秘密……"

常璩奇道："什么秘密？"

老僧朝四周看了看，仿佛怕窗外有人偷听似的，半晌，才将手抬起来，指向那殿中一面石壁，缓缓道："不瞒小哥，其实我乃是当年李特后营中专事疗治伤病之人，因活人无数，又好讲古，大家送了老神医的外号给我。李特兵败时，我趁乱躲到了小城角落的昙云寺里，就此出家为僧，后来见晋兵搜查得紧，就逃了出来，辗转流落到此处……"说到这里，这昔日的军医长叹一声，双手合十，道了一声阿弥陀佛，又继续说道，"现在想来，我虽然悬壶济世，可那被我救活的人又拿起枪矛来，去杀死别人，唉！想李特杀人无数，因此上天让他以命相还，而老朽或许因了冥冥中一点因果，合该与佛结缘。到这寺里以后，有一年中秋，天上圆月朗照，我正在这殿中打坐，无意中一抬头，就见那一片月光透过窗棂，照到这面石壁上，一幅画缓缓地从壁上浮现出来。月光如水，把那幅画照得清清楚楚。画面上方，是一团一团莲花般的云彩。云彩下远山隐隐，远山里几棵苍松，一丛茅舍。茅舍中，一位身着灰色衣衫的老人盘膝而坐，双目似睁似闭，嘴角若思欲言……"说到这里，他叹口气，道，"此后每年中秋，只要圆月映照，那幅画就会浮现出来，而我也一直在此，期待能有所参悟，有朝一日能走进那画中去，就此远离这多灾多难的人间，该有多好……"

常璩咀嚼着老僧的话，久久没有言语。

第二天清晨下了一场大雨。这雨起初只是淅淅沥沥的，常璩观望了一会儿，只见山野间升起一层白蒙蒙的雾气。雨渐渐大了起来，冲刷得地面溅起无数烟尘。天地间雨声哗哗，到午时天空中才露出了几朵晴云。老僧再三挽留常璩在此和他一起参悟那幅画中的秘密，常璩却是不肯，只推说要去江州寻亲。老僧道："从这里到江州，须翻越武陵山，山中蛮人众多，小哥你可得小心些。"常璩点点头，老僧又道，"你随我来吧。"说罢，便伴着常璩向寺后走去。

原来这寺庙背后是一汪水潭。大雨过后，潭中水涨起来，水面上竹叶漂荡，云影波光。常璩到水潭边一望，只见水中浮出一个脸色黧黑、胡须拉碴、眼眶窝陷的人来。他吓了一跳，好半天才反应过来，这水中七分像人、三分像鬼的家伙可不就是自己吗？不由得一声苦笑。这时候，水潭上浮上来几只黑背白肚的团鱼，四肢如船桨般慢腾腾划动，不一会儿，它们就游到了岸边，爬上岸来，慢腾腾地在地上挪动。

老僧向常璩指明了道路后，两个人就挥手告别。当常璩走上悬挂在峭岭间的山道时，见山下那老僧还站在水潭边向自己张望，苍老的身影在天地间站得孤零零的，心中不忍，又朝他遥遥挥了挥手。

过了这座寺庙，就到了武陵山边缘。

这一天已是凛冬黄昏，点点雪花从天空纷纷而来，常璩所雇的小船沿着弯弯曲曲的河水行到武陵山深处时，再也无法前行，只得靠岸停泊。这时天色向晚，山间猿声阵阵，船家寻了河边一处岩穴，便生火造起饭来，谁知袅袅而起的炊烟引来了暮色深处一名身披蓑衣、白须黑面的老者。这老者不仅面相怪异，身后还跟了五六个腰间围着兽皮、手执骨刀、尖棍的人，唬得众人纷纷逃散。常璩正欲随了众人逃走，却被那几个人团团围住。那老者仿佛是见过大世面的人，竟主动与常璩攀谈起来，言语间竟隐隐约约地残存了一丝蜀地口音。

原来这老者是武陵山中的廪君族的首领，年轻时曾走出山外，到过蜀地。听了他一番话，常璩这才一点一点地明白了武陵山中各个族群的情况。

那廪君族原来世代居住在离武陵山数百里的钟离山中。数百年前，他们的势力越来越大，其居住的地方已经人多地少，经部族首领们商议，决定向外扩张，他们从部族中精心挑选了精壮男丁，剖竹为矛，取岩石之色涂抹额头，浩浩荡荡从清江上游夷水乘船而下，到了一个名叫盐阳的地方，假装与当地熬盐的部族和好，尔后趁其不备，攻占了他们的地盘。随后，廪君族的男丁们又穿过大溪河向北，进入巫山，再从乌江支流郁江进入武陵山区，一直攻到涪陵，一时声势大盛，随后他们又占据江州，借山水之势，一夫当关，欲东窥荆楚，谁知不过转瞬之间，不可一世的廪君族人便被更加强势的楚人击溃，兵败如山倒，山再险，水再急，也挡不住楚人的攻势，一退再退，退到垫江，又退到阆中，昔日大片领土尽入楚人之手……

说到这里，那老者叹道："此后我族再也无力走出武陵山，只得在这山里勉力与五溪蛮、太皞巴人等周旋……"

听了老者的话，常璩安慰他道："老丈有所不知，当年打败你们的楚人后来也兵败国亡。就在你们退入山中不久，楚人所拥有的广袤国土转眼间也被秦人的战车碾过，所到之处，楚人哀号连天……"老者闻言，起初脸上露出喜悦的笑容，然后神色却变得悲哀凝重起来。他喃喃自语，眼里竟"啪嗒啪嗒"地滴落大颗大颗的泪珠。

见老者落泪，那几个汉子举起手中的骨刀，躬下身子，一边跳跃着，一边唱道：

> 廪君姬兮为女神，神刚强兮不可凌。
> 既应共兮当随唱，何以到兮互相欺？
> 中箭落兮为鬼雄，魂魄飞兮在天灵。
> 神遁去兮天地在，歌巫祭兮以安神。

歌声激越而又苍凉，在山峡间悠悠回荡，惊得四周山林里鸟儿扑飞。看老者如此伤感，常璩也禁不住眼睛潮润起来，他将眼角泪水抹去，然后抬起头来，将目光投向夜色中莽莽苍苍的大山，陷入了深深的思索……

和廪君族长者的这次相遇和深谈，让常璩第一次见到了巴蜀深处的广袤和神秘。多年以后，他这样写道：

> ……土地山险水滩，人多戆勇，多獽、蜑之民。县邑阿党，斗讼必死。无蚕桑，少文学，惟出茶、丹、漆、蜜、蜡。

他还记录了沿途所见和听说的一些遗迹与传闻：

> 江州县郡治。涂山有禹王祠及涂后祠。北水有铭书，词云："汉初，犍为张君为太守，忽得仙道，从此升度。"今民曰"张府君祠"。县下有清水穴，巴人以此水为粉，则膏晖鲜芳，贡粉京师，因名粉水；故世谓江州堕休粉也。有荔芰园，至熟，二千石常设厨膳，命士大夫共会树下食之。县

北有稻田，出御米……

二

月亮升起来了。这是西蜀成国武帝李雄玉衡七年初夏的一个黄昏，一弯月牙虽未丰满，却也皎洁如玉，倾泻出淡淡清辉。

这个时节，成都一带倒是风调雨顺，平原上的秧苗已经插完，城外水田里葱绿一片。然而中原大地却正生灵涂炭。上年十二月，西晋愍帝司马邺被自立为皇帝的匈奴人刘聪杀死，年仅十八岁。消息传到长江对岸，东晋朝中上自皇帝司马睿下到文武百官、黎民百姓皆放声大哭。

这消息传到僻居一隅的西蜀大成国时，常璩也呆住了。他万万没有想到，从武帝司马炎开始，晋朝才不过传了四个皇帝，就被胡人灭掉了，虽说去年司马睿已在建康称帝，中原一带的世家大族也纷纷随他逃过江去，然而中原大地却就此落入了胡人之手，不知何日得收回？

凉风悠悠吹过来，常璩扳着手指，在心中默念着从司马炎之后几个皇帝的结局，心中阵阵痛楚：十一年前，司马炎之子惠帝司马衷被东海王司马越毒杀，年仅四十八岁；五年前，司马衷的弟弟怀帝司马炽被刘聪毒杀，年仅三十岁……

常璩迷惘地抬起头来，仰望着那蓝幽幽的夜空，想起中原百姓这数十年来所过的动荡日子，眼中忽然掉下泪来，他喃喃吟道：

彼黍离离，彼稷之苗。
行迈靡靡，中心摇摇。
知我者，谓我心忧，不知我者，谓我何求。
悠悠苍天！此何人哉！
……

对于司马家那一群顶着王爷名号的头脑发昏的家伙，常璩已经是失望透顶

186

了。那几兄弟为了一己私利，相互间打来打去，无非是为了一个皇帝的宝座。那是他们自己宗室内部的斗争，为何要把普天下的百姓们都卷进去?

忧伤如春天里淅淅沥沥的雨水一般，在常璩心里铺展。直到月到中天时，他心里才微微好受了些。其实，这几个月来，他也一直在静谧的西蜀田园风景中寻找着另外一种安慰……

月光越发白了，如清水般倾泻在地。

这个夜晚，而立之年的常璩坐在已被李雄下令改名为汉原县的原江原县城里的一座凉亭当中，听荷叶深处蛙声如鼓。那蛙甚为警醒，岸上稍有响动，群蛙立刻噤口不言。常璩静静地听着，当蛙声正酣时，他随手从地上捡起一块土疙瘩，“扑通”一声扔进水里，四周立刻安静下来。片刻之后，当风掀动亭亭荷叶，蛙鸣又随着水面上荡开的圈圈涟漪鼓噪开来。常璩自小便生活在田园之中，最喜这类游戏，不由得抚掌呵呵直笑，至此，他心中的忧沉才缓缓驱解。

这也是他回到家乡江原县担任县令的三个月多来，脸上第一次露出笑容。

这三个多月里，季节由春入夏，农事亦由繁转闲，县衙内的事务也渐渐清闲下来。第二天上午，当常璩高卧到日上三竿，慢悠悠起床洗漱时，书僮给他送来一纸请柬，是一王姓酒商邀请十五之夜在县城西边湖上赏月。请柬是高价在成都浣花溪畔的纸坊里定制的，纸张素雅，数行墨迹舒朗洒脱。常璩一见那字就喜欢上了，再一问，得知那王姓酒商为江原本地人，雅好诗文，家中祖传一座米酒坊，近来又专营了成都郫邑特产“郫筒酒”，心中有些沉吟，遂一览请柬，见上面谦卑有礼，言语间颇有些风致:

> 闻明公自牧鄙县以来，身倦案牍，心系稼穑，王某心有惴惴焉。今农事已闲，特备三年前之“郫筒春酿”，务请明公拨冗。斯时也，城西湖上明月清风，斯文雅集，岂不快哉?

第二天，常璩让书僮回复王姓商人:“知悉了。粗茶淡饭即可，莫费钱财。”

对常璩来说，与家乡江原县这些商人的交往其实无可无不可。自八年前的春天他从成都出发，历经一年时间，游历了地属巴郡的江州武陵山一带，回到成都向李雄报告了江州及其附近崇山峻岭中土著部族的情况后，李雄又派他到南中的夜郎郡、金沙江边的古哀牢国一带游历。他历经千辛万苦，花了整整三年时间，才把那广大的山河走遍，其间的艰辛可谓一言难尽。

第一次从武陵山中回到成都后，他即被李雄正式委任为成国史官，随即在母亲的安排下，与赵家女子赵嫣成婚。这些年来，两口子膝下无子，赵氏勤劳贤惠。虽然母亲多次暗示，常璩却怕伤了夫妻感情，一直无心纳妾。有了家，他的日子也变得踏实起来，每天早上，喝了赵氏为他熬的粥，便迈着悠然的步子，不慌不忙地去史馆点卯，到午时回来用餐后，便在赵氏的陪伴下读些闲书。他一边读，一边和做针线活的赵氏扯些闲谈，日子就这样如水一般缓缓流淌过去了。

然而那案牍生涯却使他渐渐厌倦起来。在成都生活得越久，他就越觉得那些深藏在崇山峻岭间的被称为蛮夷之人的各个部族看起来民俗怪异，其实民风最是淳朴。他们的日子，比起成都城中这热闹无比的生活来，可真是简单清爽得多。

这样的念头近年来越发强烈。三个月前，他向李雄提出将自己外派到这江原县来，一方面固然是想在山水之间悠然寄情，另一方面，则是觉得自己必须要把四年前的各种游历见闻整理出来了。

"常言道，生年不满百。到我百年之后，也许写下的这些见闻反而能让后人记住我吧？"常璩暗暗对自己说道。蓦地，他想起自己在夜郎郡竹神庙中的所见所闻，觉得在成都城里更加坐不住了："那竹神庙的来历是如此奇特，倘若我不记载下来，也许就此湮没无闻了吧？"

常璩到达盘江边的竹神庙乃是午后。季节虽是初秋，但却难得地透出了一片阳光。在庙前的一块空地上，一个老者正在人群中讲古，只见他盘膝而坐，手捻胡须，缓缓道："这竹神庙中所供奉的乃是竹王。说起竹王，他乃是从竹中所生……那一年，夜郎国盘江边有个女子在浣衣，从上游漂来三节粗大的竹子，说来也奇，那竹子不偏不倚，顺水漂到女子大腿中间，任凭人推浪打，始终与女子大腿紧紧挨在一起。女子正在诧异，就听到竹子里隐隐传来婴儿的啼哭声，便把这根竹子带回家中，剖开后一看，一个双手攥成拳头的男孩赫然躺在里面。这竹孩长大后力大无比，聪慧过人，被众人推举为部族首领，因他生于竹中，便自称为竹王。这竹王见部族周边土地贫瘠，乱石遍地，便把自己出生于其中的那根大竹插到地上，一大片竹林随即漫山遍野地长了起来……从此，竹王这一族的人便靠竹养活了自己……"

许多年后，常璩兴致勃勃把这一段见闻记了下来：

有竹王者，兴于遯水。有一女子，浣于水滨，有三节大竹流入女子足间，推之不肯去。闻有儿声，取持归，破之，得一男儿。长养，有才武，遂雄夷濮。氏以竹为姓。捐所破竹于野，成竹林，今竹王祠竹林是也。王与从人尝止大石上，命作羹。从者曰："无水。"王以剑击石，水出，今竹王水是也，破石存焉。后渐骄恣。

他又想起了自己在大山之中所遭遇的"夷人们"：

夷人大种曰"昆"，小种曰"叟"。皆曲头木耳，环铁裹结，无大侯王，如汶山、汉嘉夷也。夷中有桀黠能言议屈服种人者，谓之"耆老"，便为主。论议好譬喻物，谓之"夷经"。今南人言论，虽学者亦半引"夷经"。与夷为姓曰"遑耶"，诸姓为"自有耶"。世乱犯法，辄依之藏匿。或曰：有为官所法，夷或为报仇。与夷至厚者谓之"百世遑耶"，恩若骨肉，为其逋逃之薮。故南人轻为祸变，恃此也。其俗徵巫鬼，好诅盟，投石结草，官常以盟诅要之。诸葛亮乃为夷作图谱，先画天地、日月、君长、城府；次画神龙，龙生夷，及牛、马、羊；后画部主吏乘马幡盖，巡行安恤；又画夷牵牛负酒、赍金宝诣之之象，以赐夷。夷甚重之，许致生口直。又与瑞锦、铁券，今皆存。每刺史、校尉至，赍以呈诣，动亦如之。……

那崇山峻岭、白云缭绕的南中之地是如此奇妙，让常璩始终难以忘怀，以致他一提起笔来，顿时淡忘了自己在建康府牢狱中所遭遇的谩骂与毒打，不惟身上所受到的累累伤痕不值一提，就连东晋那帮王谢子弟们强加在他头上的"谋反"罪名也忘记了：

永昌郡，古哀牢国。哀牢，山名也。其先有一妇人，名曰沙壹，依哀牢山下居，以捕鱼自给。忽于水中触有一沉木，遂感而有娠。度十月，产子男十人。后沉木化为龙，出谓沙壹曰："若为我生子，今在乎？"而九子惊走。惟一小子不能去，陪龙坐，龙就而舐之。沙壹与言语，以龙与陪坐，因名曰元隆，犹汉言陪坐也。沙壹将元隆居龙山下。元隆长大，才武。后九兄曰："元隆能与龙言，而黠，有智，天所贵也。"共推以为王。时哀牢山下复有一夫一妇，产十女，元隆兄弟妻之。由是始有人民，皆象之，衣后着十尾，臂胫刻纹。元隆死，世世相继，分置小王，往往邑居，散在溪谷。绝域荒外，山川阻深，生民以来，未尝通中国也。南中昆明祖之，故诸葛亮为其国谱也。

江原城外平原铺展，常璩刚来时，田野里正麦苗青青，转眼到了四月，平原上麦浪金黄，一夜之间，麦浪又消失不见，天地间转换成一派浅绿深绿的风景。田家的插秧歌响彻乡村。

插秧时节，川西多雨。落雨的时候，常璩最喜登楼远眺，那曾经远游的莽莽苍苍的武陵山、充满奇异传说的夜郎、奔腾不息的金沙江等是望不见了，可是眼前的景色却丝毫不输于任何地方。白鹭在翠绿的田野上空往来翩飞。官道两旁，身披蓑衣的农人在田野里弯腰劳作，行色匆匆的客商在深深柳色间走着。濛濛烟雨里，不知从什么地方传来了"哞哞哞"的牛叫。听到牛叫声，常璩再也坐不住了，他急匆匆回到府衙，脱下官帽，头戴斗笠，穿了粗布衣服，蹬着一双草鞋，沿着文井江岸边兴致勃勃地前行。四月底的一天，他走到了江原城西北边的无根山下，细雨斜飞，那顶又小又旧的斗笠遮不住雨水，正狼狈间，从竹林里走出来一名老者，见他半边衣服都湿了，立刻将头上的斗笠递给了他，自己转身隐进了竹林深处。

戴着散发着竹篾清香的斗笠，听着淅淅沥沥的雨声，走到半山腰，雨越来越大，常璩停住了。他抬头望着前面巍然耸峙的座座青峰，又转头看看山下人家房前屋后波浪般摇曳的翠绿竹林，他贪婪地看着自己脚下的这片土地，又想起那年给常琬送米糕时的情景，心中喃喃念道："真乃膏腴之地也。"

多年以后，他把自己对家乡江原县的印象满怀深情地写进了《华阳国志》中：

> 江原县，郡西，渡大江，滨文井江，去郡一百二十里。有青城山，称
> 江祠。安汉上下、朱邑出好麻、黄润细布，有羌筒盛。小亭有好稻田。东
> 方，常氏为大姓。文井江上有常堤三十里，上有天马祠。

雨季很快过去。不觉之间，江原县西湖边柳树上已来了鸣蝉。这一日，到
了与王姓酒商约定的时间。

黄昏时分，一轮圆月刚从云层中浮现出来，湖上灯火照得四下里如白昼一
般。蝉鸣声一阵紧似一阵，柳枝分开处，一叶小舟犁开波光，将常璩送到一座
画舫旁边。王姓酒商和两个文士打扮的人正候在甲板上，见常璩走得步履轻快，
急忙迎上前来，将他引入舱中。舱为雅室布置，四角烛火高烧，映照得里面亮
丽轩敞。正当中一张案桌，上面铺了红绿果子。桌外斜摆一几，几旁一白衣女
子正躬身倒茶，露出洁白脖颈。常璩坐到上席。王姓酒商对面坐了，两文士打
横相陪。

宾主坐定，白衣女子移步过来，将茶盏一一摆放在客人面前。常璩将茶盏
捧起，揭开茶盖，却不忙入口，而是端到鼻下闻了一阵，又瞄了一眼茶汤颜色，
说道："此乃我江原所产鸟嘴是也。"然后微啜一口，又说，"虽为明前采摘，
可惜揉炒时火稍大了些。"三人齐声赞道："明公好眼力。"常璩微微一笑。就
在此时，一阵微风从湖面吹过来，将窗前绿纱掀起，露出外面粼粼波光。波光
荡漾处，一艘灯火通明的高大楼船从远处缓缓驶来，湖面上传来笑语喧喧。

王姓酒商见气氛融洽，凑近道："明公见谅，今晚本来预定在那楼船之上，
却因成都府任家几个公子来湖上游玩，不得已，只好委屈您老在此湫隘之地。"
常璩皱了皱眉，暗道："这任小虎仗着亲妹子当了皇后，不但自己成天端着个国
舅爷的架了，见到人总是两眼朝天，也把他那几个儿子养得犹如虎狼一般，在
成都时就常听闻他们的种种恶行，想不到如今来到了我江原地界！倘他们只是
喝喝酒听听曲子倒罢了，如有欺男霸女之事，我该怎么办？听说那任皇后对她
这几个侄儿也颇为护短，闹得李雄也无可奈何，如果是这样……"他心里这样
想着，却神情不改，潇洒地将手一摆："王先生多虑了，此处有明月清风美酒佳

191

肴，何来委屈之说？"王姓酒商大喜，扭头将手一招，一缕香风款款袭来，却是白衣女子轻移莲步，依次端来了蒸、炙、炖诸般菜肴，当中一碗山药炖猪排，洁白诱人。随即，门外两个小厮轻手轻脚地将酒抬了进来，缓缓倾入杯中。常璩最喜山药，以为生津健脾，这时却不忙动筷，只笑吟吟地看着王姓酒商，等他开口致辞。

原来这王姓酒商心里藏了一桩事情。多年来，江原县临山一带特产一种米酒，在附近几个县皆有口碑。这米酒质地不俗，水源来自江原西北部从青城山中流淌出来的味江之水，清洌透亮，入口甘美，江原人都引以为傲——据说味江之名的由来就与酒有关。

常言道，物以稀为贵。那取味江之水所酿的米酒一年亦不过一二百斤，由此才越发引人向往，一俟面世，顿时供不应求，也让附近几个县邑的人对江原县羡慕不已。谁知这世上最贪婪的就是人心。近年来，江原本地一些商家恨味江出酒太少，于是一夜之间，那味江边顿时新增了十多座酒坊。当中那本钱大的，仗着疏通了衙门关节，每当新酒出来，便在市面上大势鼓噪，雇人推了独轮车，车上放置大酒瓮，瓮口覆以沙袋，袋上插一面小彩旗，上书"江原春酿"四个字。数十辆独轮车"嘎吱嘎吱"地行走在县城内的街道上，彩旗随风飘扬，满城似乎都荡溢开了浓郁的酒香。

江原人喜闹热，都追撵着独轮车而去，如此一来，闹得王姓酒商的生意就如兔子尾巴一般，一天不如一天。没奈何，他只得渡过皂江，将郫邑所产的郫筒酒从江那边贩运过来，却不料江原人喝惯了本地米酒，任他家的伙计如何劝说，买回来的郫筒酒就是无人问津。

此事数月来一直闷在王姓酒商心里，忽然有一天听说新任江原县令乃是出自本县常家、近年来已渐有文名的常璩，心中刹那间闪过一道亮光：如能蒙常璩为郫筒酒作一首诗，岂不妙哉？

他却不知，这常璩虽有文名，所长却不在诗赋之类。

常璩自回江原之后，每每心情郁闷，喝的便是那味江边的米酒，此时听王姓酒商一说，顿时来了兴致，仔细端详起那郫筒酒来。他依稀记得，自己曾在哪里见过这酒。

几个人正说笑间，忽听湖面上传来一阵琵琶声。那声音起初清脆婉转，忽又转为激越昂扬，仿佛雨点劲敲。舱内顿时安静下来，那声声激越如同敲在人心上，常璩听得入神。倏地，乐声又舒缓下来，仿佛有个背影正在天地间渐渐远去，随即，一个清丽的声音将悠远的歌吟送到了耳边：

> 青青子衿，悠悠我心，
> 纵我不往，子宁不嗣音；
> 青青子佩，悠悠我思，
> 纵我不往，子宁不来；
> ……
> 一日不见，如三月兮；
> 一日不见，如三月兮
> ……

常璩心里一震，感觉这歌声似曾相识。歌声随风飘荡，几个人情不自禁地站了起来，走到窗边，只见对面那艘楼船上，一个红衣女子正在灯火里高歌。灯火里围了一圈人，有弹琵琶者，有持酒侍立者……几个女子衣衫散乱，酥胸半露，似乎正在和几个男子猜拳行令。看来，这几个男子就是任小虎家的孩儿了。

那红衣女子远远地站着，仿佛眼前的一切都与她无关。湖面上荡开一圈又圈涟漪。女子的声音就在波光粼粼的水面上高低婉转，渐渐又转为了袅袅余音。

半响，舱内无人说话。那请来陪客的一个文士忽然叹了口气："玉蝶的声音越发好听了，只可惜……"另一个文士插嘴道："玉蝶姑娘虽身在青楼，却卖艺不卖身，令人敬佩，何来可惜之说？"常璩这才回过神来，这声音不正是那一年自己在犁头峡渔户人家的山道上所听到的吗？

一想到这里，记忆的闸门顿时打开。常璩眼前闪现出岷江上那一艘如箭一般贴着水面"嗖嗖嗖"向前直飞的纸船，旋即，那令人痛楚的一幕又涌上他心头。

那是将近七年前的事了。

正是他第一次游历归来之时。

两岸绿野缓缓后退，常璩却感觉不到船在前进。他只觉得自己在武陵山中的遭遇犹如一场梦，又觉得自从自己一出生开始，好像都活在一条又小又破的船上，这船从国乱家败之际出发，不时还遭遇一些顶头风、瓢泼雨……正思忖间，舱外有人大喊："公子，平羌峡就要到了，在里头坐稳了哈。"

船是在岷江一处老码头随便雇的。常璩游历了武陵山，打探清楚了江州乃至荆楚一带的情况，一算时间，自己已经出来一年有余，得赶紧回成都复命，于是就和船家讲好了价格，一个人挑着两肩清风，揣了满腹心事，朝成都方向缓缓行去。

从外形来看，这艘船亦如上次过小三峡时刘三娃驾的纸船一般，只船板略厚些，舱内亦宽敞些，船头看起来也显得高大一些。此外，驾驶者除一少年升帆、划桨外，还有船家立在船尾把舵。这二人之间的关系，似父子，又像师徒。开船时，恰巧风正往上游刮，船家扯起帆，俯身捡拾起那顺放在舷边的一根长篙，颤巍巍往岸边石头上一点，长声吆吆地喊一声："顺风——哩——"船就荡到了江心。划桨的少年随即双臂一前一后地摇动，船便往上游徐徐而去。

常璩本想看看使篙人的本事，谁知船家却是个闷声人。看模样五十来岁，额头是深深的黝黑皱纹，一张嘴，咧开的似乎都只是些苦笑，只得罢了。在外游历了一年多，常璩如今也算是经历了大江大河的人，加之满腹心事，也无心领略岷江上的风景，便在舱中恍恍惚惚地坐着，没想到仅半天时间，那船家就把船摇到了平羌峡口。

此时正当午后，一轮秋阳在云层中缓缓穿梭。常言道，十月小阳春。江面上如同春天一般，远远望去，平羌峡影影绰绰的山峰就在前面。常璩心中忽然一动，跨出舱来，向船家拱一拱手："老丈，你是这岷江上的老手，可知道有个叫刘三娃的不？"

一阵风吹过来，船家举手往脸上一揩，道："死了。"

常璩吃了一惊。此时江面上风越来越大，船晃荡不定。船家急忙稳住舵把。少年紧咬牙关，奋力划桨，船吱吱吱地顶风前行。船家慢声讲道，那刘三娃本是小三峡中人氏，父亲早死，家中只剩个瞎眼老娘和一个尚未许配人家的妹子。多年来，每到逮江团的时节，他便在犁头峡和武阳县江口的码头之间往返运货，挣点散碎铜钱养家活口。半年前，那刘三娃载了一笼江团从犁头峡出来，也不

194

知是不是避让不及，就被渔商们的大船撞翻了。他不服，从波涛中跃起来，持篙打上船去。说到这里，船家叹息一声："没想到他还想去讨个说法。那渔商背后的大树，可是范太师家啊！没奈何，我们只得远远地看着，果然只一眨眼间，他就被那大船上的家丁们打得扑爬跟斗，随即丢入江中，被大水远远地卷走了。我们本想胡乱凑些钱给他瞎眼老娘，谁知祸不单行，他老娘听说噩耗后，竟急火攻心一命呜呼，剩下他妹子无依无靠，听说已往江原县投亲去了。唉……"

江面上风声呼呼。船家的声调起初还有些哀婉，待事情始末讲完，已渐渐转成了漠然。常璩听着听着，忽然想起，那刘三娃被打落波涛之日，正是自己在武陵山中满怀兴致地查看一处处古迹之时，不禁心里一痛：万万没想到，那小小的一尾江团背后除了牵连着利益、排场、官帽……竟还牵连着刘三娃短暂而悲怆的人生，算起来，他如果还活着，正是和自己差不多的年龄啊！

不知什么时候，常璩抬起头来，昏暗的阳光下，船正缓缓过峡。巍然的大山正秋色斑斓，长长的纤绳那头，纤夫们背如弯弓，肩勒篾绳，紧紧贴着山崖，像蚂蚁拖大山般拖着一艘艘船艰难前行。常璩眼里蓄满了泪水，听着岸上纤夫们的号子，他耳边忽然响起了去年早春里刘三娃活泼而又矫健的歌声——

哎——
老子自幼住江边，
浪里如鱼乐翻天。
闲来捉只老鳖卖，
浊酒三碗赛神仙……

忽然他眉头一皱，厉声道："船家，你说的那个范太师，是哪个范太师？"那船家见眼前这青年人忽然声色俱厉，吃了一惊，道："是范……范长……"常璩内心突然一痛，颤声道："是范……范长生范太师？"

船家点点头，又急忙摇摇头："我们这些小民哪里能搞得清官人们的事情？只是听说，这岷江上江团的买卖，那范太师其实并不知情，都是由他儿子小范太师一手操弄出来的……"

几个人重新落了座。话题从郫筒酒转到了那名叫玉蝶的女子身上。原来这玉蝶不知是何方人氏，近年来在这江原青楼里现身，琴棋书画无所不能，尤其天生一副嗓子，常常歌吟三日余音绕梁。或许是因了这一身技艺，她将自己看得极高，凡有客人来，只以艺待，从不以色侍人。客人稍有辞色，她便冷如冰霜。江原县一班浮浪子弟因此对她又怕又羡又恨……常璩脑海里此际都是刘三娃那矫健的身影和犁头峡上那三棵盛开得如雪花般的梨花。他已隐隐明白，几年前他思虑再三，秘呈给皇帝的弹劾范贲的奏章，皇帝大概看都没看。想到此，他正色道："此女子格调如傲霜之梅，岂可亵玩焉？"

请来作陪的那两个文士连连点头称是。王姓酒商心里虽不以为然，却也不便拂了常璩的面子，随身附和了几句，心中盘算着等生意好了，那怕一掷千金也要去瞧一瞧那玉蝶的真容。几个人的话题又渐渐转回到郫筒酒上来，桌上渐渐杯盘狼藉。窗外，月亮越发亮了，湖面上月光搅动波光，亮晃晃如同无数银鱼在嬉戏。四周静谧无声，原来时间已近三更。常璩要去更衣，四个人一起摇摇晃晃地站起来，王姓酒商扶着常璩，正欲朝船舱外迈步，两人抬起头来，忽然被对面楼船上的一幕惊呆了。

湖水轻摇着画舫。四个人踉踉跄跄奔到窗边，就见对面明晃晃的楼船上，有两个人正将红衣女子玉蝶按在桌边，要撕扯她的衣服。不知为何，本来人声鼎沸的楼船上此时却静悄悄一片。那玉蝶披头散发，拼命左躲右闪。风吹起楼船上的窗纱，将三个追逐奔逃的影子映照得飘忽不定。忽然之间，两个影子高大起来，如鹰扑住了兔子。兔起鹘落之间，就见被扑住的兔子跃了起来，将手狠命朝前一挥，有个影子惨叫一声，捂住眼睛，跌跌撞撞往后退去。风又吹开了窗纱，画舫上的四人看见一根竹筷插在那人眼中，脸色狰狞可怖。这时候，楼船上忽然气势汹汹地喧哗起来，似乎还夹杂了女人们的哭声。四人还没有看清，就见一个影子在高高的窗户边一闪，湖面上随即溅起一大团浪花。

常璩猛地大叫一声，"扑通"一声跳入水中，不顾一切地朝玉蝶落水的地方游去。他奋力划动的手臂惊散了水面无数银鱼，荡开了圈圈涟漪……

第十四章　自古伴虎须有术

一

从蜀汉时期开始，每年秋收之后，当成都城里菊香四溢，混和着乡村里飘来淡淡的米酒醇香之时，皇城前的长街上都要搭起十里灯棚。在这灯棚里，除了展示类似美人灯这样的各郡县呈献上来的奇珍异宝，近几年来还特别增加了一类东西，那就是硕大的谷穗、散发着异香的珍木、耀眼夺目的金甲鲤鱼等象征着大成国国运昌隆的各种祥瑞之物。

据说这些祥瑞之物在出现之前，范长生范太师在朝堂上每每能掐算出来，先带头向李雄贺喜，然后文武百官一起朝贺。那李雄起初还有点半信半疑，后来见太师每次都灵验无比，心下对太师就越发敬畏起来。

从每天黄昏时分直到第二天晨光熹微，皇城门前十里长街上的灯火闪烁得如同繁星落地。这样的日了，皇室也要与万民同乐，而成都城里无论富贵人家还是普通百姓，家家户户张灯结彩。李雄称帝以后，为了增加与民同乐的气氛，不知什么时候起有了一个不成文的规定，那就是城中的富贵人家还要另外搭建高大华丽的灯楼，以彰显大成国不仅国力强盛，民间亦是富有财帛。

这样的时节，每当月上中天的时候，远远望去，那一座座高大的灯楼伸入夜空，与天上密布的星辰相映生辉，把成都城里的人间映照得有如仙境，而那飘渺的仙境里却分明缺少了几分人间的烟火之气。

在这仙境里，穿梭着众多观灯的百姓，男男女女，老老少少，其中那些年轻漂亮的姑娘们最为引人注目。入夜之后，她们往往结伴而来，时而仰头，时而回眸，看到制作得别出心裁的彩灯，就将右手举起来，宽大的翠袖顿时滑落到白生生的手肘处，朝空中伸出葱葱玉指，红嫩的指尖时而上翘，时而斜落，嘻嘻哈哈地评点着。

每年这个时节，都是李雄兴致最高的时候。这几年来，他所攻下的地盘不断扩大，先后占领了汉中、涪城、越嶲等几个大郡，兵锋所向，已经远远不止巴蜀之地。尤其令他高兴的是，他在派兵攻打梓潼郡时，传来了罗尚在江阳因身患背病而死的消息。虽未曾手刃这个不共戴天的杀父仇人，但李雄还是感到一阵轻松，仿佛心头搬开了一块巨大的石头。

然而今年秋天这个灯季却有些不寻常。虽然表面看来，皇城前的灯棚依然装饰得富丽堂皇，百姓观灯的兴致也丝毫不减，但李雄心里却颇不平静。令他烦恼的有两件事。

第一件，国舅爷任小虎的小儿子今天夏天在江原县游玩时，在酒席间竟然莫名其妙地被一个歌妓用筷子戳瞎了眼睛。

因事关皇亲，这起案子的相关传闻迅速被压了下去，民间知晓的人并不多，然而却让整个大成皇室大为震惊，尤其皇后任琬勃然大怒。李雄也没有料到会发生这样的事，下令严查那歌妓的下落，结果查来查去，报上来的消息是那歌妓自知惹下了滔天大祸，恐罪责难逃，已经投水自尽。得知这一消息，李雄觉得这事可能会不了了之，然而任皇后却兀自不解恨，下令非要将那歌妓的尸体找出来加以屠戮，一则以消心头之恨，二则杀一儆百，看谁再敢对任家不敬。然而让任皇后万万没想到的是，那歌妓投水之后，尸体却无论如何也找不到了。任皇后在李雄面前哭闹了几场，惹得整个后宫一连数天都清风雅静，宫女们走路都小心翼翼。

谁知后来又传来了一个更加令人震惊的消息，说是新任江原县令常璩当时也在湖上饮酒，看见那歌妓落水之后，不但不去救治伤者，反而自己跳下湖去，将那歌妓救了起来，随即又将她藏匿在了一个不为人知的所在。

案卷一呈到李雄面前，这位大成的开国皇帝就左右为难起来。沉吟半晌后，他决定将这份案卷烧毁，同时严令左右不得在皇后面前走漏消息。至于如何处置常璩，李雄始终难以拿定主意，后来他决定将常璩从江原县令的任上召回，重新回到朝中担任太史令。谁知旨令还没传下去，常璩的辞呈倒递上来了，说是家中老母年事已高且疾病缠身，自己早年丧父，如果不能侍奉在母亲左右，一旦母亲不测，自己恐怕再也无颜活在这天地之间……这份辞呈写得极为伤感哀婉，一再恳请皇上恩准……李雄不得已，只得让成都县令王能到江原县担任县令，同时他在常璩的辞呈上批道：

自古忠臣孝子，非孝无以见忠，无忠哪能有孝？朕非草木之人，岂能不明了爱卿心情？只是目下朝廷正是用人之际，卿乃大才，无论治史、牧民，皆为我大成屈指可数之臣矣。朕思前想后，太史令一职非卿莫属，望卿早日上任。

当王能将此御批向常璩宣读时，常璩半晌没有言语，只在地上连叩了三个头，然后站起身来，向王能移交了官印、府库钥匙以及江原县的户籍文书等。在这一过程中，常璩始终默不作声，当他摘下官帽、脱了官服，换上普通的布衫时，准备跨出县衙大门时，才对着王能拱了拱手，郑重说道："从此刻起，这江原县内的八万三千户百姓可就交给大人了。"

王能道："那，皇上的御批……常兄是不是再考虑考虑？"

常璩淡淡一笑："这些年来，大人的官怎么越做越小了？"说罢，打了两个哈哈，就此跨出门去。

正是稻谷抽穗飘香的季节，当王能俯身在案桌上展开江原县的户籍文书细细查看时，在文井江边蜿蜒铺展的土路上，走来了一匹瘦马，马上坐着的，正是辞官归隐的常璩。江风浩荡，蹄声嗯嗯，这 人 马缓缓地朝常家坎走去。为官几年，常璩行囊简单，除了清风两袖，只脸上挂了一副淡淡的笑容。

对李雄来说，常璩辞官，那歌妓的事情也就此翻过去了。可是另一件事又压上了他心头，而且一直压到了秋后的赏灯时节。

按照历年来的惯例，长街上灯棚搭起来的第一天，乃是皇帝和皇后共同出巡、赏灯的日子。这第一日，叫御赏。第二日，是公侯将军及其家眷，也有个名目，叫会赏。到了第三日，才由百姓们扶老携幼开始赏灯，由此一直持续到灯会结束，一连七天，叫乐赏。这七天里，皇室会派太监在皇宫门口搭起高台，每日人定时分，往观灯的人群中抛撒用绢纱所做的花束，掀起与民同乐的高潮。斯时也，现场欢声雷动，山呼"万岁"的声音不绝于耳。

玉衡七年秋天的御赏是在日夕时分开始的。当太阳刚从谯楼上的檐角边落下去，一小队铠甲闪亮的士兵就将十里长街围了个水泄不通。他们身后的灯棚里，无数只制作装饰得五彩缤纷、形状各异的灯笼被爽朗的秋风吹得不停晃荡。许多看热闹的百姓站在长街外面，纷纷伸长了颈项，等待着观看皇上皇后的龙车凤辇。不久，一轮硕大的圆月静静地停在了夜空中，人们正在议论纷纷，忽然宫门大开，一队仪仗走了出来，顿时鼓乐大作。仪仗过去后，一辆装饰了龙头凤首的车驾终于被八匹威风凛凛的骏马缓缓拉了过来，人群顿时沸腾起来，纷纷朝前涌去，却最终被阻隔在兵士们那一根根寒光闪闪的长戟之前。

这时，月亮的清辉铺向了大地。点亮第一盏灯的吉时已到，掌灯的太监将一盏制作成谷穗形状的灯笼呈到车驾前，李雄微微一笑，从旁边接过一根火引子伸进那灯笼中，顿时一团火焰闪亮开来。紧接着，长街上的灯笼一盏接一盏地亮了，四下里犹如打开了仙境之门一般，百姓们只觉眼前霞光万道，连天上的月亮似乎也失去了光辉。

一年一度的御赏就此正式开始。出乎所有人的意料，那八匹气宇轩昂的黄鬃马所拉着的龙车凤辇只在长街上停留了片刻，便又急匆匆地回到了宫里，紧接着，所有的仪仗都撤走了。朱红色的宫门紧紧闭着。长长的街道上，只剩下那一盏盏在秋风中闪亮的灯笼。

第三天，成都城中到处都在传说太师范长生病危的消息。百姓们这才明白过来，有好事者就拥到太师府门口去窥探，却见秋阳下那两扇朱红色的大门依然如同往常一般紧紧关闭着，门口的长凳上，依然稳稳地坐了一排青衣小帽的人，高高矮矮、胖胖瘦瘦，人数一个也没有少。人们被搞糊涂了，在各种猜测议论中等待。

当一盏又一盏灯笼又五彩缤纷地亮起来时，百姓们发现，平日里熟悉的那些公侯将军及其家眷们依然喜气洋洋地出现在了十里长街上，这里面，就有太师范长生的儿子、神威将军范贲。满城的百姓这才放下心来，观灯的活动也渐渐进入了高潮，偶尔也有人提起那天晚上龙车凤辇急匆匆回宫的事情，但再也没有人去兴致勃勃地谈论了。在灯笼街上的那棵香樟树下，当某个灯笼匠又谈起这个事时，旁边就有人打趣说："家家都有本难念的经，你以为皇帝家就没有啊？"

那灯笼匠一捋胡须，反问道："自古天子富有四海，皇帝家吃不愁穿不愁，你以为像咱们这些天天捣糨糊糊灯笼的人呀？"

"你没看到那天任皇后脸拉长得像谁欠了她大米没还吗？"

"那，说不定是和万岁爷吵架了……"这句话一说出来，大樟树下的人们都忍不住笑成了一片。

事实上，范长生确实是病了，而且病势不可阻挡，已经如同风中的残烛。

当常璩得知这一消息时，已是观灯季进入"同乐"的第五天。那天午后，他又同母亲沈氏就玉蝶的事情差点吵了起来。从湖中把玉蝶救起来之后，考虑到这件事非同小可，常璩先向妻子赵氏说了来龙去脉，接着让王姓酒商连夜备了一辆马车，将赵氏和玉蝶一起送回了常家坎。沈氏见儿媳突然带回来一个年轻女子，心中颇为欢喜，还以为是儿子终于回心转意，纳了一房小妾。正当她喜滋滋要拿出一个玉手镯给玉蝶作为见面礼时，赵氏不敢隐瞒，一五一十地向她禀明了玉蝶的事情，还没等赵氏说完，沈氏的脸色就变了，接着让人传口信给常璩，叫他将玉蝶送走。

常璩连忙赶回家苦苦哀求："娘，你一辈子都在教孩儿要做一个好人，做一个清官，怎么到了玉蝶姑娘这儿，你就有那么大的成见呢？"

沈氏面沉如水，坐在堂上的祖宗牌位前。她斜对面的墙壁上，正挂着那一幅常耘生前最为喜爱的苍松仙鹤图。许多年过去，这幅画依然鲜活如初。一棵姿态虬曲的松树下，两只仙鹤一大一小，大的敛了双翅，细长的双腿悠闲地岔开，似乎即将走出画来。

见母亲始终一言不发，常璩"扑通"一声跪在了祖宗牌位前，道："这玉蝶姑娘本出生清白人家，因家破人亡才不得已把自己卖进了青楼，如今又遭遇这等惨绝人寰之事，倘若咱们不收留她，她就只有死路一条呀，娘！"见沈氏仍不说话，常璩将头在地上猛叩不止。

屋子里，赵氏和王三面面相觑。赵氏道："三叔，你看这怎生是好？"王三满嘴的牙都掉了，脸面上布满了一块块黢黑的斑块，他摇摇头，伸手朝自己心口一点，费力地挣出一句话来："心……心病，老夫人有心病呀……"

赵氏似乎明白了什么，正要急匆匆走入堂中，忽然玉蝶从床上挣扎起来，歪歪斜斜地走到了沈氏面前，未曾开口，便放声哭了起来，然后伏在地上，泣不成声地说道："老夫人大恩大德，玉蝶愿意从此侍候在老夫人面前，做牛做马以报公子的救命之恩……"

她话音刚落，赵氏也走了出来，跪在了沈氏面前。紧接着，王三也一步一步地挪到堂中，和玉蝶一起并排跪倒在地。他脚步不稳，膝盖一挨地，身子就向一旁歪去，慌得急忙用手按在地上。常璩依旧用力叩着头，额上已破了皮，渗出了殷红的血滴。

沈氏长叹一声："璩儿呀，你停下吧。"她抬起衣袖，在眼角边轻轻一擦，缓缓说道，"非是为娘心硬。你父亲去世这么多年，为娘一个人苦苦撑起这个家，为的是什么？璩儿呀，玉蝶这个事你做得没错，换成是你父亲，他也会这么做。这么多年，你没有变成娘讨厌的那种人，娘很欣慰。只是……"

常璩抬起了脸，当听到"只是"两个字时，他脸色顿时变了。沈氏接着说道："我也是即将活到头的人了，这一辈子，什么都看明白了，这人呀就是个命。玉蝶苦不苦？苦。玉蝶该不该救？该救。可是，璩儿呀，你可以救玉蝶，却不能把她留在身边，这不仅是为你，也是为她好，懂不？这世上，好人难当呀！"

说着，沈氏眼中又掉下泪来，这一次她不再举袖去擦，而是矮下身子，挽起了玉蝶，流着泪对她说："孩子，你暂且留在我身边，等养好了身子，我再送你到一个安妥的地方，方可保你一生无虞。"

常璩心下已明白了几分，对母亲说道："孩儿明白了。只是，玉蝶如今在这世上已无亲人，今后去了那青灯黄卷之处，当会益发地孤苦。母亲就收她做了女儿吧……"这时候，玉蝶已平静下来，一双眼睛泪水盈盈地望着沈氏。沈氏将腕上一根玉镯抹了下来，戴到玉蝶手腕上，眼睛里闪出怜惜的神情，温言道："孩儿呀，你受罪了……"

玉蝶将头埋进沈氏怀里，嘤嘤地哭了起来。就在这时，院门外传来一声马嘶，紧接着有人大喊道："常兄，常兄，大事不好了……"这是江原县令王能的声音。

二

当常璩随王能从常家坎沿青城山下的官道纵马赶到成都的时候，天已经完全黑了。远远望去，那巍峨的大城城墙上，蜿蜒着由数百盏灯笼连缀而成的一条灯带，映照得夜空也如同白昼一般。

每盏灯笼上皆书写着斗大的"大成"二字，字黑如铁，威风凛凛。

这些灯笼皆是由灯笼街匠户们精心制作的花灯。每天黄昏时分，当城墙上的兵士吹响呜呜的牛角时，灯笼街的匠人们就十人一组，迅速站到自己所制作的那盏灯笼前，当第二轮号角响起，数百盏灯笼被匠人们在霎时间一盏接一盏地点亮，下面围观的人皆仰起头来，发出啧啧的赞叹声。

走到太师府门口时，只见秋风中两盏暗淡的灯笼挂在门口。王能向常璩拱一拱手后，就独自打马而去。

拍响门环后，半晌才出来一个中年模样的仆人，略略盘问了几句，便将常璩引到后堂，交给了一名眉目清秀的小厮。那仆人道："小四，这是太师的学生，前些年常来走动的，你将他领到房里去。"

小四看了常璩一眼，也不说话，只打着灯笼在前面带路。常璩见他面色凝重，也不敢多问。稍顷，两人就到了范长生所居的房门前。一开门，只见范长生平躺在床上，脸色蜡黄，双目紧闭，也不知是生是死。一脸凝重的范贲站在父亲床前，见常璩进来，将手指竖在嘴边作了噤声的手势。

常璩心下顿时沉重起来。他完全没有想到，才半年没见，在人前一向仙风道骨、神采奕奕的师父范长生竟然已病入膏肓。不是说师父乃是仙人吗？仙人如今怎么也变得像凡人一样，落入了生老病死的掌控之中？

常璩轻提脚步，悄悄走到床前，百感交集地凝视着陷入昏迷当中的师父。这一瞬间，这些年来的经历从他心头一一掠过。

平心而论，大成国太史令这一职位，乃是范长生为常璩精心安排的。从来知子莫若父，常璩父亲早逝，范长生对自己的爱徒可谓是若师若父。他深知爱徒的性格，做学问则可，做官则恐怕只会像王能一样，在仕途上寸步难行。

老师的眼光果然是老道的。这几年里，常璩虽然以才学渐渐显名于大成，然而内心却一天比一天充满了无力感。

李雄固然是一代枭雄，然而他所创建的大成国所能给予常璩的，不过是成国庞大官僚体系中一个无足轻重的闲职。这些年来，在范长生的辅助下，李雄很快就建立起了自己庞大的朝廷架构，不仅仅有天子的煌煌威仪，成国这一僻居西蜀一隅的朝廷架构和中原正统政权相比，也是一样都不缺的：大内三宫六院，堂上文武百官；官之外，尚有吏，吏之下，辅以员，层层叠叠，叠床架屋，因人设事，犹如一张庞大的蜘蛛网。

在这张蜘蛛网上，常璩渐渐明白，自己连猎物都不如，不过是一粒小小的尘埃，所以才会一步步由成都退回到江原，又从江原退回到常家坎……

正这样心绪万千的时候，只听得"咳咳咳"数声咳嗽，范长生胸膛一阵起伏，又过了片刻，他缓缓睁开眼睛，努力辨认着眼前的人。

"师尊……"

常璩连忙跪了下去。这时候，范长生也认出了他。他摆摆手，示意常璩不必拘礼。常璩急忙站了起来，伸出手去，紧紧攥住范长生那双已瘦得皮包骨头的手。

"璩儿，你……你把耳朵伸过来，为师有话……有话对你说……"
常璩把耳朵贴到范长生嘴边。

这时，范贲也凑到父亲跟前，他正要说什么，范长生却道："贲儿，你……你到书房，去把那恭泰……恭泰所撰的那一卷……一卷书拿来……"范贲瞅了常璩一眼，却不敢违背父亲的话，只好挪动脚步，向室外走去。

"璩儿，为师将不久于人世。"范贲一走，范长生的眼睛里又泛起一种活泛的色彩，嘴巴也利索起来，完全不像一个行将逝去的老人。

"如果为师没有计算错误，在明年春夏之际，我就将魂兮归去。但在这段时日，为师和一个死人也没什么区别。因此，下面的话你得记住了……"范长生在常璩耳边低声道，"从来伴君如伴虎，伴君须有道，伴虎须有术。璩儿呀，李雄那把弓，其实乃是为师所铸，之所以要假托道陵祖师和卓王孙，其实就是我的伴君之道。"

常璩大吃一惊。

还没等他答话，范长生又道："当年李特几兄弟随氐羌流民入蜀之后，为师就知道天下即将大乱了。这乱，表面看来是李特等人意欲效仿当年昭烈皇帝据有蜀地，进而与曹魏和孙吴三分天下，其实根源还在于司马家。自秦设郡县以来，凡违背秦制，将皇室之宗亲又分封为有钱有兵之王者，实乃取祸之道。汉如此，晋亦如此。因此，当洛阳城中皇后贾南风开始作乱时，我就知道李特等人肯定会趁机而动，而司马家那些叔侄兄弟正自相残杀，哪里平得了蜀地之乱？

"凡事须未雨绸缪，方能运筹帷幄。是以，为师思来想去，首先利用青城之险，悄悄招揽附近民众，筑堡积粮，然后又在那长生观后面的山坳里架起炉火，在邛州所产的铁里面添加了一小块天降玄铁，终于打造出了那一把大弓，并在上面刻上'膏腴怀璧，天弓佑民'八个字，让人偷偷带到成都，并让一些孩童在街巷间传唱……

"唉，为师之所以这样做，乃是自知年事已高，为相可以，但称王却难以霸蜀。因贲儿胸中并无雄才大略。倘我据蜀与朝廷抗衡，必将为我范家带来灭门之祸。所以我试着用那把弓赌了一把，谁能得到那把弓，我就全力辅佐谁。后来那把弓竟然落到了李雄手里，说起来，这也真是冥冥之中自有天意啊！"说到这里，范长生长出了一口气，又道，"聊可安慰的是，这铁弓之事，让李雄以为自己乃天命所属，为师亦顺势而为，让我蜀民这几年也过上了太平日子。可是，我死后最多十来年，大成必起内乱！"

常璩大吃一惊，连连道："这……这……"

范长生继续说道："表面看来，是李雄不喜与任皇后所生的儿子李期，其实他是怕外戚干政，江山易主，是以一心要立李荡的儿子李班为太子。然而废亲立疏，就正中了某些人的下怀。为师可以断言，一旦李班即位，李雄的儿子必将杀掉李班，就此开启李氏一族自相残杀之祸，然后大成王朝将一败涂地……璩儿呀，那时候你该如何自处？"

常璩已经震惊得说不出话来。

范长生凄然一笑："璩儿，你且记住一点，那李期与李班自相残杀之际，你当三缄其口，至于以后……"他忽然话题一转，道，"你还记得当年李雄驾临我太师府时，那一群仙鹤翩然迎接的事吧？"

常璩悚然一惊，依稀想起了那一幕，就听范长生说："你附耳过来，我将其中的秘密悄悄讲给你听。"

范长生在他耳边轻声说道："其实，那不过是为师所秘练的区区一个保命之术而已。"见常璩瞪大了眼睛，范长生呵呵一笑，"所谓君临天下，仙禽来仪，历代以来，所有的皇帝没有不好这口的。可是，他们不知道的是，将那些仙鹤引来的，并非是什么皇帝的威仪，而是一种产自黔南州、名叫降真香的奇香。只要那降真香一烧起来，仙鹤们就会闻香飞来。哈哈……"说到这里，他看着目瞪口呆的常璩，嘴角露出狡黠的笑容，"况且，那群鹤也是我豢养在太师府后院楠木林中的。"

常璩这才明白过来。

范长生看了他一眼，道："此乃驭虎之术，非你所长。"接着，他又断断续续说道，"为师这一生，身上所系两件物事，一把弓已由李雄所得，还有一支紫毫为你所有。璩儿，你明白为师的意思了吗？"

常璩还没来得及点头，就听门外脚步声响起，却是范贲捧了一大卷竹简过来。

范长生凝视着那卷竹简，缓缓道："璩儿，这是你从祖恭泰公所撰《蜀后志》，我知你志在史学，现将这卷书赠予你，也算是偿了你从祖一番心愿吧。"

"恭泰公？"常璩眼前浮出一个老好人的样子来，他万万没有想到，在族人眼里百事不管、经常装聋作哑的叔祖父常宽竟然不声不响地撰写出了这样一部著作来。

"你从祖之所以不理族中俗务，乃是潜心著述啊，他专治《三礼》《春秋》，还常与我讨论《易经》，可谓博闻多识……唉……"范长生叹口气，道，"由此可见，世人面目也并非眼见为实。璩儿呀，你且将这卷书带回去，好生揣摩，你以后的路，也许可以从这里生发开来……"

那晚的谈话到此便戛然而止。从头至尾，范长生也没对儿子范贲叮嘱过什么。望向常璩的时候，范贲的眼里不觉射出了几道阴沉的冷光。

几天之后，果真如范长生自己所言，他就此陷入了昏睡之中，再也没有醒来。有好几次李雄前来探视，见范长生宛如逝者一般躺在床上，便亲自拿了一根鸡毛停在他鼻前，眼见范长生一动不动，那鸡毛却被一缕鼻息吹得微微颤动。李雄似乎大感不解，叹道："太师号称老神仙，真深不可测矣。"

常璩不说话，只是低了头，哀伤地看着一天天形销骨立的师尊。

李雄将鸡毛丢给范贲，又扫了常璩一眼，缓缓道："常璩，你可知罪？"

常璩急忙跪倒在地，不敢接话。

李雄又道："你挂印而去，难道嫌我大成言路堵塞，满腹才华无法施展？"

常璩更加不敢回答，将头埋得更低了。

李雄忽然长叹一声："你可还记得我们当年在那味江之上同舟之事？"

此言一出，范贲脸上固然是青一阵红一阵，常璩却只感觉心中一阵暖流涌起，不禁鼻子一酸，答道："皇上神勇无双。那时臣年幼无知，但能追随在皇上左右，至今仍感念不已。"

李雄哈哈一笑，双手挽起常璩，温言道："你乃是朕之旧人，对大成一直忠心耿耿。这样吧，朕令你重新入我大成太史馆，只是不再担任太史令了。"说到这里，李雄顿了顿，笑道，"就任个著作郎吧。"

常璩连忙磕头谢恩。李雄又转过头来，目光越过双目低垂、侍立在一旁的范贲，向虚空中问道："范贲何在？"

范贲急忙叩拜在地，应道："微臣范贲在此，吾皇万岁万万岁。"

李雄的目光在范贲脸上停留了一阵，盯得范贲心里"咚咚"乱跳。

半晌，李雄才缓缓说道："你父亲曾多次在朕面前进言，要朕在他百年之后，多赐你田宅美姬，就在这成都城里做个安乐翁。"说到这里，他停顿了一下。

范贲满脸通红，叫道："我……我范贲对大成忠心耿耿，请陛下明鉴。"

李雄"哦"了一声，随即微笑起来，道："但朕考虑再三，国事繁密，不可一日无相，这太师之位，朕准你子承父职，你就袭了吧。"

范贲大喜，急忙跪倒在地，连呼万岁。李雄皱了皱眉，将手一摆，房门外传来一个老太监的吆喝："皇上回宫，起驾——"

外面，一大片声音随着这尖利而又怪异的吆喝呼应道："起——驾——"

熬到第二年春夏之交，范长生鼻中那一缕气息终于不再颤动。葬礼之后，范贲如愿被李雄封为了太师，举止越发骄横。而常璩则将妻子和母亲、玉蝶等人安顿在常家坎，自己一个人默默躲在太史馆的一个角落里，也不和朝中官员接触，整日里只是埋头读书。

时间缓缓推移。不知不觉之间，常宽那卷《蜀后志》已经被常璩翻烂了。就在常璩思量着在崭新的竹简上重新抄写《蜀后志》时，一个秋风斜吹的午后，宫中忽然传来数十记绵延不绝的钟声，震荡得太史馆中初开的菊花颤栗不已。原来是大成国开国皇帝李雄驾崩了。

文武百官纷纷朝皇城赶去。太史馆里，常璩默默地站立了一会儿，又脱下那身朝服，悄然躲进了自己那间掩映在绿藤下的小屋之中。

李雄的离世让常璩十分伤感。他清楚地记得，在那龙游梅怒放的午后，在常琬那小小的坟墓前，李雄对他说的死后将与常琬合葬在一起的那番话，他摇了摇头，在心里为堂姐常琬默默地哀伤了一阵，然后提起笔，记下了李雄在他心中印象深刻的谈吐：

……

张骏使参军傅颖、治中张淳遗雄书，劝去尊号，称藩于晋。雄引见，谓曰："吾过为士大夫所推，然本无心于帝王也。贵州将令行河沙，常所希冀。进思共为晋室元功之臣，退思共为守藩之将，扫除氛埃，以康帝宇。而晋室凌迟，德声不振，引劣讪望，有年月矣。会获来贶，情钧闻至，有何已已！"颖、淳以为然，使聘相继。巴郡尝告急，云有东军。雄曰："吾常虑石勒跋扈，侵逼琅琊，以为耿耿，不图乃能举军，使人欣然。"雄之雅谈多如此类。

李雄死后，一切果然都在范长生的预言之中。武皇帝李雄遗命侄子李班继位。数月之后，李雄的儿子李期率兵杀死李班，登上了帝位。在此期间，常璩常称病不朝，他每日里只是埋头读书，收集资料，为自己心中的理想而默默地远离权力中心。这时的常璩，身上没有一点做官的派头，在朝中诸官看来，不过是个介于民间与官场之间的边缘人而已。

这段时间，李期似乎已经淡忘了还有个太史馆。他杀死李班登上帝位之时，太师范贲曾提醒他，要将那太史馆中的著作郎唤来，令他在《起居注》上写明诛杀李班乃是顺天应人之举。李期却哈哈一笑："那几行字，不过一腐儒之言耳。他写与不写，能奈我何？"说罢，举起手中酒盏，一饮而尽，吩咐左右道，"把美人们给我唤出来，歌舞助兴。诸位爱卿，朕今日要与你们同乐。"

堂下百官一片叫好。

就在大殿之上君臣觥筹交错之时，在远离皇城的大成国太史馆一间冷冷清清的小屋里，常璩从小山般堆积的书简中抬起头来。他神色冷峻，举起那支紫毫，写下了一行字：

> 大成玉衡二十四年秋，李雄崩，谥号武。太子李班即位，冬，李期弑君……

既然李期不理睬自己，常璩也乐得在著作郎这个闲职上冷眼旁观大成朝政。流光流逝，他渐渐理清了两个认知。

一是通过对蜀地民情的考察，更加认清了巴蜀之地和中原政权的关系：大成地处西蜀，国小民少，虽然成都平原为华夏闻名的"水旱从人不知饥馑"的天府之国，然而膏腴之地亦不过数县而已，再加上连年征战，本就不丰厚的财政常年供养着一支在边境线上游动的庞大军队，民众已经不堪重负，朝廷的财政更是捉襟见肘。

"也许，要让蜀地真正重新焕发生机，恐怕还得奉以中原文化为正宗的东晋朝廷为正朔吧……"油灯下，常璩辗转难眠，他反复思考着，推敲着……

第二个认知，则是通过反复精读《史记》而得来的，在常璩看来，司马迁的功业自己无法比肩，要想在事业上有所作为，必须要从传统史官的职责之外另辟蹊径。可是，这谈何容易，且路在哪里？

又一轮圆月升起，常璩在幽静的太史馆深处抬起头，深深地凝望着那夜空中熠熠生辉的白玉盘，苦苦思索。

第十五章　你有司马刀，我有董狐笔

一

风又从江面上徐徐吹起来，将船上悬挂的白帆刮得呼呼作响。白帆下，是一顶两头形如弯弓的船篷。这船篷用竹篾编成，又低又矮，人钻进去，须得弯下身子，不过只要一盘腿在当中坐下，就会发现，这船舱其实也自有其一片小小的天地。盘腿坐得累了，可以将腿斜伸出去，背靠在篷壁上。如果连背也靠得累了，还可以直挺挺地平躺下来，只是这样一来，可就顾得了头而顾不了尾了，船舱太短，人一旦躺下，一双脚就露在了船舱外面……不过这样也好，时而盘腿，时而斜躺，时而平躺，再听听船头上那吱嘎吱嘎的单调摇橹声，再漫长凄苦的旅途也可以自得其乐了。

躺在这船上，常璩觉得，自己这五年的流放生涯就像坐在这样一艘船上，虽然天地狭窄，但就像妻子赵氏经常宽慰自己时说的那样，就算遇到天大的事，把心放宽后，忍一忍也就过去了。想到这里，常璩上身微抬，扫视了一眼江面，见这一江白水依然同五年前离开成都时一样，不由得一阵苦笑：真是江山依旧物是人非啊。说起来，命运真是个奇怪的东西，有谁能知道，自己居然会在那巉岩壁立、树虬藤结、瘴气缭绕的哀牢山中一住就是三年呢？而且还完好无损

210

地将这一副躯壳搬回了成都。只是，这副躯壳已不复年轻了。表面上看起来，自己只是鬓边多了几缕白发，眼角多了数道皱纹，然而，他明白自己嘴角所噙着的，不过是一丝苦笑，而躯壳里所装着的那颗心也已经完全不一样了，尽管它还是在鲜活地、怦怦地跳动着。可是常璩心里清楚，自从向朝廷写下那几行文字之后，自己这么多年以来一直引以为傲的那股心气就已经软了、塌了、散了。

常璩狠狠揪了一把自己的大腿，努力要将那泛上心头的缕缕羞惭赶走：虽然违背了老师的教诲和自己的初衷，可是为了母亲又能如何？父亲的在天之灵应该也会原谅自己吧？

一想到母亲，常璩顿时就坐不住了。他躬身钻出船舱，右手按着那竹篾编就的舱顶，一边望着岸边天幕下那几个蚂蚁般缓缓向前挪动的拉纤人的身影，竭力辨认着远处岷江与文井江交汇的方向。望着望着，他眼前又闪现出三个月前王三身着破衣烂衫、拄了一根已经磨得溜光的竹棍颤颤巍巍地出现在自己面前的样子。

这人世间，已经再也见不到对自己家忠心耿耿的老兵王三的身影了。他饱经磨难的身躯如今已深埋在哀牢山的一棵松树旁边。那是一棵从石缝中孤零零地挣扎出来的老松，枝干虬曲，浑身覆盖的深黑树皮斑斑驳驳得如同鳞甲一般。

常璩后来才明白，年迈的王三是从常家坎走出来，走过村口那棵树干已经中空的大槐树，又艰难地跨上那高高的堤岸，然后下到泊在文井江边的一艘商船，这才一步步地翻越了万水千山，前来向常璩报告沈氏病重的消息的。

这是常璩孤身一人被流放到哀牢山中的第三年初春。黄昏时分，常璩在草屋里坐着，瞧对面山脊上的黑云时而奔腾如大马，时而摆尾像小狗，在渐渐变黑的暮色中变幻不定。这时候，从高处下来的风吹过来了，摇得满山的树木、野草和整个寨子都东倒西歪。忽然间，那风声里似乎传来了几声呼喊，当常璩闻声从寨子边的草棚里出来时，就看见面前立着气喘吁吁、面色如铁的王三。他简直不敢相信自己的眼睛，随即，他似乎感到了什么，一颗心"怦怦怦"跳个不停。

他揉揉眼，正要开口试着喊一声三叔，谁知王三陡然间见到朝思暮想的公子，又惊又喜，俯头便要跪拜，哪晓得双腿一软，身子却歪倒在地。常璩急忙蹲下来，使劲掐住他的人中，片刻之后，王三才悠悠醒转，还未开口，一张又黑又瘦的老脸上已滚落两行泪水。

常璩俯下身来，将王三紧紧抱在自己怀中。当王三抖抖索索地将母亲因思念儿子而导致双目失明、如今已枯瘦得犹如一根竹竿、随时可能倒下的消息讲完时，常璩双腿一软，面朝成都的方向跪了下来，放声大哭。哀牢山的初春虽不甚冷，此刻却风高怒号，常璩的哭声与风声混成一片，他陷入了一种恍惚的状态之中。

迷迷糊糊中，常璩仿佛看到母亲着一身白衣，正从家门前的那排淡青色的竹篱前朝自己缓缓走来。几年不见，母亲那清瘦的脸颊上，依旧是那般慈眉善目，眉宇间似乎又悲又喜，细看时却无喜无悲。当母子两人目光相接，只见母亲口唇微张，每个字都似有微风推送，然而落到自己耳边时却只是"嗡嗡嗡"一片……

那天晚上，常璩就发了高烧。听护理自己的人说，在昏迷之中，他一遍遍地朝空中伸出手去，似乎要紧紧抓住什么而又什么也没有抓住，以致时而失声痛哭，时而咬牙切齿，时而又眉头深锁，全身不停扭动，仿佛要去和人厮打一般……那情形，护理常璩的哀牢山中的一个年老的"獠人"边说边比画，用慈爱而怜惜的目光看着他："常大人，你活脱脱一个像痛失了爱子的母豹……"

"母豹？"常璩一时没有明白过来。

"对，母豹。我们寨子里的人都知道，宁惹老虎，莫碰母豹。"说完，那老者从树上扯下一片叶子，放在口中"呜呜"地吹了起来。和生活在成都的蜀人相比，这哀牢山中的"獠人"虽不懂音律，然而那一片普通的树叶被他们放进嘴里，吹出了天地间最为苍凉的音调。

老者一曲吹罢，轻叹了一口气，道："常大人，给您送信来的那位老人家已离开这又苦又甜的人间，回到天上去了。"

常璩大吃一惊："我三叔他？"

老者双掌合拢，轻声道："他是力竭而死。讲完老夫人的病情时，大人就陷入了迷迷糊糊的状态，那位老人家则身子一斜，仰头就倒在了地上，唉……我们商议后，就把他安葬在了寨子后面的松树旁边。"他长叹一声，"从前，我们寨子里的老祖宗常说，人呀，都是生有时死有地。其实，有那一棵千年老松与

212

老人家相伴，于老人家也是蛮好的。至少，那棵老树如今是再也不会寂寞啦。"

老者话音刚落，门外忽然起了大风，这风起初如龙吟一般怒号着，约莫盏茶之后，风声低了下来，又过片刻，天地间已寂静一片，这时候，从寨子后面传来了"沙沙沙"的声音。常璩侧耳细听，仿佛正有人躲在人世间的角落里轻声诉说，他正发愣时，那"獠人"老者已将茅草所做的窗户推开，右手朝寨子后面的山上遥遥地一指，常璩抬眼望去，就见一片黛色中，那棵老松正舒展枝干，在风中婆娑摇摆。

常璩忽然泪如雨下，问道："我三叔临终前可说了什么？"

老者抬起眼，目光炯炯地盯着常璩："大人真要听？"

常璩点点头。

老者也点了点头，脸色严肃起来，一字一顿地道："他说，告诉我家公子，要活下去，活下去……"

常璩沉默了，片刻之后，他擦去泪水，对"獠人"老者说道："老丈，烦请您请寨中的年轻人前往县衙，就说我常璩在这山中面壁三年，终于明白了皇上的恩德，请县令他……他……他亲自来取我为皇上所写的呈词吧……"

话音未落，他猛然背转身去，"哇"的一声，朝长满绿苔的地面上喷出了一大口鲜血。

江水悠悠，如一匹匹起伏不定的绿绸缓缓向身后铺陈开去。已然鬓发斑白的常璩坐在狭隘的船舱中，亦是思绪悠悠。

这是东晋成帝司马衍咸康六年暮春的一个午后。小船出了风高浪急的山峡，江面骤然平阔起来，渐近江原县的地界了，两岸的田野上，大片大片的小麦穗子已经开始泛黄。已近正午时分，那黄绿相间的大地上，一座座竹林环绕的村落正向天空袅袅地吐出一缕缕青白色的炊烟。

小船抵达岷江与文井江的交汇处时，常璩换了一艘人船。站在桅杆下望去，那岸上的纤夫排列得才真像是一长串缓缓挪动的蚂蚁。

这时候，常璩才猛然想起来，这一年，已经是原成国改国号为汉、年号汉兴的第三年了。这时候，坐在汉国皇帝大位上的，是后来谥号为"文"的秦文王李流的儿子李寿，也是李雄的堂弟。

流放常璩的，正是李寿。一想到这个李寿，常璩的心就猛烈地刺痛起来，他再也无心欣赏眼前熟悉而陌生的家乡风景，弯下腰，努力地压制着自己想要呕吐的冲动。

　　三年前，也就是东晋成帝司马衍咸康三年，李雄的儿子、西蜀大成国幽帝李期玉恒三年深冬，被李期封为汉王的李寿以清君侧的名义突然从涪城起兵。大军势如破竹，很快就攻占了绵州、汉州，迅速越过郫江，到孟春时节，李寿迎着漫天飘落的丝丝春雨，骑在一匹披了黄金甲的高头大马上，从容地进入了成都城。

　　在将士们的簇拥下，身着黄金锁子甲的李寿在大殿前翻身下马，一手按着腰间的长剑，大踏步走到了李雄曾经端坐过的帝位前，冷冷地俯视着伏在地面上浑身战栗不敢抬头的侄儿李期。

　　片刻之后，李寿突然笑了起来，将头向右微微一偏。侍立在一旁的太师范贲立即向前行了半步，他展开书简，已经养得又白又胖的脸上面无表情，缓缓宣读了李期自即位以来的种种失德之事，然后朗声说道："汉王仁厚，着李期为邛都公。念那邛州路途遥远，汉王有令，让邛都公留在成都好生静养吧。"

　　随即，一队兵士疾步上前，除去了李期身上的赭黄色龙袍。李期抬起头来，却不敢看李寿，只恨恨地剜了范贲一眼，就被几名兵士推搡着，消失在了春雨潇潇草木葱茏的皇城深处。

　　处置完李期，李寿目光从殿下的文武百官脸上缓缓扫过。众官都低下头来。常璩正要开口，李寿忽然道："非我想登天子之位，奈何大成国如今气数已尽，寡人心下惴惴，不知众卿有何高见？"

　　他话音刚落，范贲应声答道："晋室无德，自司马氏失国以来，中原反复为匈奴、鲜卑、羯、羌等胡族所占据，可怜中原父老日夜盼望王师。然而那司马衍等人却偏安江南，日夜笙歌，醉生梦死，不思进取，此正是我汉王高举大旗之际。依臣看来，当年汉高祖被项羽封为汉王，后以巴蜀为粮仓，暗度陈仓，踏马中原，一举成就汉家四百年大业。今大王亦为汉王，亦据有巴蜀，岂非天意哉？臣恳请大王早日即皇帝位，改国号为汉，早日解中原父老于倒悬。"

　　说罢，范贲带头跪了下来，他身后，一大群原大成国的文武官员们也纷纷跪伏在地，跟着范贲齐声道："国不可一日无君，恳请大王早登帝位，以遂天下百姓心愿。"

李寿哈哈大笑，一摆手，就要坐上皇座，突然瞥见人群中有个人高高立着，定睛一看，冷笑道："莫非常著作另有高见?"

常璩不慌不忙地朝李寿行了个礼，道："大王既以清君侧之名举兵，乃诚为大成社稷之福，大成百姓之福。李期无德，不配为天子，但依在下看来，李期之子虽年幼，却举止有礼，斯文可教。大王宜学周公，立李期之子为帝，辅佐朝政，如此，则天下称颂，民众亦可真正归心矣。"

李寿怒极，却反而笑道："人言儒以文乱法，本王今日信矣。今大成气数既尽，我顺应民心，创立新朝，又有何不可?"

常璩昂首道："大王虽贵为宗亲，但仍是大成之臣，以臣子之名而欲登帝位，将就此打开祸蜀之门矣!"

李寿已勃然大怒，一招手，两名金甲侍卫迈着虎步，"腾腾腾"来到常璩面前，喝道："跪下!"

常璩依然长身而立，一双眼睛紧紧盯着李寿。李寿轻蔑地瞥了常璩一眼，嘴角轻轻一扬，那两名侍卫"嗖"的一声拔出腰间的司马刀来，两把刀寒光闪闪，一左一右地架到了常璩的脖子上。

跪着的百官们吓得大气也不敢出。就听李寿缓缓说道："常著作，你就不怕寡人一声令下，将你推出去斩了?"

常璩哈哈一笑："你有两柄司马刀，我有一支董狐笔，来吧!"

李寿将手高高举起，就在这时，跪在地上的范贲突然站起身，疾步走到李寿身旁，在他耳边低语了几句。只见李寿脸上阴晴不定，半晌，他才悻悻地一摆手，道："太师言之有理，这几日乃是普天同庆的日子，莫扫了寡人的兴致……左右，且将那常璩打入深牢之中，来日再议。"

船悠悠向前，帛家以越来越近。常璩挟着桅杆，凝视着从船丁缓缓流过的江水，这二十多年来在仕途上的经历如电光石火般从脑海里一一闪过。从哀牢山出发之时，那县令传李寿的口谕说，国家正是用人之际，这常璩还是有才的，待他回成都后，可以考虑官复原职。听了这话，常璩只是淡淡一笑，此时的他，已经像当年厌恶司马氏那几兄弟为了一己私利相互残杀一样，对李氏家族内部的争斗早已毫无兴趣。现在，人到中年的常璩一心所盼望的，是尽快回到常家坎，见母亲沈氏最后一面。

可常璩所不知道的是，就在他为了从流放地返回，违心地向李寿写下那数行谀词之时，母亲沈氏已经永远离开了这个世界。

二

母亲沈氏是抱憾而逝的。

那天吃过午饭，沈氏忽然对儿媳常赵氏和玉蝶说，王三哥不辞而别，我估摸着他是去那千万里之外去找璩儿了。她叹口气："这三哥呀，像咱们家那头老牛，只要把木枷套到颈子上，就一个劲地埋头耕地，再苦再累也不吭一声，可有一点不好，只要是说到这家里的事，他性子就是犟。唉。也不知他如今走到何处了？是不是见到了我那可怜的璩儿……"话未说完，沈氏便剧烈地咳嗽起来，脸色憋得通红，赵氏和玉蝶急忙扶住她，两人各伸了一只手，捏成空心拳头，在沈氏背上轻轻捶打着。

过了一会儿，那口痰终于被沈氏咳了出来，她喃喃道："璩儿呀，你若要回来，就得向那昏君献上那不实的谀词，可这就污了你那支笔呀……那股心气一散，你还是娘所期待的那个璩儿吗？

"可是，你若不能回来，娘恐怕再也见不到你了。璩儿呀……你父亲当年为那奸贼罗尚所愚弄，你可不能再重蹈你父亲的覆辙呀……"

听着沈氏喃喃自语，赵氏和玉蝶两人你看着我，我看着你，已是泫然欲泣，却又不知该如何安慰她。尤其赵氏，这几年来无时无刻不在苦苦思念丈夫，可是却从来不敢在沈氏面前表露出来，每天一早起来，就得安排家中一应事务。丈夫被流放在外，不知何日得返，母亲年事已高，玉蝶是母亲收养的义女，况且还担了罪名，不能抛头露面，一家人的吃穿用度，田里的春耕秋收，族中的婚丧祭祀……坚持不住的时候，她就一个人躲在房间里，轻轻呜咽两声。

此刻，她听了母亲沈氏的一番念叨，忽然有点怨恨起丈夫来，那所谓史官的气节真的就比人子的孝道、夫妻的恩爱更重要吗？想起这十多年来自己跟着丈夫，虽未有子嗣，却尽心尽力，恪守妇道，操持家务，说起常家的媳妇来，这族里谁不夸赞？

"不就是为了写几句颂词，犯得着得罪皇上，流放他乡吗？……夫君啊，那皇帝家的事情，与你何干？与我常家又有何干？你一肚皮的书都读到狗身上去了……"正这么胡思乱想着，常赵氏忽然听得母亲沈氏说道："你姑嫂二人且扶我到祖宗牌位前坐坐。"

沈氏到堂中后，先对着祖宗牌位叩拜了三次，然后又让玉蝶将那幅苍松仙鹤图取下来，放在自己怀里。她紧紧抱着那幅图，依在玉蝶怀中，口中喃喃念着璩儿，缓缓沉入了梦乡，再也没有醒来。

安葬了沈氏后的第三天，玉蝶忽然消失不见了。和她一起消失的，还有那幅苍松仙鹤图。常赵氏和常家大院里的几个子侄找遍了四周的村落、树林、田地、水井，都没有找到她的身影。有人说，玉蝶怕是走失到了那岳家龙洞里去了；也有人说，玉蝶本不是常家人，托了沈氏的庇佑，如今老祖宗既然仙逝，她难以立足，离开常家也在意料之中……

也许是连日来的奔波让常家这几个子侄早已心生不满，有人道："这个玉蝶仗着老夫人的面子，平日里见了我们，连眼角都不转过来一下，如今又不辞而别，真是不懂礼数，枉费我常家为她耗费了许多钱粮……"

几个人越说越不像话，气得赵氏眼眶中泪水直打转，却又因为要求着他们，只得忍气吞声。几个人在周边山野里寻找多日，终究连玉蝶的影子都没寻见。常赵氏没奈何，只得谢过众人，怏怏地回转，一个人踽踽独行，走到沈氏墓前，呆呆地坐到月上中天时分，才踏着露水慢慢走回家。

从父亲常耘和母亲沈氏合葬的墓前祭拜回来，天色已渐近黄昏。夕阳的余晖从常家大院后面的山脊上泼下来，染得面前一坝麦田金灿灿的，许多黑的白的蝴蝶从麦秆上飞起来，在夫妻二人身边绕来绕去。

常璩停住脚步，大口大口地呼吸着这熟悉而又醉人的麦香，心道："再过几天，就是成都周边麦收的季节了。如今虽然百姓又加派了田赋，但看这田里的光景，今年百姓的日子应该会好过吧。"

他这样想着，一路走，一路听着妻子愤愤不平的讲述，不由得想起了哀牢山中的那些人来。在哀牢山中的这些年，幸亏那些素不相识的、居住在高山之巅的所谓"獠人"们的悉心照顾，常璩才得以生存下来。和这些所谓"獠人"相比，常家的人就显得有些薄情了。玉蝶既然已被母亲收养，那也算是常家的人了。他摇摇头，站在竹篱前，道："玉蝶既有心要走，一时半会儿也是找不着的，以后再慢慢打听吧。"

说罢，他望向暮色苍茫中那别了三年的老宅，想起自己流放之前，母亲在世时，一家人加上玉蝶、王三在院子里有说有笑、其乐融融的日子，不禁凄然泪下。

就在这时，赵氏依偎上来，将脸埋进丈夫怀里，呜呜地哭了起来。常璩一时不知道该说什么，只得轻轻地抚摸着妻子的后背。赵氏哭了片刻，将泪脸仰起来，用手轻抚着丈夫鬓边的白发，哀婉地说道："夫君，从今天起，这世上就只有我们俩相依为命啦……"常璩心中一阵刺痛，伸出手，轻轻擦去妻子脸上的泪水，道："你放心……"刚说出这三个字，他喉咙里就一阵哽咽。

赵氏道："答应我，从今后把那惹祸的笔丢了吧，也不要再去做什么官，咱夫妻俩就待在这常家坎里，种几亩薄田，好生厮守着，安安稳稳地过日子吧。"

常璩顿了顿，不知道该怎么回答妻子，只得苦笑一下："那官我本来也不想再做了。至于笔嘛……走，咱们先回家吧。"

这一晚起初倒是风平浪静。在油灯下吃过晚饭后，夫妻二人相拥而眠。也许是这几年太过疲惫太过紧张的原因，如今丈夫一回来，赵氏顿觉有了主心骨，她盘算着，也许该回娘家去抱养个孩子了，这样往后才能有个盼头，这样想着，她紧抱着常璩，东拉西扯地闲谈了几句之后，就迷迷糊糊进入了梦乡。

常璩却睡不着，见妻子鼾声微起，心中既温暖又愧疚，于是吹了灯，蹑手蹑脚地下了床，走到院子里看天。虽是初夏，这晚却没有月亮，黑黢黢的夜空里，只有几颗星星稀疏地闪耀。

迷迷糊糊地睡到后半夜，忽然听见雨点在屋顶上蹦跳，逐渐响成了沙沙一片。快到凌晨时，从常家大院里刚传出几声微弱的鸡鸣，呼呼的风声忽然在天地间狂啸起来，紧接着，屋顶的雨声竟越来越密，越来越响，敲打得屋顶"噼噼啪啪"直响。常璩暗叫一声不好，疾步下了床，披上一件衫子，就朝院子里跑去，刚出厅堂，便感觉头顶被打得生疼，他仰起脸，大叫一声"苦矣"，只见那本该是晨曦微露的天空中，黑压压的一片乌云压顶，那从天而降的，已经不再是雨点，而是一颗颗碎石般的冰雹。

这冰雹一下就是一个多时辰，直打得常家大院一户户人家屋顶、地面一片狼藉：有的人家屋顶被打出了一个个窟窿；有的人家院子里的鸡埘破了，被打死的鸡躺在地上一动不动；许多春天里刚生发出来的嫩竹更是被拦腰折断……整个常家大院里，到处都是人的呻吟声、猪的哼哼声，至于平日里摇尾欢腾的狗，此刻都乖乖地夹着尾巴，缩在角落里一声也不敢吭。

常璩和赵氏正心急如焚地在各家院子里跑来跑去，抚慰众人，忽然听得一阵大哭，他一抬头，就看见一个头上包着帕子年近七旬的老者，手里紧紧攥着一把麦穗，从人群中分出一条路，跌跌撞撞地向他奔来。刚奔到常璩面前，老者就一个趔趄，重重地摔倒在地。常璩大惊，急忙扶起老者，认出是新任的里长常放，喊道："三叔，三叔，你这是咋啦？"

常放抬起头来，将手中的那把麦穗递给常璩，脸上老泪纵横："完啦，完啦！"众人这时也围拢来，有人接过常璩手中的麦穗一看，顿时惊叫道："天啦，地里的麦子都被冰雹打落啦。"一听这话，有人拔腿就朝田地那边跑去。紧跟着，大伙儿都来到了麦田边，只见昨天下午还一眼望不到边的金灿灿的麦子全都倒伏了下去，昨天还饱饱满满的麦穗上，今天只七零八落地挂着几颗麦粒。眼看丰收在望，谁知一夜之间，这一大片麦地就像被成群的野猪拱过一样，大伙儿都放声痛哭起来。

这时候，常放被两个年轻人扶着，颤颤巍巍地来到常璩面前，忽然跪倒在地："贤侄，眼下只有你能救咱们常家坎啦。我……给你磕头啦。"

常璩大吃一惊，也急忙跪倒在地，道："三叔，你这是折煞小侄呀，您快起来。"

常放此际已是涕泗横流："想我常氏一族，自西汉时便有高官显宦，到我西蜀江原一脉，更是先后出了恭泰公等人，恭泰公之后，如今又出了道将贤侄，可谓人才辈出。可是，贤侄呀，你刚从外地回来，还不知道如今大汉朝廷有个法度，凡家里有人在朝中做官的，五服之内皆可免去税赋，前些年因你被免去职务，我常家没有了做官的人，所加派的税赋也一季比一季重，家家叫苦不堪。眼看今年有个好收成，可以多落些口粮，谁知老天又降下如此灾祸……"

常璩顿时心乱如麻，颤声道："三叔，我……我如今已无意仕途，只想在家……"

他话音刚落，麦地里的常氏族人已哗啦啦跪了一大片，有喊贤侄的，也有喊叔和伯的……

常璩回头一望，只见妻子赵氏紧紧咬住嘴唇，像一只受惊的小鹿，神色紧张地望着自己。

第十六章　别巴蜀，入建康

一

梅花香进了东晋穆帝司马聃永和七年的早春。这是一片朱砂梅，红须为多，中间夹杂了十来棵白须。与萼瓣皆红的红须朱砂不同，白须朱砂的花萼是粉色的，触须蜷曲，衬得其灼红的花瓣透出一种别样的情趣。

枝条或粗不过婴儿手臂，或细如筷头，或再细如庄户人家箍水桶甑子的篾丝，在许多黑铁般的树干上旁逸斜举，托着大朵小朵。远远望去，似团团红云粉云浮动在衰草连天的长江两岸。这里是平原和山岭的交接地带。穿过梅林，溯江而上，坡上出现一条霜草倒伏的灰白小径。一个身材中等的人影弯弯曲曲走上去，山岭渐高，坡面林立的树木只剩萧索的灰黑枝丫。又行数里，拐弯处却猛见三五棵楠竹在石崖上迎风瘦立。有风则翠叶生波，无风如美人静立。

那人被翠色吸引，奋力攀上崖米，然后以手加额，向四下望去。只见山下江水如一条白龙，从地平线那头滚滚而来，似乎下一刻就要从大地上腾空跃起，那朵朵浪花仿佛洁白的牙齿，与两岸逶迤的山岭和丛林、绿野亲密地咬合在一起。那些山岭明明已屹立了千万年，却似乎刚从地上站起来，抖落一身泥土，把岩石的骨头显露出来，如拳如柱，如聚如合，仿佛把大地的力量都攥在了手中，然而却不是与天空较劲，而是垂首静立，瞑目观心，已坐化为天空和大地之间的桥梁。

就在巍巍山岭和滚滚江水之间，一座石头城巍然屹立。俯瞰下去，城墙上一面面旌旗正迎风招展，如果距离再近一点，可以看见那些旌旗上分别绣着黑红的"晋"字和"大将军桓"等字样。城墙里面，隐隐可见无数青色灰色小瓦拱出一道道屋脊，起伏在阴云密布的天空下。这些瓦脊每蜿蜒百米左右，便骤然突起一垛烽火墙，瓦青墙白，飞檐凛凛。

转眼风吹云散。再俯瞰下去，却见如纱白烟从石头城里纵横交错的街道上空袅袅腾起。极目远眺，远处平原上历历可见的村庄、田畴和河流倏忽间平地生烟。

那人正摩挲着楠竹竹节的一双手突然松开，将目光转向石头城后面烟岚缥缈的山峦更高处，喃喃道："好一幅水墨江山！确与我那巴山蜀水的风光迥然不同，想不到我常璩此生能有幸来此，真是让人胸襟大展啊……"

就在这时，山径上又弯弯曲曲地走上来一群人。那群人显然没有欣赏山水的兴致，见此处人迹罕至，边走边大声说话，常璩侧耳一听，落到耳边的却是熟悉的蜀地口音。他心下顿时明白了几分，急忙闪身躲到楠竹掩映的山崖后面。

那群人越走越近，只听一个声音大声嚷道："自古士可杀不可辱！这群司马家的不肖子孙，躲在这江南一隅当缩头乌龟，不敢渡江去与胡人厮杀，收复祖先的宗庙社稷，却拿出高人一等的姿态来羞辱我们，真是可笑。"

"司马家又怎么样？不过是一代又一代汉献帝而已，你看，那桓温脸色一变，司马聃立刻吓得屁滚尿流。"

"好啦，好啦，大伙儿听听太师怎么说？"

一个阴恻恻的声音响起来，让躲在石崖后面的常璩听得胆颤心惊，大气也不敢出："各位别再叫我太师了，如今大伙儿都在人家的屋檐下，被人听见了，那可是杀头的事。"

"太师莫长他人志气，灭自己威风。要不是那常璩，咱们此刻依然还在成都安享荣华富贵，如今却没来由地到这建康城里受这窝囊气！"

"对，我最恨那几个王谢子弟，自以为什么中原大族，居然骂我堂堂大汉兵曹别驾乃是南蛮，真是欺人太甚！"

......

"嘘!"听大伙儿越说越激愤,范贲将手指竖在嘴边,做了个噤声的姿势,人群立刻安静下来。范贲道:"小心隔墙有耳,大伙儿且到周边瞅瞅。"

众人顿时安静下来,向四周看了看,内中有个人说道:"这建康城中的人,最喜欢的是傍晚时在那秦淮河边闲逛,要不就是到那瓦官寺里烧香,这里平常是无人登临的。太师尽管放心。"

范贲这才压低了声音,缓缓道:"当年桓温率大军兵临城下,咱大汉朝其实还可以一战的,可怜李势那家伙被吓破了胆,可恨那常璩巧舌如簧,说动李势学刘禅自缚请罪,断送了我蜀地大好河山,致使我等背井离乡,到这江南卑湿之地受肮脏气。到如今已经整整三年了。我思谋再三,现在该是潜回成都,重新称霸巴蜀的时候了!"

此言一出,躲在石崖后面的常璩已然背心冷汗直冒,刚才还愤激不已的众人也都安静下来,有人试探着问道:"皇上……皇上的意思怎么样?"

"皇上?"范贲轻蔑地一笑,"那李势已迷恋上了秦淮河边的无边风月,就让他在这里做个安乐公吧!"

见众人迟疑,范贲猛地大喝一声:"各位请看,我背上所背的是什么?"常璩一惊,就听那一干汉国的旧臣们又惊又喜地叫道:"果然是李雄所持的那张弓,天助我等也……"

"哈哈……"范贲得意地大笑,"有此神弓在手,回我蜀地当大有可为!"

东晋大司马恒温亲率大军十万伐蜀,兵临成都城下是在三年前的冬天。那一年,从立春开始,成都周边就异事不断,各种流言纷起,闹得街巷间人心惶惶。

蜀中亦有怪异。期时,有狗豕交,木冬华。势时,涪陵民宗氏妇头上生角,长三寸,凡三截之。又有民马氏妇,妊身而胁下生,其母无恙,儿亦长育。有马生驹,一头,二身相著,六耳,一牡一牝。又有天雨血于江南,数亩许。李汉家春米,自臼中跳出;遽敛于箕中,又跳出;写于篝中,又跳出。有猿居鸟巢,至城下。地仍震,又连生毛。其天谴不能详也。

这是常璩在油灯下的记述。

这一年，西蜀汉国的年号是太和二年。坐在帝位上的，是李寿的儿子李势。这时候，常璩已从冷清的太史馆里搬了出来，住进了成都大城里离皇城不远的一处宽敞的宅子里。新皇帝与他的父亲李寿不同，喜欢谈诗文，讲兴衰，论得失，他听闻当年常璩面对父亲部下将司马刀架在脖子上而面不改色，顿生敬佩。于是将常璩从著作郎擢升为散骑常侍，专事起草诏书。

见丈夫因一支笔而得到皇帝重用，本来满腹怨言的赵氏渐渐变得满面春风。那天晚上，当常家坎的族人们跪求常璩出仕时，赵氏像坠进了冰河之中，她识字不多，只能勉强写得起自己的名字。当常璩兴致勃勃地要教她写字、读文章时，她内心总是没来由地感到几分惧怕甚至慌乱。在她看来，一个男人是应该识文断字的，但识文断字作文章的最终目标应该还是要当官，而且，是当一个安享荣华富贵的太平官。作为江原县乡下里长的女儿，当赵氏第一次随夫君进入成都生活时，她内心其实是惴惴不安的，面对锦官城里的那些官员夫人们，她打心眼里羡慕她们那仿佛与生俱来的雍容华贵，可是，她很快就发现，自己丈夫那个"太史令"官职在那些一品、二品、三品夫人的嘴里从来就不屑一提。于是，她默默地退出了那个不属于自己的圈子，安安静静地在家里为常璩做饭、缝补衣服、端茶倒水。毕竟，当常璩从流放地返回常家坎时，赵氏已经做好了一辈子当个农妇的准备。

可是突然之间，常璩变成了皇帝面前的红人，家里宅子的门匾上也描上了"常府"二字，这让赵氏感觉就像做梦一样。这时候，她突然发现，自己身上其实也有着一种与生俱来的高贵气质，于是她开始大声使唤下人，也开始习惯和那些一品、二品、三品夫人们一起赏灯会、选蜀锦、品各地呈上来的各种特产……

就在赵氏沉湎在这种生活中，以为这安好的日子可以一直持续下去时，突然之间，桓温的大军打过来了。

尽管李势竭力抵抗，奈何汉国兵微将寡。桓温兵分两路，一路为水军，由先锋袁乔率领，从江陵溯江而上，自己则率领大军从陆路挺进。

袁乔所率领的水军一路势如破竹，很快便占领了巴东，然后攻下鱼复，越过长江天险夔门，然后攻下涪陵，随即抵达江州城下。镇守江州的镇东将军李位都出城迎战，不过几个回合，便被袁乔斩落马下。袁乔趁势而进，很快便和桓温在江阳会师，两军合于一路，水陆并进，浩浩荡荡沿着长江朝成都杀来。

当桓温攻下离成都仅百里的武阳时，之前还踌躇满志的李势见势不妙，带领常璩等一班文武大臣逃出成都，连夜奔到了数百里外的葭萌关。

抵达葭萌关后，惊魂未定的李势终于回过神来，意图集结散落各地的残兵，这时候。一直跟随在他身边的常璩站了出来，他一改这一年来的沉默寡言，向李势慷慨陈辞，从国家统一、百姓安康角度出发，力劝李势投降。

李势却道："朕即位以来，虽未有文治武功，却也守住了祖宗的疆土，如今桓温虽然来势汹汹，但我大汉尚有余力一战……"

常璩叹道："陛下此言差矣。自秦汉以来，天下分分合合，凡分之时，各路枭雄并起，兵火所到之处，常常令百里荒无人烟。而一旦天下归于一统，市井方得重获繁荣。想我蜀地，在武皇帝李雄之前，处处兵连祸结，百姓苦不堪言。大成统一蜀地之后，百姓们方才过上数十年太平日子。如今中原大乱，晋朝虽偏居江南，却是华夏衣冠、炎黄正朔。我汉国倘能顺应时势，向晋朝称臣献土，既保全了蜀地百姓的性命，又可以让巴蜀作为晋朝将来收复中原的粮仓，一旦天下重归一统，陛下之名，可以名垂青史矣。"

李势沉思许久，才结结巴巴地道："可晋朝能善待我否？"

常璩道："这个不难，陛下只须派一员使者赶赴成都，试探一下桓温的态度便知。"

那晚的葭萌关，一弯残月在云层中时隐时现，君臣之间讨论了整整一个通宵，到残月熹微、朝阳初升时，李势终于被常璩说动，派遣使者奔向成都，向桓温请降。

桓温果然如常璩所料，接到李势的降书后，桓温即好言安慰，并让使者回复，以自己的身家担保李势归晋之后，不但性命无忧，而且依然可以葆有富贵。李势闻言，不禁大喜。

二

第二天春天，像众多投降晋朝的汉国官员一样，常璩夫妇也跟着李势，被桓温带到了建康。

到了建康，李势被封为归义侯，安置在了扬州。其余官员如范贲等，都被降了两级使用。常璩则被封为著作郎。这是桓温为他安排的一个职位。

汉国亡后，作为前朝旧臣，常璩本可以留在成都，然而他一心向往中原文化，认为以自己的学识可以为东晋政权贡献一些"兴亡之思"。这一番"兴亡之思"，乃是他苦苦思索成汉政权从李特、李雄等人率流民起事，随即以迅猛之势割据西蜀、建都成都，进而又因为一张皇帝座椅而兄弟残杀，进而民生凋敝，直至失国的过程得来的，他幻想着，以中原文化的博大精深，自己的一番忠言当会被朝廷采纳。

可是他很快便遭受了一番羞辱。

那时的东晋，虽然无力收复北方失地，把持朝政的依然是王谢子弟等门阀世家，在他们看来，小小的汉国不过是偏居一隅的西蜀弱小政权，从西蜀出来的降臣，又能有什么值得重视的意见呢？

果然，当常璩把自己的"兴亡之思"呈上去之后，就如石沉大海一般。

这一天，他正在家中苦坐，忽然同僚刘炎来邀，说是请他到郊外和一帮晋朝官员一起坐坐。

这刘炎职务为著作佐郎。自从和常璩接触之后，他极为佩服常璩的才学，见他终日闷闷之乐，便寻思邀请他出门散散心，顺便也和"王谢子弟们"相互熟悉一下。

然而让常璩没有想到的是，当他兴致勃勃地和刘炎一起来到建康郊外的新亭时，已经在座的几名晋朝官员立刻站了起来，向刘炎问道："此乃何人？我等在此雅集，刘大人怎么能随便邀请些外人前来？"

刘炎顿时红了脸，道："这位乃是西蜀儒者常璩，在归降我朝之前，他在成都先后任过太史令、著作郎、散骑常侍等职，学识渊博，现为我朝著作郎。"

那几个人冷笑一声："原来是来自蛮荒之地的亡国之俘！"

常璩一听，愤然说道："常某不才，然我巴蜀之地，汉有扬子云，集儒、法、道三学为一体，更有司马相如，以赋闻名天下，更为收复西南夷立下了不朽之功；到了本朝，更有陈寿，《三国志》一书直追太史公之《史记》……谁谓我巴蜀无才？谁谓我巴蜀乃蛮荒之地？我巴蜀之地，乃堂堂正正中原文化之一脉！"

说罢，他朝刘炎拱一拱手，道："刘大人，常某告辞了。"

这一场风波之后，常璩便主动地退出了王谢子弟们的视野，苦苦思索着自己以后的人生之路。他反复咀嚼着老师范长生临终前对他说的那番话："璩儿呀，你且将这卷书带回去，好生揣摩，你以后的路，也许可以从这里生发开来……"想着想着，他又联想起那几个王谢子弟的话，忽然眼前一亮：为什么不为巴蜀写一卷书，让天下人重新认识这一方土地？

他一遍又一遍摩挲着在建康城中辗转得来的《吴越春秋》和《越绝书》，陷入了深深的思考："史之外，尚有志。所谓志，乃是审名以纪地，据地以书人，记一邑之域，述一方之情，其无所不包，举凡史事、兵事、人物，其功用矣，可以补正史之阙，可以窥运道升降之迹。"想到这里，常璩一拍大腿，失声叫道："对呀，既有《吴越春秋》，何不来个《华阳国志》？"他越想越兴奋，"巴蜀地处华山南面，这一片区域，至为广阔，有巴，有南中，有汉中，有蜀，自汉以来，据有这一片天地的人物有公孙述，刘璋父子，昭烈帝刘备，后主刘禅，然后又有李特、李雄、李期、李寿、李势等人，只是该如何下笔呢？"

然而就在他开始潜心著述时，却无端蒙受了一场冤狱。

永和七年深冬的一天，建康大雪。渐近黄昏时，雪花已大如鹅毛，天地相连。深夜，一队骑兵身着黑衣，从雪阵中冲出来，径直来到一条小巷里，带队的将领一脚踹开一户人家的小门，那队兵士随即翻身下马，像老鹰抓小鸡一样，将正埋头在书案前的常璩从屋子里拎了出来，送进了牢中。

到了牢里，常璩才得知，原来范贲携带着当年李雄的那把铁弓，并纠结了一帮汉国的旧臣，潜逃回了成都，并称帝自立。消息传到建康，东晋即派荆州刺史袁乔率军攻入成都，范贲被晋军生擒，旋即被当场斩首，那把铁弓也被袁乔命军士以巨石砸毁。这事也连累了常璩。有人举报说在春天时看见他和范贲等人曾先后登上石头城外长江边上的一处山岭，于是他就被关进了大狱。等待着他的，是各种令人毛骨悚然的刑具。

第十七章　江南落日

一

常璩在狱中没有望雪，尽管他羡慕雪花在天地间来去自由。被捕后仅几个时辰，他就经受了一次凌辱。几个兵士推推搡搡地将他带入一间潮湿不堪的囚室，不由分说把他踩翻在地，撩起他的衣衫，然后，雨点般的板子就落到了他屁股上。"噼噼啪啪"的击打声中，常璩紧闭嘴唇，一任污水浸得自己脸颈冰凉。

第一次并没有持续多久。天亮后，几乎冻成冰棍的常璩被提到了狱官的面前。何允问："你既归顺我大晋，为何又要与范贲等蜀地降俘勾结，做出那谋反之事？"

常璩回答·"既然有勾结，为何我此际还在建康？"他顿了顿，苍凉一笑，"我心下原无别事，此心可昭日月。"

谈话就此结束。在手握权柄的何允看来，自己是面对着一块顽石；然在常璩内心，却坦荡无比，令他牵挂的，是家里担惊受怕的妻子赵氏。

随后，剧痛来临。此际，江南正大雪纷飞，雪在穆帝司马聃永和七年的建康城上空以舞者的姿态持续降临在众生头上。雪花纷纷扬扬，茅屋里的小民春着米，一下一下地数着新年的脚步；雪花中，幽雅的书房里燃起了炉火，有人捧起《三国志》，读到佳处时，不禁击节赞赏；一户户朱红宅门内的蜡梅开了。赏花的人踱到窗前，惬意指点着娇艳的朵朵黄萼……

常璩被剥光了下身，板子一下、一下、一下地朝他招呼过去。

那不是一般的板子，它叫杖。栗树长到碗口粗，就被木匠从山中伐倒，锯成板，拖到阳光下晒干，然后一端削成槌状，包上铁皮。铁皮上立起森森倒钩。一杖下去，行刑人再顺势一扯，倒钩就会连皮带肉撕咬下一大块。

落到常璩身上的那根"杖"似乎还很年轻。杖抡起，空气中旋即散开若有若无的山野清香。然而它们并无山野的温润之情，相反满布朝廷的肃杀之气。痛楚之下，常璩将头狠狠撞击地面。二十杖完毕，他的牙关里已满是带血的泥土。

廷杖过后，是立枷。再一次，曾经大踏步在巴山蜀水的山野间行走的常璩被木头们包围起来：颈脖上，是重达数十斤的木枷。而困住他身体的，是一间狭小的木笼。枷到第二天，雪花落在木枷上，每一片已如石头般沉重……

然而常璩却微笑起来，回迎着大堂上何允那阴沉沉的目光。他耳边反复回荡着那晚范长生临终前对他说的那番话："为师这一生，身上所系两件物事，一弓已由李雄所得，还有一支紫毫为你所有。璩儿，你明白为师的意思了吗？"

被关押了三个多月之后，何允始终没有得到常璩与范贲谋反有勾结的证据，这时候，在桓温的干预下，常璩被一匹牛车拉回了家。

顾不得疗治身上的创痛，常璩就又在妻子赵氏的帮助下，投入了《华阳国志》的写作。

在别人看来，偏居在建康城外的陋巷，被王谢等门阀子弟瞧不起，又蒙受了一场冤狱的常璩心情应该是很郁闷的。然而，这个写出了《华阳国志》的蜀人怎么会轻易就被逆境打垮呢？险峻的蜀山赋予了他坚毅的品格，清亮的蜀水给予了他柔美的情感：

昔在唐尧，洪水滔天，鲧功无成。圣禹嗣兴，导江疏河，百川蠲修，封殖天下，因古九囿，以置九州；仰禀参伐，俯壤华阳，黑水、江、汉为梁州。厥土青黎，厥田惟下上，厥赋惟下中，厥贡璆、铁、银、镂、砮、磬、熊、罴、狐、狸、织皮。于是四隩既宅，九州攸同，六府孔修，庶土交正，厎慎财赋，成贡中国。盖时雍之化东被西渐矣。

他描绘巴郡的富饶：

　　其地东至鱼复，西至僰道，北接汉中，南极黔、涪。土植五谷，牲具六畜。桑、蚕、麻、纻、鱼、盐、铜、铁、丹、漆、茶、蜜、灵龟、巨犀、山鸡、白雉，黄润、鲜粉，皆纳贡之。其果实之珍者：树有荔芰，蔓有辛蒟，园有芳蒻、香茗，给客橙、葵。其药物之异者有巴戟、天椒；竹木之瑰者有桃支、灵寿。其名山有涂籍、灵台，石书刊山。

　　这是《华阳国志》之《巴志》开篇的第一段话。文采斐然的语句里，常璩将中原视为蛮荒之地的巴蜀历史从大禹治水讲起，内心充满了对巴蜀文化的骄傲和自信。他继续在笔下呈现出蜀地的风采，并让蜀地与华夏文明紧密相连：

　　蜀之为国，肇于人皇，与巴同囿。至黄帝，为其子昌意娶蜀山氏之女，生子高阳，是为帝颛顼；封其支庶于蜀，世为侯伯。历夏、商、周，武王伐纣，蜀与焉。其地东接于巴，南接于越，北与秦分，西奄峨嶓。地称天府，原曰华阳。故其精灵则井络垂耀，江汉遵流。《河图括地象》曰：“岷山之地，上为井络，帝以会昌，神以建福。”《夏书》曰：“岷山导江，东别为沱。”泉源深盛，为四渎之首，缎拗为九江。其宝则有璧玉、金、银、珠、碧、铜、铁、铅、锡、赭、垩、锦、绣、罽、氂、犀、象、毡、毦、丹黄、空青、桑、漆、麻、纻之饶，滇、獠、賨、僰僮仆六百之富。其卦值坤，故多班采文章；其辰值未，故尚滋味；德在少昊，故好辛香；星应舆鬼，故君子精敏，小人鬼黠；与秦同分，故多悍勇。在《诗》，文王之化，被乎江汉之域；秦豳同咏，故有夏声也。其山林泽渔，园囿瓜果，四节代熟，靡不有焉。

他以详实的笔墨，赞叹蜀乃"天府之国"，赞叹蜀中自古多才子：

冰乃壅江作坍，穿郫江、检江，别支流双过郡下，以行舟船。岷山多梓、柏、大竹，颓随水流，坐致材木，功省用饶；又溉灌三郡，开稻田。于是蜀沃野千里，号为"陆海"。旱则引水浸润，雨则杜塞水门，故记曰：水旱从人，不知饥馑，时无荒年，天下谓之"天府"也。

……

蜀自汉兴至乎哀、平，皇德隆熙，牧守仁明，宣德立教，风雅英伟之士命世挺生，感于帝思。于是玺书交驰于斜谷之南，玉帛戋戋乎梁、益之乡。而西秀彦盛，或龙飞紫闼，允陟璿玑；或盘桓利居，经纶皓素。故司马相如耀文上京，扬子云齐圣广渊，严君平经德秉哲，王子渊才高名隽，李仲元湛然岳立，林公孺训诂玄远，何君公谟明弼谐，王延世著勋河平。其次，杨壮、何显，得意之徒恂恂焉。斯盖华、岷之灵标，江、汉之精华也。故益州刺史王襄悦之，命王褒作《中和颂》，令胄子作《鹿鸣》声歌之，以上孝宣帝。帝曰："此盛德之事，朕何以堪之！"即拜为郎。

在常璩笔下，《华阳国志》第一次将地理志、编年史和人物传三者结合在一起，鲜活地讲述了巴、蜀、汉中一带的地理、民情和人物，其横排门类，统合古今，形成了一种独特的文体。

二

转眼又过了几载春秋，这一年冬天，当石头城里的雪花又开始飘舞的时候，一辆由两匹马拉着的马车从城中出来，经过了青青的田畴，来到了常璩与妻子赵氏所居的那所湫隘的黄泥为墙、茅草作顶的房屋面前。车刚停稳，从张着的伞盖下就站起一名锦衣绸袍的官员来，大声在门外吆喝道："圣旨到，常璩接旨。"

等了一会儿，见那柴门依然紧紧地闭着，那官员不耐烦了，提高了声音吼道："圣旨到，令常璩接旨！"

又过了一会儿，门终于"吱呀"一声颤巍巍地打开了，常璩佝偻着身子，白发苍苍，缓缓走了出来。那官员早已等得火冒三丈，猛喝道："常璩跪下接旨！"

常璩只装作又聋又哑，愣愣地望着。

那官员碰了一鼻子灰，草草展开手中的诏书，念道：

> 诏曰：自古有仁厚之君，方有忠义之臣……经查，著作郎常璩勾连逆贼范贲之事，实无证据。念常璩自归降我大晋朝以来，一直忠心耿耿，却因人诬告蒙受冤狱之苦，今特遣司寇从事何允前来抚慰。钦此。

听完，常璩也不叩头，口中只"啊啊啊"地叫了几声，转身就要走回屋内，那官员急了，差驾车的兵士将诏书塞进了常璩怀里，然后骂骂咧咧了几句，一溜烟转回城里复命去了。

这时候雪已经停了，一轮落日从西边云层里缓缓露出头来。何允走后，常璩转身缓缓走进了草屋之中。他一边走，一边喃喃自语："一弓一笔，一笔一弓，师尊啊，如今笔还在，可弓再也不见。"说罢，常璩又来到书案前，从案上拿起当年范长生给自己的那支紫毫，抬起头，朝着巴蜀的方向，竟掉下泪来，然后他站起身来，深情地摩挲着书案上那一卷卷摆放整齐的《华阳国志》。

片刻之后，常璩从怀中掏出那司马聃赦免自己时硬塞给自己的那一纸诏书，展开看了看，朝着西边那一轮如血的残阳笑了笑，随即探出身去，将那一纸诏书丢进了窗外波涛滚滚的长江之中。

尾声

　　山外已是烈日炎炎，青城山中却依旧凉意幽幽。挖瓢人李三上身脱得精光，腰间系了一片土布围腰，正弯腰在土路边的草屋前掏瓢，忽然听得道路那头"踏踏踏"地走来了几个人。

　　李三脚蹬八字，身体时而前倾，时而后仰；倾时腰如弯弓，仰时额头汗密如珠。那把用杂木作柄、约莫一尺五寸长的从邛州铁匠铺子里买来的挖刀后端紧紧抵住他的右肩窝。李三左手握了刀座，右手卡住半圆形的刀口，左旋右转间，木屑如树叶一般吐出来。风一吹，纷纷扬扬满地撒落。

　　那几个人本来已走过去了，却又"踏踏"地退了回来。阳光从树林间投射下来，照得李三犹如庙里的一尊雕像。阳光下的挖瓢人李三又黑又亮，沉浸在自己的劳作里。一瓢挖罢，他飞快地换上一截木头，歌声悠悠唱了起来。

　　李三一边唱，一边却觑着眼，打量着眼前这个美髯飘飘的高个子男人。他暗自思忖着，这人明显是个官人打扮，到此地来，究竟是为了何事？为何盯着自己一个挖瓢匠看个不停？

　　这时候，那美髯飘飘的男人开口了："汉子，请问到常家坎如何走？"

　　李三顿时放下心来，原来这官人不是江原城中前来催收田赋的，他往前一指，道："告官人，你往前直走三五里，到了那文井江出山口一处叫鹞子岩的地方，可以看到一株极大的梅树，然后翻过一道山岭，沿着江岸一路走下去便是。"

那官人一捋长髯，笑道："你既如此熟悉，可否带我前去？"说罢，他身后一个随从模样的人掏出一把铜钱，递与李三。

李三却摆了摆手，道："那常家坎如今已荒无人烟，蔓草遍地，官人要去那里作甚？"

李三这样一说，那美髯飘飘的男人顿时愣住了，他喃喃道："已荒废不堪？"又问道，"依你说来，那常家坎离此尚远，你却如何知晓得这般清楚？"

李三笑了起来，朝身后的草屋一指，道："我家娘子就是常家坎的，官人一问便知。"说罢，大声喊道，"娘子，有个官人要去常家坎，你且出来，给他们倒上一壶热水。"

随着李三那声叫喊，一个面色黎黑、年约四十的妇人走了出来，朝众人行了个礼，道："我娘家就是常家坎的，不知各位官人去常家坎有何要事？"

那美髯飘飘的男人见眼前这妇人虽然一身村妇打扮，说话却彬彬有礼，便道："实不相瞒，我等乃是从建康城中千里迢迢而来，要去看看著作郎常道将的故宅。"

闻听这话，妇人顿时浑身一颤，道："你说什么……什么故宅？"

那美髯飘飘的男人叹口气，道："常著作已于五年前在建康病逝，留下十余卷遗著，让人佩服得紧，是以我等专程来此凭吊一番。"

那妇人声音突然哽咽起来，道："常哥哥他……他……"忽然身子一歪，昏倒在地。李三大惊，急忙奔上前来，将娘子抱在怀里，用那粗黑的手指掐妇人的人中。

等了许久，见妇人一直昏迷不醒，那美髯飘飘的男人令随从将那把钱放下，一行人朝前面山林中走去，他们一边走一边频频回头，渐渐消失在山路尽头。

山道上林木幽幽。那群人的脚步惊动了密林深处歇窝的斑鸠。它们"咕咕咕"地叫起来，仿佛存心要与这一行人捉迷藏，那声音似乎很近，快走拢时又忽然响在了远处。

当斑鸠的咕咕声飘散时，妇人终于悠悠醒转。她坐起来，道："三哥，我头疼得厉害，你且扶我到屋里坐坐。"

李三吃她一吓，直至此时才放下心来，将娘子扶到草屋中坐下后，又走出门来，将地上那一把钱托到掌心瞧了又瞧，嘴角露出喜不自胜的笑容来。

当李三在阳光下掂量那把钱时，草屋里的妇人正跪倒在一幅墨色陈旧、描绘着一棵苍松与两只仙鹤的图画前，双手合十，接连着拜了几拜，然后抬起泪脸，喃喃地道："常璩哥哥，常璩哥哥，从今以后，玉蝶真的再也见不到你了吗？"